A BIT ON THE SIDE
———— William Trevor ————

格来利斯的遗产

〔爱尔兰〕威廉·特雷弗 著　杨凌峰 译

人民文学出版社
PEOPLE'S LITERATURE PUBLISHING HOUSE

著作权合同登记号　图字 01-2021-4506

William Trevor
A BIT ON THE SIDE
Copyright © 2004 by WILLIAM TREVOR
This edition arranged with INTERCONTINENTAL LITERARY AGENCY LTD(ILA)
through Big Apple Agency，Inc.，Labuan，Malaysia.
Simplified Chinese edition copyright
© 2022 Shanghai 99 Readers' Culture Co. Ltd
All rights reserved.

图书在版编目(CIP)数据

格来利斯的遗产/(爱尔兰)威廉·特雷弗著；杨凌峰译.—北京：人民文学出版社，2022
（短经典精选）
ISBN 978-7-02-013884-5

Ⅰ.①格…　Ⅱ.①威…②杨…　Ⅲ.①短篇小说-小说集-爱尔兰-现代　Ⅳ.①I562.45

中国版本图书馆 CIP 数据核字(2021)第 240862 号

总　策　划	黄育海
责任编辑	朱卫净　欧雪勤
封面设计	好谢翔

出版发行	人民文学出版社
社　　址	北京市朝内大街 166 号
邮政编码	100705

印　　制	凸版艺彩(东莞)印刷有限公司
经　　销	全国新华书店等

开　　本	890 毫米×1240 毫米　1/32
印　　张	8.375
字　　数	176 千字
版　　次	2022 年 1 月北京第 1 版
印　　次	2022 年 1 月第 1 次印刷

书　　号	978-7-02-013884-5
定　　价	68.00 元

如有印装质量问题，请与本社图书销售中心调换。电话：010-65233595

目 录

001 坐对死人

018 传统

038 贾斯蒂娜的牧师

059 在外一晚

084 格来利斯的遗产

102 孤独

131 圣像

157 罗丝哭了

173 大票子

198 在街头

218 舞蹈教师的音乐

233 出轨

251 译后记

坐对死人

他先是闭着眼睛的，然后睁开眼，说要看看马房。

艾米莉脸上没有反应，表情一片空白。她的面庞比他的年轻，但看上去也年轻不了多少。她面无表情，除了疲惫，她自己感觉到的疲惫。"从窗子这里看？"她说。

但他要下去看。他说："把外套拿给我，好吗？还有，把靴子拿到门口去。"

她从床边起身离开。即使她不帮忙，他自己也会把事情搞定的，她很清楚——她认识他已经二十八个年头，嫁给他也有二十三年了。拿不拿外套给他，不会带来任何不同；即使她劝阻，也不会有什么用。

"你这样会没命的。"她说。

"新鲜空气会让人强壮。"

到了楼下，她把靴子在后门边放好，然后把帽子、围巾还有外套都拿给他。外套左袖筒上部连接肩背的地方绽线了，需要缝几针，这是她刚刚才注意到的。如果现在就去拿针线修补，他会等得不耐烦的，她知道。

她问:"你要去那里干什么?"他几乎没搭理她,只说了句,去稍微整理一下。

八天后,他死了。女医生安说,只穿着睡衣再加上一件外套去清理马房的场院,这并没有加剧病情,让他提前去世。医生走了一小时后,杰拉蒂姊妹俩就来到了门前;她们还不知道他死了。

那时是晚上七点半。第二天早上这个时辰,殡葬承办人基恩就该来了。她把这个对杰拉蒂姊妹说了,想让她们明白,她希望她们离开只是因为丈夫已经死了,而不是别的原因。不过,她也知道,如果丈夫还活着是不会同意杰拉蒂姊妹陪坐在他床头的。她们来得太迟了点——这倒是好事。

杰拉蒂姊妹已届中年,是两位嬷嬷,谁家有人即将辞世,她们就来陪坐在濒死者身边。艾米莉以前听说过她们,但不认识,甚至都从没见到过:她来为两人开门时,还不得不问了问她们的来历。她从未想到过杰拉蒂姊妹会带着好心善举走进这个有病人卧床的房间,而过去的七个月中,都是她独自一人在照料着丈夫和家务。两位嬷嬷是"圣母军"的成员;这个教友团体以慈善出名,不遗余力地支持圣文森特·德·保罗协会的扶危济困活动,还热心传播泽维尔·奥谢神父的著述——这是当地历史上的一位牧师,十九世纪八十年代远赴东方传道,感染疟疾,不幸早夭。

"我们礼拜二才听说了你家的事,"姊妹俩中身形更瘦小的那位对艾米莉表示歉意,"确实,有时候我们的消息不灵通。"

两姊妹中的另一个,更壮硕也更老一点,化了妆,戴有首饰,也更注重她的衣着。但打头主动说话的却是容貌瘦削生硬的那一位，虽然她看似不喜言辞。

她说道："我们是在麦克林西的店里听说的。"

"很抱歉，让你们空跑了一趟。"

"不会是空跑。"她停顿了一下，仿佛在这里停顿一下很有必要。她又补充道："我们对您表示同情。"这一句是解释她们为什么没有白来。

这段对话完全是在大门口进行的。黄昏的暮色正要幻化为暗夜，但目光掠过小小前院的白灰墙，艾米莉仍然可以看到一辆小车停靠在路边上。天很冷，风旋舞着向东吹去。这两位妇女，心是好心，虽然她们把一切都搞拧了：从卡拉镇开车过来，来陪伴和送别一个根本就无意对她们的到来表示欢迎的人；好在还来迟了，这个人的去世让她免除了一次尴尬遭遇。

"要不要来杯茶？"艾米莉提议道。

她设想她们会谢绝，说不能在这样一个时刻再来打搅她，然后就准备掉头离开。但两姊妹中宽肩膀的大个子却在那里犹疑起来，扫了她的同伴一眼。

"如果你觉得孤单，"小个子说道，"我们可以留下来陪陪你——如果这样能对你有一点帮助。"

死去的这个男人不信教。艾米莉煮茶时想到，关于这一点，可能有什么人已经告诉她们了。她丈夫或许会说，她们陪护濒死之人时不只是干坐在那里，看着病人的眼睛，而是还有别的意图；她猜测那也有可能。经常有不信教的人在大限将至时，会忽然无来由地表露出向神皈依的最初征兆，她们满怀虔敬与同情，风尘仆仆地赶去陪护，或许就是期待着这个？探视告慰结束后，她们离开死者的住处，开车径直去到教区事务主持牧师那里汇报，便算完成了职责？杰拉蒂姊妹是否也是这种做派，她从没听到有人说过，即使有人说，她也不愿去相信。她们来只是出于好意，她再次提醒自己。

等她们离开，她也不打算上楼去，去看看死人的样貌。她现在只想把他留在那里，等着基恩早上来处理。他咽气之后不长的时间内，葬礼的日子就已经确定，将安排在下周的星期四；明天上午她会通知几个人，还要在《公告人》信息小报上刊登一个讣告。这场婚姻没有带来儿女；等周四一过，除了未还的债务，一切都将了结。她为果子面包片涂上奶油，又搅了搅壶里的茶，然后装在托盘里端出来。

她们还没脱掉外套，但稳稳地坐在那里，像石雕，相互之间隔着一点距离。

"挺冷的，"她说，"我来生火吧。"

"啊，不必不必，不用麻烦。"她们都表示客套，但她还是点起了火，整个夏天都放在壁炉铁隔栅后面的引火物立刻蹿起腾腾的火苗。她为她们倒茶，问要不要加糖，然后请她们尝尝面包片。她们开始称呼她为艾米莉，仿佛跟她已经很熟。她们也报出了自己的名字：样子稍老的是姐姐，叫凯斯琳，妹妹叫诺拉。

"我没想到……"凯斯琳开始说话，但被诺拉打断了。

"哦，我们知道得很清楚，"她说，"你是新教徒，但那也完全没关系的。"

卫理公会教士沃尔夫去世时,也是她们在床头陪护照看的,凯斯琳说。她们给他宣读教义,拿来所有他需要的东西。教士走的时候,她们就在现场。

"这个没什么关系的。"诺拉重复说道。两人先后拿起一片面包吃了,夸赞说味道很棒。

"那最初的几个小时,"对话陷于中断的时候,凯斯琳找了个话题,"确实也不好受。我们常常得留下来。"

"能够想到他,你们真是好人。"

"艾米莉,有炉火取暖真惬意。"凯斯琳说。

她们跟她聊起马匹的事情,因为她们听人提起过的就只有这些马。她解释说养马已经成为一个过去的故事;她现在打算把这个地方卖掉,她说。

"艾米莉,你会觉得这地方太偏远了一点。"凯斯琳说。她的唇膏在茶杯口留下了一道红印,诺拉做出一个手势提醒她。凯斯琳把红印抹掉。"我们自己是住在镇上的。"她说。

这栋住了将近三十年的房子,艾米莉并不认为很偏远。开车五分钟,你就到了卡拉镇的城区。向着另一个方向,用不了一分钟车子就能开到曼根大桥。

"一个地方,你住着住着就习惯了。"艾米莉说。

她们给她描述她们自己住的地方,让她识别位于卡拉镇外围埃希路边的那栋房子。艾米莉知道那里,那栋房子上满是爬藤植物,门前围着银色的栅栏;房子不是很大,但看上去其乐融融、温暖兴旺。她之前还以为那是土地勘测员柯里根的家。

"我不知道自己为什么会那么想的。"

"是我们从柯里根先生手上买来的,"诺拉说,"那是在三年前,我们才来到卡拉。"她的姐姐在一旁说道,在那之前,她们就在埃希路住着。

"卡拉是我们想找的那种地方。"诺拉说。

艾米莉意识到,她们说这些轻松话题,是在尽力提升她的情绪。她们说,在她们定居之后,卡拉已经大有改观,而且还会变得更好。一个城镇会怎么样,你看得出来的;有些镇子,一百年过去了,还是萧条停滞的老样子。

"现在,你或许可以考虑住到镇上去?"凯斯琳说。

"我还不知道要做什么。"

她为她们添加茶水,又递给她们面包片。安医生给了药丸让她服用,但她不想去吃药。尽管身心疲惫,她却并不想睡觉。

"他一周前走到门外的,"她说,"他起床,只在睡衣上加了件外套就到场院那边去了。我觉得就是这个坏了事,让他提早死了,但看上去这个事情又没那么大影响。"

她们没说什么,只是点头,两人都点头。她说他病倒卧床已经七个月了。七个月,他一直都没有读报,她说。最后,他唯一能吃下去的食物只有玉米粉糊。

"我们从来都不认识你丈夫,"诺拉说,"不比对你的了解多。不过,我想我们也许哪天在路上碰到过他。"

一种牵挂、焦灼之感在艾米莉心中升起,这种熟悉的担心忧惧往往让人不自觉地双手相握,手指交叉紧扣。人们经常遇到他,他在外面训练马匹。有的开车人会减速,跟他打招呼,但他从不领情,甚至连扬起马鞭回应一下都不干。回忆的一瞬间,她几乎忘了他已经死去。

"他经常在外面的。"她说。

"哦是的,这是很久以前了。"

"十二个月前,连最后一匹马都卖掉了。他不想把马留在身后。"

"他参加赛马,我们这样理解没错吧?"凯斯琳问。

"定点越野赛马。零零星星地去彭切斯顿马场比赛。"

"噢,那挺棒啊。"

"但也没赢过多少。"

"当然了,赛马这事时好时坏,浮浮沉沉的。"

每当一匹马垂头拖尾地再次回来,几个月的训练准备一无所获,失望的氛围就笼罩了整栋屋子。从未有过多少理由可以感到乐观,但即使如此,他对马匹的期望一直很高,仿佛期望稍低就会带来坏运气。艾米莉刚结婚之际,她丈夫就已经在卡勒马场训练一溜儿刚足一年龄的马驹。成果还不错,他自己是这么说的,但实际并非如此。

"你们没有过孩子吗,艾米莉?"凯斯琳问道。

"没有,从没有过。"

"我想,我听人说过这个。"

房子加地产是艾米莉的姨妈留下来的。总共有四十三英亩,还养着羊;家具也留给了她。"我小时候曾来过这里。人们称我姨妈叫埃吉尔小姐。你们听说过她没有?"

姊妹俩都摇头。早得很了,远在她们来卡拉之前,艾米莉说,一边打量着四周。很好的一栋房子,她说。

"她没有别的人来继承这些遗产。"艾米莉没有接着说出这一点——如果姨妈得知她要嫁给后来成为她丈夫的那个男人,房产和土地就都不会给她了。

凯斯琳继续询问:"那你往后就这么着过下去?"她尽力想让这场对话连缀成篇,"现在情况是这么个样子,照你的意思,就是以后也这样过?"

"我不知道。"

"无论是谁,都需要一点时间来理清头绪的。"

"我们遇到过很多寡居的人。"诺拉含糊低语。

"基本上是没差一两天,我们结婚整整二十三年了。"

"艾米莉,上帝带走他,是因为上帝要他了。"

杰拉蒂姊妹不断地安慰她,轮流着接上彼此的话头,她们说话语气和姿态上的差异倒也一以贯之地保持着。再一次地,艾米莉又想到——两姊妹同情开导的絮叨越多,她就越是会这样想——她们是来陪护丈夫的,好在来得迟,避免了尴尬,实在是幸运。如果她把她们留在丈夫床边,那他会立刻把她叫回来的。他会明知故问,问她这两个娘们是什么人;他会叫她把她们带走。他从来都不顾忌自己的言辞——一旦有人跨进自家的田地,一长串的粗口就会从他嘴边鱼贯而出,每个字都叫骂得很大声,有时简直是令人惊骇。总是这样的情形：他抬高声音，说出那些骂人的脏话；他的样子相当狂暴，而且不是一时或只是曾经如此。她倒是不止一次地希望丈夫表现出的只是暴力，因为她相信暴力要比丈夫愤怒叫骂流露出的野蛮破坏力更容易忍受。她总能感觉到他身体里蹿腾着这股无名邪火，在那里闷烧膨胀，然后喷薄而出；他以此来否认和对抗他的失败。

"那些马。彭切斯顿。赛马场的天地，"凯斯琳说，"艾米莉，你过去的生活很精彩啊。"

在艾米莉看来，诺拉几乎就要对她姐姐的这句话摇头了——这是姊妹俩第一次处于意见分歧的边缘。这并没有让她感到意外：觉察到诺拉有不同看法，这让她惊愕。

"我姐姐的意思是说你的生活不一般。"诺拉微微点头，把要说的修正意见委婉表达到位。她的语调缓和了两人看法之间的分歧。

"有很多女士就在房前屋后转转，哪儿也不去。"凯斯琳又开口道。

艾米莉起身为她们倒茶，又给炉火添加了煤块。她之前忘了拉合窗帘，现在顺便拉上了。房间内的灯光很暗——他对灯泡的亮度特别介意，总是用小瓦数的。不过，淡弱的灯光让房间显得温暖舒适；只是，不管房子的哪一处看上去是这样，都有点不太对头——毕竟，他刚死去不久，停尸在那里才几个钟头。她不禁设想，假如这里或者其他房间的哪个灯泡爆了，她会怎么办？是换上亮一点的灯泡呢，还是继续用小瓦数的——因为淡弱的灯光已是她生活的一部分？她拿不准，她的那种神经质是否也已成为自己生命的一部分。看上去她并不总是会那样焦灼忧惧,但她知道自己也可能会搞错,会误以为自己很安心。

"我也不常出门,走动不多。"她接上这个话茬是因为谈话中断,陷入了沉默。两位来客都在往茶里加糖,一边搅动着。放下小汤匙后,诺拉说:

"有些人对走动串门没兴趣,懒得跟人交往。"

"他这个人很难打交道。你们也许已经听说了。"

对此,她们没有加以评价,保持着沉默。艾米莉接下去:

"他把希望寄托在赛马上,孤注一掷。从小时候起,他想的就是要在比赛中获胜,然后一朝成名天下知。可惜他从没取得多大的成功。"

"可怜的人,"凯斯琳低声嘀咕,"真不走运。"

"确实。"

艾米莉并不是在抱怨,她原本的意图就不是去抱怨:她曾经也有过抱怨的念头,但从没说出口。她的目光从两位造访者身上移开,环顾周围的家居陈设;这个房间她已经太熟悉不过了。当她把窗帘拆下来清洗时,他也发过火。所有人都会盯着,向家里看的,他说,但她不明白他指的是什么。通常根本就没人会从门外的路上经过。

"他娶我是为了房子。"她几乎是脱口而出,无法阻止自己。这两位妇女只是陌生人,而她却对她们说起了死人的坏话。她无意识地摇头,试图去否认自己刚刚说出的话,但那样看上去就是不诚实,比说坏话更不好。

杰拉蒂姊妹都去啜饮茶水，在同一瞬间把杯子举到了唇边。

"他娶我是为了这四十英亩地产，"艾米莉继续说道，虽然她不愿说，但仿佛又一次受到内心的驱遣，"我是新教徒，继承的是父母的信仰。后来他向我求爱，说得还挺浪漫的，描绘马场的赛程卡片、奖章绶带、花花绿绿的骑师服，还有欢聚庆祝的人群——好像他已经功成名就似的。就这样，我跟了他。"

"哦，这样啊，"凯斯琳不知道该怎么附和，只好随口感慨，"原来这样啊，老天。"

"我是个傻瓜，是傻瓜就要付出代价。我对婚姻的指望有点贪心了，结果为贪心付出了代价。一年前，还完债之后，我们就只剩下半英亩土地了。他办贷款还把房子也抵押了。他病倒等死的期间，我本可以质问他：'我该怎么办？'但我没有，他也不提一个字。天知道他最后想的是什么。"

杰拉蒂姊妹说她肯定心里太烦乱了。她们你一言我一语地抚慰她，说刚成为寡妇是会觉得不安的，那是免不了的过程，你要有心理准备。诺拉将这话讲了两遍。凯斯琳则说如果艾米莉感到很伤心就不妨去她们家坐坐。

"你们进来的这栋房子里没有可悲伤的事。"

"哦，这样说啊，哦不，"凯斯琳一边应答着，一张大脸因尴尬难堪而扭曲皱缩起来，"哪能这么说哦。"

"他根本不介意真相暴露出来会怎样，不管是不是他自己说出来。他没说过我是个毫无价值的女人，但你能在他眼睛里看出这种意思。还有一次，我要去打扫马房，他却冒出一句，那有什么用。

有时候在桌上,他还会把一盘食物推到一边,动都不动。我们曾有过两条柯利牧羊犬,狗儿跟他相互为伴。狗死了之后,他说他再也不会养狗——因为兽医不肯来我们家。还有抄电表水表的人,把小皮卡开进我们家场院,被他辱骂一顿,结果掉头就走,不愿再来。"

"艾米莉,每个人都有好的一面和坏的一面。"诺拉悄声表达自己的意见,然后还是悄声地,<u>重复了一遍</u>。

"你在那先坐着吧,艾米莉,"凯斯琳说,"让我去多煮一壶茶。"

她站起身,茶壶已经拿在手中。在别人家的厨房里烧茶,对她已是驾轻就熟的常事。她说,她能找到地方的。

艾米莉表示不要凯斯琳去,但她在嘴上说着的时候心里却根本不反对。结婚以来的这许多年间,还没有别的妇女在她家厨房里烧过茶呢;她曾想象过,假如有一天他从场院走进家门,发现有另一个人而不再是她在自己家中,那会怎样。有一次,她开始给餐具存放柜刷漆,他回来,一声不吭就站到了厨房门口,让她吓得不轻。另外一次,她把一袋糖掉到了地上,撒得到处都是,他就看着她把糖和地板上从壁炉飞出来的炭灰一起扫进垃圾铲。然后他问她要干什么,是不是就那么扔掉;他说,那些糖还是一样可以加到茶里的!只刷了一半油漆的餐具柜至今还是老样子。

"他性情古怪,闷闷不乐地生活在自己的冷漠世界中,"只有妹妹被留在房间里陪艾米莉坐着,艾米莉便对着她说话,"哪怕是他已经老了,他还是幻想会有一匹马将改变他的命运;即使那剩下的唯一一匹马得了病,什么都干不成了,他还是抱着那种念头。马房里什么都没有之后,他还是去洗刷打扫,把新鲜的干草放进去。他脑袋里还是想着能从头再来,能碰上一匹好马,被人家当作便宜货卖给他。他从没说过这个,但他脑袋里就是这么想的。"

房子不干净。已经有好几年都谈不上干净了。她已经死了心,对房子,对她自己,对那台坏了的收音机,对她那辆轮胎被扎气全漏光了的单车,她都不想管了。两位访客应该已经注意到了,夏天的死苍蝇还留在那里没扫掉,房子里各处地方的灰尘也没人去擦。

"三小勺茶叶,还有一勺茶叶配给茶壶①,"凯斯琳说道,一边把茶壶放到壁炉边,"这样就差不多了吧,艾米莉?要让茶多泡一会儿吗?"

她还切了一些果子面包片拿进来——她看到面包就放在案板上,边上是切面包的刀子,还有奶油。她说,希望她这样做不要被当成唐突的自来熟,希望这不是强加于人的自以为是。但她的解释没有得到回应。

"他就那么坐在那里看着我,"艾米莉说,"我在厨房里忙着,他的目光就随着我移动。有一次,一只甲虫落在了桌上,他还是动都不动。虫子钻进了面粉,他也不伸手去抓出来。"

"这不是有点奇怪吗?"诺拉说,"你竟然会没有丢下他,自己走掉?事情都这样了啊,艾米莉。当然,我不是说你就应该走掉。"

艾米莉意识到她提出的这个问题其实以前出现过,但她没去回

---

① 英式茶取用茶叶量的常规做法,根据茶杯数量也即喝茶人数,每个茶杯配用一小袋或一小勺茶叶,再加上茶壶本身也配上一份的茶叶量;茶叶放入茶壶后,再用热水冲泡。——译注,下同。

答;她也不知道自己为什么没离家出走。现在回想起来,她就是没下定决心。她记得也想过要一走了之,记得自己当时内心的矛盾争斗是怎样的,记得自己怎样地思来想去,想着可以去什么地方;但房子是满怀慈爱的姨妈真心诚意留给她的,她就那么扔下房产,岂不是辜负了姨妈?另外,当然了,还有就是担心,无法想象他会怎么应付下去。

"艾米莉,要不要再来一杯茶?"

她摇头。风吹得更猛了。她能听到风吹动楼上的门扇发出的嘎吱声。她在楼上房间留着一盏灯的。

"把你们耽搁在这里,我很抱歉。"她说。

但杰拉蒂姊妹此时已经再度安坐下来,有新泡的茶帮着她们打发时间。凯斯琳宽慰艾米莉说,不管从哪个方面看,她们都没有被耽搁。那只四十瓦的灯泡光线暗淡,屋子里一片朦胧,壁炉台上放着的闹钟显示时间是十一点二十分,但实际上这只钟慢了半小时。

"之所以跟你们唠叨,只是因为我心累了,"艾米莉说,"时间都这么晚了,我本来没打算跟你们讲这些的。"

凯斯琳说,这全是因为情绪上受了冲击。家人亡故改变了一切,她说;不管你心里对死亡将临的事实是多么清楚,但还是会受到冲击,感到措手不及。

"我也不是想让你们认为我不爱丈夫。"

听她这么一说,杰拉蒂姊妹有点讶异和迷惑;凯斯琳跪在地上给壁炉添加煤块,诺拉则往自己的茶中倒了一点牛奶。这两个未婚妇女怎么可能明白她的感受?艾米莉心想。对于那个已经死去的男人,即使没有悲伤和哀恸之心,也还是残存有一点爱意的,她们怎么可能明白?从一开始,都是因为她的错误,她自己的愚蠢;毕竟,谁都没有强迫她做出这种选择。

三人的谈话还在继续,在这位新寡的妇人与两姊妹之间循环往复,有言词的交流和怜悯的哀叹,有抚慰还有鼓励。艾米莉回顾起过去更多的事情:婚礼场面,他擦得锃亮的鞋子与梳得光洁整齐的头发,随后在卡勒马场举办的结婚派对——场地就选在骑师聚会厅,因为他认识那里的人。她也提起更多的人,有些名字杰拉蒂姊妹知道,有些则远在两姊妹来此地之前。她还说到一些别的经历——有一年他去英国切尔腾纳姆的赛马会;还有一匹灰毛的老马,参加格兰拜尔的定点越野赛,腿彻底折断,只好开枪把它杀了。杰拉蒂姊妹则讲起她们在戈尔韦长大的故事——这座"宗族之城"① 如今已经变得非常新潮、生机勃勃,简直让人认不出来了;后来她们怎么又到了恩尼斯柯西市附近生活;还有凯斯琳在那段时间是如何感受到了宗教精神的感召力量,稍后这种感召力又是怎么减弱消退的,以及她在那之后终于领悟到她自己的动摇和错误原来是神对她的试探考验。就这样,杰拉蒂姊妹把她们传播信仰的宣教也泛泛地插入了这场对话。夜越来越深,艾米莉产生了一种感觉:她们这样长谈,是因为有必要如此——在这样一个破碎凄凉的时刻,试着用长谈去消解其他方面的惨淡无望。她为自己说了死人的

---

① 戈尔韦,爱尔兰西部一郡区名,首府即戈尔韦市;诺曼人征服爱尔兰后,该地由十四个富商家族统治,因此得名"宗族之城"。

坏话而愧疚，再一次责备了自己。杰拉蒂姊妹告辞离开时，已经是深夜三点半。

"谢谢你们。"艾米莉说，一边稳住为她们拉开的入户大门。最初轻微后来又刮得厉害的风，现在已经停了。空气清新干净。她让两位嬷嬷放心，说她能应付过去的。

两姊妹打开车门时，车里的照明灯闪了一下。引擎启动前，车尾灯闪出红光；一股尾气的白色烟雾冒出来之后，小车慢慢向前移动，随后加快了速度。

楼上的房间里，床单被拉起来，盖住了死人那逐渐僵硬的尸体——已经失色，还将腐坏。艾米莉跪在床边，祈祷这个长年来对她施以冷暴力虐待的男人得到救赎与解脱。她说起过的对丈夫的爱，已经被忧惧消耗殆尽，只剩下一层空壳，但她不会否认这一点可怜残余的存在，就像她在两位访客面前也没否认一样。只是，她无法悲伤，也无法哀恸：剩下的何其少，毁掉的又是何其多。她们开车走时，能够体会到这些吗？别人问起来时，她们会去解释，会说得清吗？

回到楼下，她开始清洗那些茶杯与碟子。她不打算睡觉。她不想上床。几个小时将会过去，然后殡葬工人就来了。

汽车前大灯照亮了路旁的矮石墙，狗舌草在墙根与路边旺盛生长；一旁的草场上，入睡的绵羊被圈在围栅后面，一动不动，荆豆花开在它们的腿间。像往常一样，凯斯琳开车——诺拉从来都没学过。刚刚结束的这次上门拜访是如此怪异，与姊妹俩此前熟知的经历，也与她们的预期大为迥异。她们一路都在议论，随后沉默了一会儿，然后凯斯琳说出了她的最终结论：因为有个死掉的男人停尸在楼上，她们所听到的一切无疑就显得更可怕。

诺拉蜷缩在后座的一片黑暗中，她对姐姐提出的看法并不认同。但她没有立刻就开口，车子又开了一英里后，才说道：

"我想说，要是让我自己来说，我们刚才就是跟死人坐在一起的。"

客人的来访只是短暂打破了沉寂，现在，房子里又恢复如初。床上的死人已经永远安宁了，不会再有什么黑暗邪魔从他的尸身中跑出来祸害人间。楼下的妇人坐在壁炉旁，照看着炭火；随着黎明慢慢从窗帘的边缘渗透进来，她感觉到自己的心神受到了些微的扰动，有了一丝活力躁动。那种疲惫感减弱了，让她好受了一点点，一种平静感主宰了她。在这间缺少打理、被世人遗忘的房间里，她现在并不为自己对好意而来的杰拉蒂姊妹所说的话感到后悔；如果有些地方那姊妹俩不是很明白，那也没什么关系了。她又多坐了一会儿，然后起身拉开窗帘；白昼的光照倾泻而入。她的白昼是夜晚带来的鬼魂，这鬼魂呈现出她自己的形象，因她此前便是幽魂一缕。

传　统

像惯常的做法那样,他们一个一个地走进来。先是汉布罗西,然后是弗罗盖尔,接着依次是阿克林顿、奥利维尔、马克卢斯、纽康贝和纳皮尔。按照进入的顺序,他们每人都看了泥地上死掉的寒鸦;一共七只,跟他们的人数正好一样。

"肯定是莱格特干的。"马克卢斯说道,其他人全都没吭声。马克卢斯之外,只有纳皮尔也怀疑莱格特。别的人则一片茫然,但奥利维尔除外。鸟儿的脖子被拧折了,有一只的头干脆被扭断,掉下来了。死鸟歪倒在尘灰中,羽毛失去光泽,耷拉着贴住地面;它们那晶亮如珠的眼睛也已呆滞暗淡。"这些嗜杀的家伙,该死。"纽康贝干巴巴地说;从他的音调中听不出义愤或激动的情绪。奥利维尔知道,是那个姑娘干的。

铃声响起来,在敦促他们去礼拜堂。上午的时间总是很有限,就只有这么短短几分钟,但也够他们来到谷仓,看看那些鸟是否安然无恙。通常,钟开始敲响之后,这七个孩子就已经走在返回的路上了。而在返回之前,他们还往往在谷仓抽上一根"早间小烟"。

"哦,老天!"他们往回赶的时候,马克卢斯往地上啐了一口唾沫。弗罗盖尔和阿克林顿说现在他们也同意了，应该是莱格特干的。其他人则没说什么。

他们一直在教鸟儿讲话。他们之前的好多届学生都玩过这个。他们用食物诱捕，抓住那些年幼的小鸟，然后修剪它们的翅膀，再慢慢驯养。也有其他地方可供他们来安置这些鸟儿，但谷仓这里是最合适的：空空的谷仓很宽敞，墙上有个孔洞，用那种圈养家禽的细铁丝网拦着，正好差不多当作一扇窗子；铁丝网还被用钉子铆固在门的底部，挡住门扇下面的空隙。这间谷仓没有别的用途，废弃之后便被人遗忘，直到有一天有人在这里贴上告示说整个区域禁止入内——这个禁令布告也不例外，很快被同样地遗忘了。所以学生们很多年来都在这里养鸟玩。但以前从没有过这样的野蛮杀生事件。

他们教寒鸦说话，但这些鸟儿并不能清楚地发音吐字。鸟儿并不会相互交谈，甚至不能发出一个可称为语词的声音。教过几个小时之后，它们发出的声音也只是近似于人声；到底是什么意思，只有靠听者去解释发挥。有人说，如果鸟的舌头修剪一下，或许能取得更令人满意的成果；过去就有人这么干的，但那已经是好多年前的事了。人们觉得那样也未必管用。

几乎连一点点的时间也没提前，七个小男生及时赶到了礼拜堂这里；老师们排成队，正等着从回廊上进入礼堂。他们从老师的队列旁走过，在会堂里找到位置坐下；七个人坐在一起。他们立刻觉察到今天上午明显有什么不对头的事情；大家呢喃含糊地念过祷告词，又开始带着略显夸张的虔诚激情、架势十足地高唱赞美诗；这一过程更是刺激和放大了他们的好奇心。神情庄严的牧师主持了这些仪式，还点到即止地提及了"荒野中的诱惑"①，因为现在正是一年中容易犯这种错误的时刻。他那种庄重严肃早已屡见不鲜，是他惯常的气质，与夜里所发生的那件杀生案完全不相干，而且他也不知道。"因为经上记着，"他引用《圣经》，"主要为你吩咐他的使者保护你。"以这句引文收尾，他干净利落地结束了布道演讲。学生与老师们都穿着正式的袍服，列队依次退出，走进室外的清新空气里；身后传出管风琴演奏的即兴曲，是亨德尔的曲子。

通常，大家会四散走开，然后才三五成群地开始讲话，与此同时，音量也会提高。男生们走向好几个方向，朝着零散分布的教室走去，而老师们则往同一个方向走，去大家共用的一个房间拿马上就要用到的书本。汉布罗西与阿克林顿还是待在一起，而马克卢斯、纳皮尔和纽康贝则另成一伙，这三个人都属于那种更聪明机灵一点的孩子。弗罗盖尔要去上钢琴课，奥利维尔则接到校长的传唤，要去接受训导。这七个男生，每人心中都还记挂着那已经发生的暴行，愤恨和怒火都还没有从他们身上消退。

弗罗盖尔一边等着老师，一边弹着钢琴；从汉考克先生上次给他上课直到现在，他基本上没怎么练习。在校长的房子里，学校的屠宰工和勤杂工戴恩斯离开房间时，会客厅大门上方的蓝光灯被他关掉。他样子阴险、幸灾乐祸地对着奥利维尔眨眨眼睛，似在暗

---

① 荒野中的诱惑原指耶稣在荒野中断食四十天，三次受到撒旦的诱惑。这里与时间扯上关系，应当是说即将春暖花开，容易诱发青少年的性冲动，导致野合行为，因此加上了引号。

示他对奥利维尔为何被传唤知道得要比奥利维尔本人清楚得多。他眨眼算是白费了，奥利维尔根本没搭理，因为那是戴恩斯的常见花招之一。奥利维尔轻轻敲了敲门，然后便听到校长在里面说让他进去。

"我很失望。"校长开门见山，从他此前取暖的壁炉边走开，走向与会客室相连的一个小房间；那里散乱地堆放着书籍、作业论文和收缴来的学生物品。校长身材粗壮、体重可观；他在一张桌子后坐下，而奥利维尔则站着。"我很失望地注意到，"他继续说，"三门科学课程，你没有一门的成绩达到基本的合格线。需要指出的是，选择读理科方面的课程，这可是你自己做出的决定啊。"他暂停片刻，盯着被抽到他面前的一张纸看了看。"你确定你的学业目标是在这个方向？"

"先生，我有些好奇，想更多地了解科学世界。"

"坐下吧，奥利维尔。"

"谢谢您，先生。"

"你说你好奇？"

"是的。"

"现在，告诉我你为什么对这个方向的知识感到好奇。要知道，那些无知又无能的孩子，如果我有意识地让他们只停留在一个蒙昧天真的世界，那是因为我有义务如此，同时也是因为良知让我这样去做。奥利维尔，这所学校的学费很高。学费高是因为期望也高。舍监应该早就对你们说过了。我今天上午叫你来这里，就是要让你清楚我们对这些事情给予高度重视。你选择科学课程，并不是出于天命的驱动?"

"不是,先生。"

"那你只是纵容了一种好奇心。你在纵容自己:那会是很危险的。"

这家伙为什么一定要以一种夸大其词、一本正经的方式说话?奥利维尔在心里嘀咕。只是因为自己所知甚少,所以才希望去学更多的东西;如果这也被叫作自我纵容,那就自我纵容好了。但怎么能说是很危险的呢?他觉得不解,不过也没问。实验室的功课他做得不怎么样,这之前并未让他感到意外,现在也没有。

他回复说自己很抱歉。校长大人说起了学校对于本校传统的深厚信念——在任何合适的场合,他都会提到这个。他所称颂鼓吹的传统与奥利维尔的学业失误几乎完全没有关系。校长的这种做法,本身也是一个传统:但凡与规定的或期望中的行为表现的背离偏差都被认为是出于这样的根源,也即对学校那些历经时间检验而积淀成形的戒律和良好惯例的漠视与怠慢。这位校长的前任们在他们任职的年月里也这样倡导对过往遗承的重视,对男孩子成为男人时所取得成就的关注,还有对他们的欠缺不足① 保持警醒。而奥利维尔的前辈们也肯定听过如此的训诫,听的同时带着与现在程度相似的怀疑与轻蔑。

"你看我们能不能这样,"现任校长提出建议,"今天你就向我

---

① 此处直译为"他们所欠的债务",但显然语意双关,另一层意思或指学校不容许有学生欠费;读者在后面或将发现此话还另有校长不曾意识到的弦外之音:某些男孩对贝拉的亏欠。

保证，从此以后开始好好学习？过一段时间我们再来检查核实你的表现，比如说，五周之后，怎样？"

"先生，要么我还是退出科学课程吧。"

"退出？我可不喜欢听到这样的回应。"

"我错了，先生。"

"奥利维尔，不要错上加错。考试失败本身就已经是一种惩戒了。也许，你可以好好反思一下这次的失利。"

提出这个忠告之后，校长便打发奥利维尔回班。在距离教室和校长会客室都挺远的那间石板铺地的大厅里，奥利维尔立刻就把校长说的话忘得一干二净，思绪又回到了那些被残杀的鸟儿身上。他再次得出了之前已经得到的结论：肇事者并不是另一个男孩子。今天下午的游戏课之后，莱格特将会被他们抓住，然后被劫持逼供。回教室的路上，奥利维尔悠悠荡荡、慢慢吞吞，预想着那场不公正的报复，但他也很清楚他不会将自己暗中的推断透露出来。不这样做，有着一种乐趣；保守秘密，知道别人不知道的事，这给他带来快感。

星期三这天直到下午茶的时间都是她的。一直以来都是这样的安排，如果有改变，她很可能会感到不满。每周中间段的这一天已经被她当作她个人的星期天——只要没有因为什么特别的事情而设定闹钟，只要在远处响起的礼拜堂钟声和开始上课的铃声可以被忽略。在这个时段中，即使是处于无意识状态，她也知道要做什么：一直睡觉，直到上午时间过半。她睡得并不踏实，因为会不时受到梦境的扰动，而这个时段的梦境总是那么清晰生动，但这也没关系。没有什么比周三上午更奢侈惬意的了，可以在半梦半醒之间想象一下早餐之后那杂乱无序的餐厅，开始上课之后那突然到来的一片安静，还有被收进餐具室的刀叉杯盘——在那里擦洗干净再拿回餐厅，然后在老橡木桌子上布置好，以供午餐使用。周六晚上也是她的休息时间，但那完全不同，也不被她当回事；她当天还经常替其他的工友顶班，甚至都不用人家再换班还她。

这天上午，她十点半起床——这是她周三的常规时间表。炉子上煮水的间歇里，她翻看了一份报纸的彩色增刊。她打开后门，身穿睡衣站在那里，撵走了那只讨厌的猫。曾经，斯塔克普尔会在周三上午来找她；他是唯一这样做过的人，是那些年来唯一能够找到一点空当和机会的男生，就在周三上午十一点到十一点四十五分这段时间。她记得很久之后的一天，斯塔克普尔回到母校，身边带着一个女人——旁人说那是他未来的老婆；他带着那女人故地重游，指着这里那里比画了一番。她记得当时还想到了斯塔克普尔会不会也把她自己指给那女人看。

她又站了一会儿，感受着那柔和清新的空气。闻到烤面包片的焦香味，她折回了厨房。

他们在采石场上生火煮了一点咖啡，倒在果酱瓶里喝了。他们觉得这种不加牛奶的咖啡喝起来很美味；牛奶可是讨厌的玩意儿。然后，仰躺在阳光朗照的地面上，他们抽起了烟。

与此同时，莱格特则蹒跚着向他住的宿舍那边慢慢走回去；在他估计自己还是能被他们看得到的这段距离里,他一直装出跛足瘸腿的样子。他认为自己有根肋骨被打断了,但弗罗盖尔声称他拥有医学知识,用手指按了按又敲了敲他的肋骨,然后说没事。"绝对没断。"弗罗盖尔是这样说的,但莱格特对此则不很确定。他们独独挑中他,是因为他会耍阴招、暗中下手——他们就是这么说的,而莱格特也承认自己不够光明磊落。虽然如此,他还是无辜的。他根本不愿去碰那些可憎的丑八怪寒鸦,更不会把它们那长着尖喙、会啄人的鸟头抓在手中。

"不是他干的。"阿克林顿说道,打破了一阵长时间的沉默。其他人也逐一对他的结论表示认同。不过,海扁了莱格特一顿,这根本没什么好后悔的。

"那是谁干的呢?"纳皮尔问道。奥利维尔没说是那位姑娘。

"除非是戴恩斯。"马克卢斯说。

他们都这样猜测,但奥利维尔没有。戴恩斯不是他们能对付得了的;他们没法痛揍他一顿,也没法捉弄他,甚至跟他理论这件事都不行。因为尽管这个勤杂工确实知道他们在养寒鸦,但没告状;如果指责他杀了鸟儿,他很可能会发起反击,不再保持沉默,而是将这个秘密捅出去。他这个人可是火爆脾气。

"无论如何,我也不认为是戴恩斯干的,"阿克林顿又说道,"他没理由来染指这件事。"

几年前,有个男生上吊自杀,但没能把自己的小命给了结掉。后来有人推论说他也没真的打算死,因为他打的那个绳结根本就不曾收紧了;他选了一棵树上吊,一只脚踩踏进树干的一个空洞里，身体垂挂的重量都落到那只脚上了。这个孩子后来没有继续在这里上学，而是被送回了家；人们认为他精神有问题。他们现在又说起了这个男生，因为想来肯定是某个脑袋进水的类似家伙杀了那些鸟。他们罗列出那些神经兮兮的学生，对每个新提出的嫌疑人的近期行为，反复地进行分析讨论。奥利维尔则不言不语。虽然不是这几个男生中最年幼的，但他是个子最小巧的；他深色的头发齐着额头剪出了刘海，脸色显得有些苍黄病弱。跟这些同伴在一起，他的样貌有点与众不同，那种纤弱又敏感的清秀是其他男孩子所没有的。其他小男生的样子，看着似乎是上帝造人时有点漫不经心、疏忽大意了——或者说当奥利维尔置身于他们当中时，仿佛成为一个例证，说明上帝的造人活计也可以做得稍微好一点。这些孩子穿的夹克，袖子都显得短了，变硬的头发有点乱蓬蓬的，声音也开始变粗，唇上腮边冒出了小胡髭，皮肤上痘斑点点；显然都是青春期的征象。他们没人特别注意到奥利维尔避免了男孩蜕变成为男人时所拉开的这些序幕；奥利维尔的这些朋友接受了身体发育所带来的尴尬笨拙的体态，对留在青春背后的东西并无遗憾或惋惜。

最后一点咖啡喝完了，烟屁股被扔进火堆的余烬中，然后他们把树枝烧完留下的炭灰四散踢开。他们全体一起回到学校，又走到曾经是寒鸦之家的谷仓这里。汉布罗西以前在学校的农场上帮忙干过活，所以知道农场的一些习惯做法；他绕道几步去拿了一把铁锹，又提出指导意见，找了一处最适合挖个墓葬坑的地方。死鸟被一只一只地扔到坑里。马克卢斯将挖出来的土重又填埋进坑中；然后，他们抓捕新鸟的行动就开始了。

这所学校在奥利维尔入读很久以前，就发生过一些怪事，然后在人们之间口耳相传，历久弥新：礼拜堂钟声在午夜仓皇敲响；雷诺阿画作《读书的女孩》的复制品本来是挂在一处级长们共用的房间中两扇窗子之间的，却突然被摘掉不见了；有人从多比-高登的大衣口袋中偷走了一只打火机和一个烟斗；还有中央供暖系统的神秘崩溃。这些怪事是在很多年间断续发生的，时间跨度很大，唯一的共同点就是至今还没有哪个嫌疑人被发现和受到处罚。此外，看上去也不太可能让同一个人对上述事件中的任意两件都负责，更不用说对全部事件负责，因为一个男孩子在学校就读的时间长度有限，没机会去完成两宗恶作剧。七年前——这远远早于奥利维尔的入学时间——在学校的单车棚里有人制造了麻烦：很多车胎被无缘无故地放掉了气。此后的岁月一直都风平浪静、波澜不兴，直到寒鸦屠杀案的发生。

奥利维尔对那姑娘的怀疑，纯粹是出于直觉的驱使，而且怀疑的不仅是最近的这次事件，也包括此前其他的怪事。他确信自己的猜测没错，对自己的直觉很有信心，也感觉到她这些怪异之举背后有着某种意图——而且这种直觉敏感几乎毫无漏洞、无懈可击。但尽管如此，他还是想不出她这么个餐厅女工为什么要在深夜一点敲响大钟，让大家梦中惊魂，以为火灾突发？还有，她拿走多比-高登的烟斗能有什么用处？他最初产生这种怀疑念头时，也猜想和推测过这其中或许有复仇的动机，但很快就否定了这种看法——他觉得什么复仇之类的推断太浅薄老套，太水到渠成了。莱格特被揍的那天，在喝下午茶的时候，他脑海中又冒出同样的念头，就趁着那姑娘不注意的当儿盯着她看，试图找到什么蛛丝马迹。在被观察者还毫无察觉的情况下便悄悄闯入这个人的私密区域，看出这个人的内心隐情，这是奥利维尔的一项专长，他也为此而有些自鸣得意；但这天他有两次，甚至是三次，不得不骤然中断他的探秘盯视，因为出其不意地，他凝视的目光被对方的眼睛回望了。那女工名叫贝拉，但在餐厅这里以及餐厅之外的地方，她都被称作"姑娘"。

把盘子顺着一条胳膊放上去，盘子彼此接触以保持平衡，这个餐厅女工能一次托起并分发五只盘子，每只盘子里都装着肉肠卷或者配上青豆的烤面包片，要么就是炒鸡蛋。今天吃的是肉肠卷，两根香肠裹在一层面粉中油炸，面粉皮被炸得焦脆，呈深棕色。在餐厅圣安德鲁区①的第二张桌子上就餐时，如果你不想吃肉肠卷，把自己的那一份递给乔姆就行，反正他能帮你给吃了。餐厅其他的地方，一般都是更常规的一些做法，不想吃的肉肠卷就放在那里，餐后会有人处理。

这天的晚餐，奥利维尔的座位是在圣大卫区的第三张桌子上，在级长老师的右手边；这个座位每十二天就循环一轮，级长的位置保持不变，那些男生则每天依次换位。就餐时，级长一言不语，除

---

① 此为教会学校，大概是模仿大学分立为各学院的建制，以基督教圣人来命名各栋校舍，餐厅的位置空间也按校舍名相应分区，供各校舍的学生分别落座。圣安德鲁是圣彼得的兄弟，使徒之一，与后面的圣大卫、圣帕特里克、圣乔治一样，在这里都用以指称校舍以及餐厅不同的区位。

了要盐、胡椒或者果酱时才开口；这种自在超然、旁若无人的进餐姿态也算是他的一种特权。温热的盘子里装好食物，顺次传送到每一排孩子面前；级长的盘子在最后一趟才送过来，同时拿来的还有芥末。

让奥利维尔揣摩不透的那姑娘不为他这桌上菜。他看到她在餐厅远远的另一端，那里是圣帕特里克区的餐桌，阿克林顿、纽康贝和汉布罗西都坐在那边。驯养寒鸦的几个孩子中，只有奥利维尔坐在圣大卫区。弗罗盖尔、马克卢斯与纳皮尔都坐在圣乔治区；圣乔治校舍的体育游戏非常出名。

餐厅里的嘈杂声相当大，但奥利维尔能听到的零碎谈话声只有来自他自己的这一桌，其他所有人的声音都已消融在全体的喧嚣声中。这个周六晚上的论辩主题是关于鬼魂是否存在。有没有鬼的话题提早说完了，然后大家开始讨论一条国内新闻——一名医生被证实杀害了他的几位女病人；医生应该受到何种惩罚，学生们有支持处以死刑的，也有反对的。桌子另一头的两个男生负责用一个大金属茶壶倒茶；奥利维尔喝完茶，将杯子与茶碟递向他们。他然后又去偷窥那个女工。清理盘子与刀叉餐具的时刻还未开始，她现在等在那里，与其他女工一起，在餐厅贵宾席的桌子前面站成一排；这次晚餐贵宾席没有用到。

她被称作姑娘，只是名义上的说法而已。这是从过去流传下来的一个指称，当时她是餐厅女工中年龄最小的；很多年过去了，人们依旧习惯于称她为姑娘。当年，她那清新脱俗、天生丽质的容颜在餐厅中引起一波又一波的欲望躁动与激情渴慕，这也让她赢得了某种名人般的荣耀——对这样的知名度她安之若素。奥利维尔感觉到，自己有那样的猜测，也是因为这些过去的事实掺和进来，让那些神秘的怪事更合理了；但他不知道两者之间应该怎么关联。她并不介意别人观察她，盯着她看——这一点，也是事实，也有些难解。

这样回想之后，他脑中一片空白。"奥利维尔，"级长打断了他的呆怔思绪，"拿果酱。"

奥利维尔伸手去拿装着苹果酱的碟子，一边对级长表示失礼了。她现在已经处于中年后期，个子高挑，戴着那种头巾式的帽子，灰褐色的头发扎拢在脑后；她的五官间还是透露出传说中倾城美貌的痕迹，但那青春的无瑕容颜只有多年前的男生曾得以亲见。奥利维尔明白了——从他最初对她开始感兴趣时便意识到了——她为什么跟其他餐厅女工不同。这不仅是因为从过去流传至今的种种传闻，也不仅是因为她的容貌特征证实了前辈学生对她美丽芳华的描述并非夸张，同样也不是因为她喜欢安静无言，而其他女工则压低声音、故作神秘，对餐厅里那些飞短流长的话题喋喋不休。她与众不同，是因为有一种别样的东西，一种只属于她自己的东西。再一次地，她的目光对接了他的凝视；因为隔得太远，奥利维尔没法确定她这样回望是否有意为之，但不知道怎么回事，他还是确信她的目光别有用意。

油炸粉里裹着的棕褐色香肠肉闻起来味道有点大，不过奥利维尔清楚，肉并没有坏，味道还是香肠与肉的味道，只是烹炸过程中，肉本身的天然气味被释放出来，而且浓得有点过头。她第一次朝他这边看的时候,他没有认出她来;因为她当时没穿女工制服,他差点就从她身边走过而浑然不觉。从那以后,他就经常注意到她下午没事的时候,或者一天的事情都做完之后,在学校外围的小汽车道上散步,独自一人,而不是像其他人那样通常都三五成群。她从来都不笑,连类似笑的表情都没有;他自己也不笑。

传来人群起身站立的哗啦声,凳子被从桌子旁推开的嘎吱声,鞋子拖曳在磨光的地板上发出的啪哒声。"……奉我们的主耶稣基督之名……"级长主管老师开始朗声诵读,然后说出这个晚上的事项通知。通告结束后,当值老师赶紧跑去忙碌,级长们也随即四散行动,一个跟着一个离去。餐厅人去楼空,只剩下了女工们,她们又接续起刚才被打断了的闲扯。

底下将不会再是鸟儿之类的。每次都有新花样。奥利维尔曾试着去猜想下一次的惊人之举将会是什么,但终于绝望地放弃了努力。怪事再发生时,他将已经离校;他想象自己将来或许因为某个老校友活动而回来,然后就会听到有人无意间提起新发生的什么怪事。他想象着自己并不很清楚发生了什么,因此最后就不得不直接发问。有那么一刻,他想让自己的朋友们完全放心,告诉他们新抓来的鸟会安然无恙,屠杀惨剧不会再重演。但他打消了这个念头。又到抽烟的时间了,七个男生结队向一处小石头堡垒走去;他们在无人注意的田野边角垒砌起这座石墙棚屋,为的就是偷偷吸烟。

那天晚上,校长本人在晚祷仪式上发言——只有在极少情况下他才会这样做。他讲了自己编的一则寓言故事,说有一个人如何每天都重复他自己的生活,重复着某种一成不变的行为模式,但这个人让那种单一的生活模式变得更丰富更有意义了。校长还讲到，这个人如何又做了一个梦，梦见他曾经背离了他所选定的道路，结果受到上帝的严厉审判与惩罚，此前生活中赢得成功的地方全都遭遇了失败。

在校长的言辞中，奥利维尔意识到一种轻微模糊但确有所指的暗示或隐射；他不禁怀疑校长这个故事的灵感或许就是源于他自己在科学课这一方面的偏离越轨经历，以及随之而来的考试失败。在结束演讲时，校长大人没忘了再次提及传统的重要价值；他坚称，传统以及传统所支配下的这所学校如果能有效地发挥力量，那么这种力量就必定得到了上帝的赞同和许可；上帝如果感到不悦，那必有人会受到惩罚。校长的这套哲学依旧是老生常谈，除了他这次的讲话披上了寓言的外衣。校长的演说是一个完整的圆，圆圈结束的地方也就是圆圈的开始：这所学校，还有学校那历经时间锤炼被证明是可敬可贵的传统惯例——这个传统把男孩升华为男人。

过了一会儿，奥利维尔借助一本《凯利氏直译参考》来研读贺拉斯的一首颂歌。他发现自己动不动就会分神：校长对于学校教育所抱有的绝对信心——坚信是那些长期确立的训练课程和仪式体系帮助少年过渡为成人，还有那餐厅姑娘的反常之举，这两组思绪轮流地来袭扰他。她的罪是反叛的武器？她的反叛是意有所指，还是只不过随性而为？当她实施一起又一起骚乱行为或不安事件时，她心中想的是什么？为什么现在看来，校长的信念与那个女人一而再再而三的奇怪行径似乎齐头并进，相伴相生，就像拼图那样彼此契合？贺拉斯写道，愿少年们学习格斗实战，在军事训练中变得坚忍强悍,将艰辛困苦的磨炼当作诤友良言①。奥利维尔尽其所能将拉丁语字词与英文对应配搭,而他个人对这一句的诠释理解却并非字面意义上的直接转换。

当然了,校长并不知道——正如他之前的学校主事者们也同样地浑噩不察——那个餐厅女工在其少女时代,作为肉身存在的她本人,已经成为本校传统的一个断片:她让那些如今早已成人的男生经历了一种私密仪式,一种已然写入学校非官方编年史的仪式。学校的教育传统中也有这个,奥利维尔提醒自己,然后继续他的拉丁文研习,一丝不苟地找出哪个词与哪个词配对。

一天的事务最终完结后,餐厅女工与宿舍女佣们,还有做其他各项杂务的工友们,全都下班返家。有几个人是开车来回的,车上有空位大家就搭搭顺风车;有的人则是骑单车;还有的人干脆步行,走回居住的村庄。步行的人当中就包括那姑娘——她现在已是半老徐娘。走在两旁枝叶茂盛的乡村车道上,她一边还抽着烟,稍微落在两位同事的后面——其中的一位手拿电筒来照亮道路。她所喜欢的那个男生,皮肤仍然像瓷器一样润滑,虽然没有瓷器那么白,但好在也没有那种典型的白瓷肌肤容易出现的红润血色。他那略显灰黄病弱的面庞,那敏感凝视的黑眼睛,还有那完美地贴合着前额轮廓的发际线,一切都让她心生爱意。

她继续向前走着,他的样貌形象占据了她的脑海,他的声音与

---

① 原文为拉丁文。

很久以前那些男孩的声音交相呼应——这样的声音曾温柔呢喃,呼唤着她的名字。他明白这些的——她猜测到他会是这样的一个小男生,对这些心有灵犀,因为他就是那种类型的男孩。对那种类型的男生,她总是一目了然。

午后散学的第一遍钟声响起,洪亮的余音节奏铿锵。低年级的孩子们收拾好自己的课本,轻手轻脚地从走廊上通过;他们尽量压低走动的声响,更不敢谈笑喧哗,因为中高年级的学长们还要继续预习明天的功课。奥利维尔在读毛姆的《寻欢作乐》,这本橙色书皮的平装小说被他藏在《雷利爵士与大英帝国》[①]以及一本实验室指南手册下面。一张纸条从一排桌子的另一头传过来,打断了他的阅读,上面写着:"是不是查普曼干的,你觉得呢?"他草草写上三个字"也许吧",又把纸条传回给纽康贝。你不得不撒谎。如果他们提到哪个人有嫌疑,而你却明确否认,那么他们就会疑心你知道内幕。

最终总会有什么人猜疑到的:她前前后后已经惹出了那么多事,所以难免会有人怀疑到她的。他对所有其他那些事情都相当确定,因此也确信这关于真相暴露的最终推测不会是胡思乱想的幻觉。他无法知道得更多。他也不相信自己将会知道得更多。在想象中,他眼前又浮现出她的形象,就像他有一次或两次——差不多也

---

① 爱尔兰历史学家大卫·B.奎恩(1909—2002)的作品。雷利爵士是指英国伊丽莎白时期著名的探险家沃尔特·雷利爵士(1552—1618),同时他也是作家、诗人、军人和政治家。

是一天中的这个时段——曾在外面路上看到她时的样子：身穿海军蓝的外套，衣服上的腰带宽松地系着，戴着头巾，上面有马的图案。

"贝拉，开心，"走在前面的两个人大声道别，她们在岔路口转向欧芹巷道时，一先一后地说，"晚上开心。"

现在大家不管早晚都喜欢用这个词来招呼，但她讨厌这种流行语，太没有实际意义了。"晚安。"她回答道。

上下闪动的手电筒光顺着欧芹巷道远去，伴随着说话声与偶尔的笑声。她朝着另一个方向走去，耳中听到的只有一只猫头鹰的鸣叫。接近铁路员工小酒馆时，又有了人们的说话声与笑声，然后便听到霍吉斯太太家前院房间里音量开大了的电视声。

她的妈妈如果还活着，这个时辰应该已经上床——她假设如此。他会在教堂墓地的紫杉树林间等着，默不作声，她经过时，他也不言语。然后她会煮好茶拿到楼上妈妈的床边，看着老人的眼皮奄拉下来，安然入睡。她会把大门的木头门闩推向一旁，然后把自己房间的窗帘向右拉开，留出一英寸的空隙，就那么保持着不长的一小段时间。不用敲门，他就会自己推门进来。

有个男人离开铁路员工小酒馆，在她身后打招呼，跟她说晚安，她同样回应了一声。这些人之中的任何一个，都曾对她垂涎；现在她仍是他们的女神，她一直都很清楚。老天，她心想，跟这些人当中的一个成婚，然后生活将会是多么窒息！

教堂墓地旁的便捷小径，她走起来早已不再介意。从一排排的墓碑间穿行，对她而言已是不值一提。格雷夏姆家族的巨大墓穴已经损坏，有一处地方开裂坍陷了；墓碑前的花环早已被遗忘，早已凋败零落，在有月光的夜晚，看上去阴森诡异。叶子腐烂发出的气味，曾经让她联想到死尸。

她生活至今的那座小房子，位于村道最远的那头。在她童年时，父亲每天早上便离开，去采石场工作；他在家里楼上的房间死去，她的妈妈也是。妈妈去世的那天，学校的一个男生恰巧来了，她只有打发他离开；那男生叫泰特曼，是圣安德鲁校舍的学生会长。他教过她几句法语，同样的东西，还有，每人都有自己［喜欢］的口味；为了发音正确，他让她噘起嘴唇。很久以后，她想象过跟他一起旅行，遍游法国与德国；当侍者要她挑选甜点时，她就说同样的东西，就吃他已点的那种甜品。他的金发颜色很淡，根本不像现在的这个小男生——这个男孩的名字她还不知道。

她转动门锁钥匙，打开前门，直接走进房间，拉上帘子；是那种厚重的帘布，罩在门板后面，将风挡在屋外。她坐下来，两根散热片的电暖炉让她的双脚暖和起来；茶与几片小黄油饼干也为她增添了热量。这些小零碎带来的隐秘快乐，总是让曾经的男生们欢喜不已，而另一种意义上的宽慰，更是令人迷醉。至于她自己呢，也感到满足温暖——虽然不太一样，但差不多如此。

宿舍里安静下来，奥利维尔又想起了她。他想到，当她正值妙龄，情绪波动时，她的表情会如何随之变化。他想象她是端庄娴静的，因为在餐厅她有时候就流露出这种气质特征——餐前祷告时，她静静地站立等候，而其他人则明显不耐烦。他的思绪跳转了一下，又看到她穿了一件不同的衣服，没戴头巾，头发披垂在肩上。他看到她的女工制服铺开了，平整地放在一张熨衣板上；去试熨斗的温度之前，她用水沾湿了一根手指。他看到她穿着袜子的双脚，眼中含着笑意；接着，他看到了她裸露的身体。

贾斯蒂娜的牧师

只有贾斯蒂娜·凯西才最明白事理。这个念头在柯罗赫西神父心头反复出现,不过转念一想,他又不得不摇头否认这种想法,因为——说实话——这姑娘根本不明白什么事理。这种内心里的矛盾感总是让柯罗赫西神父有点烦恼焦灼。每当贾斯蒂娜来忏悔求告——尽管她从来没有过什么罪孽,这种熟悉的心理体验便让神父感到困扰。他不禁怀疑自己恐怕已不能胜任这份神职,甚至觉得自己愚蠢,因为他无法厘清这件事的头绪,而身为牧师,这样的局面应该是在他的理解范围内的。

贾斯蒂娜刚刚离开忏悔室,柯罗赫西也出来了。他往四周看看,找她。在教堂后面,靠近圣水钵的地方,她手中捻动着诵经串珠。"神父,我是坏人。"她总是坚持这种看法。听着她的告解,柯罗赫西再次清楚地意识到,她甚至连什么叫作坏或者恶都不知道。可是,如果他不吩咐她去捻着珠子祷告一番,如果不叫她去说几声万福玛利亚,那她走出教堂时会闷闷不乐的。完全是出于自愿,她隔不了几天就来把祭坛上的黄铜花瓶还有十字架擦得锃亮。周六的晚上,她也会出现,提着一桶热水从街上走来,然后去到圣器收藏室，从储物柜的挂钩上将拖把取下。每周五，她会把教堂各处滴漏和积存了一星期的蜡烛油给擦掉，再去整理那些早就过了时的传教单页和教义小册子，直到摆放布置成她自己满意的样子为止。

柯罗赫西神父五十四岁，正不可避免地变得更矮胖；红头发被剪得短短的，露出斑斑点点的头皮。离开教堂之前，贾斯蒂娜将指尖在圣水中蘸湿了，为她自己祈祷祝福；神父在一旁看着。贾斯蒂娜走在地砖上的脚步非常轻软，仿佛她的虔敬之心指令她这样走，仿佛她这个人还没有她脚下神圣之所的地面重要，也没有教堂里点燃的蜡烛和石膏圣母像重要，甚至没有那些无人问津的传教单页重要。他还记得她刚入教初领圣体时的情形，怀里紧紧抱着一小簇稀稀拉拉、干瘦的铃兰花，与一起参加仪式的其他孩子拉开一点距离，拘谨地站着。就在那之后不久，她便问他是否可以让她负责打理那些铜器。

教堂大门在她身后无声无息地关上了。柯罗赫西神父感到一丝空洞落寞，感到身体内仿佛有什么东西被拿掉了一般。

贾斯蒂娜慢慢悠悠地走着，打量着路边橱窗里的东西。赫西尔零食店里陈列着听装的糖果，这些罐子后面放着一排大玻璃瓶，瓶子里什锦糖果装得半满，有做成娃娃形状的胶冻软糖和牛眼形圆糖，有软馅夹心的水果糖，还有太妃糖。梅里克店里有新到的服装，橱窗一周前才刚刚更新过；克伦利铺子里卖的是肉；南顿店里全是陶瓷器皿和炖锅之类的。麦克格拉汉店里的干货上都积了一层轻微的灰尘，细小的尘埃落在巴里牌袋泡茶上，也落在鸡肉火腿肉末罐头和比斯托酱料的广告画上。斯卡利太太的蔬菜店外,放着的卷心菜已经不新鲜了,胡萝卜叶子边缘的绿色也显出了一丝枯黄。

"贾斯蒂娜,还好吧?"斯卡利太太站在门口向贾斯蒂娜打招呼;她的胳膊交叉抱在胸前,印满大花的罩衫门襟交叠着,包裹住她的腰身。她总是把胳膊叉着,贾斯蒂娜这样想着,一边停下来听她还有什么要说的。肩膀斜靠着门框,全身重量都落在一侧身体上,头发上还夹着一只卷发器,脚上趿拉着拖鞋,胳膊交叉叠抱:斯卡利太太总是这么个样子,除非她在称量土豆或者打包大萝卜。"还好啊,"贾斯蒂娜说,"我很好,斯卡利太太。"

"店里新进了苹果。你能不能告诉家里人,说我这里又有苹果了?"

"我会说的。"

"还有几个桃子罐头被撞瘪掉了。我想打折处理,不要全价的。"

"你之前跟我说过了,斯卡利太太。"

"那你跟家里人提了吗?"

"我当然提啦。"

贾斯蒂娜继续向前。她跟姐姐梅芙讲过桃子的事,但姐姐什么都没说。吉尔弗勒先生也听到她说桃子的事,然后他就笑了。米克塞又走进来说,如果罐头上的凹痕导致生了锈,那你必须小心为妙了。米克塞是梅芙的丈夫,吉尔弗勒又是米克塞的父亲。钻石街是这一家人居住的地方;梅芙照管着这个小家,她大多数时候都无法掩饰这样一个事实:她厌恨这个家庭的人员构成。梅芙高个子,黑发,一直不曾生育;她泼辣能干,做起事来干净利落。母亲——无论是从贾斯蒂娜还是从梅芙能记事开始,母亲便寡居拉扯着她们生活——去世之后,只能由她来照顾妹妹;她不得不认为自己被坑了。当状况可怜的公公因为年老多病而必须搬来跟她们一起住,梅芙无疑又被坑了一次。还有,她在结婚前没有意识到,米克塞这家伙,你一定不能让他靠近小酒馆——这是梅芙又一处被坑的地方。每当有人对她膝下没有一儿半女表示同情或安慰时,她经常都是这样回应:"哦,得了吧,我可有几个孩子要照料呢。"

贾斯蒂娜在"今日今夜"杂货店里买了个冰淇淋。从都柏林开来的大巴刚刚带来了当天的晚报。报上的头条写着"投反对票者成为胜者",她搞不懂那是在说什么。她认识的那些居民在从货架上拿东西,瓶装的矿泉水还有罐装饮料,从大大的中心冰柜中取出冷冻食品,从架子上取下杂志。她继续在店里漫步,舔着冰淇淋,小口地咬着奶油边缘的蛋筒。她走进一条货架通道,又从另一条通道出来,经过了擦鞋油、消毒水和家用电子点火枪,看到纸杯装的速食汤料降价了;如果你有什么东西忘了在"大奎恩"超市买,这个杂货店里也应有尽有。

两位修女在买凯利金牌乳制品,其中一位边将东西放进她的铁丝篮,边对贾斯蒂娜说:"你是个很棒的姑娘。"另一位修女老一点,也更严肃一点,在一旁没吭声。

"哦,我算不上啦。"贾斯蒂娜回道。她伸手把冰淇淋举到两位修女面前,但两人都没有舔一下。"我怎么说都算不上很棒的。"她说。

"你转到哪里去了?"梅芙在厨房里问道。

"斯卡利太太又在说桃子的事了。艾格尼丝和拉尔修女在'今日今夜'买东西来着。"

"你跑到那里去干什么?"

"没什么。"

贾斯蒂娜停顿了片刻,然后告诉梅芙她买了冰淇淋;梅芙知道这是因为妹妹突然认为如果瞒着这个不说就是撒谎。

"老天,看看你自己的这副样子吧!"她喊叫起来,因暴躁而无法自控,"你在这里就没事可做?一定要到镇上去转魂?"

"我要去做忏悔啊。"

"噢,谢天谢地!"

"你怎么啦,姐姐?"

梅芙摇头。她感觉到自己眼中的疲倦和憔悴,这让她想闭上眼睛,然后这疲惫感又扩散到她全身的每一处。她转身去做贾斯蒂娜进来之前她手头上的事情,将煮过的土豆切片。

"去布置一下餐桌,"她说,"把你的棉衣脱下来,去布置好餐桌。"

"我这里有一封布莱达写来的信。"贾斯蒂娜说。

贾斯蒂娜进来时已经把厨房门在身后关上了,但也没向厨房里边走多远。她总是有自己的一套办法来进入这样一种行为状态,就像她能够莫名其妙地站到厨房水槽边,却不知道为何要站到那里,也不清楚要干什么,仿佛突然之间就把一切都忘了。在梅芙的记忆中，这么多年来，她一直受到妹妹这一心智缺陷的刺激和搅扰；比如，贾斯蒂娜动不动就带回来那些小店主的口信，说什么这个或那个的新货到店了，要么就是又有什么东西便宜卖了；再比如，她接到过从离镇子六英里的一个农场打来的电话，那农夫说贾斯蒂娜又拿草喂他家的小公牛了。那男的每次总是说，他并不反对贾斯蒂娜喂牛，他担心的只是小牛们可能会调皮撒欢，弄不好会把小女孩给挤倒踩伤。

"梅芙，给我读一读布莱达的信，好吗？"

"我要你忘了这码事，离她远一点，听到了吗？"

"当然听到了；布莱达都不在这里的。"

"她在什么地方，就让她往后还是待在那里吧。"

"我该去布置餐桌吗？"

"我刚才叫你干吗了？"

"好的，我这就去。"

柯罗赫西神父走在路上，与贾斯蒂娜所走的方向正好相反。她离开教堂时，一种空洞感占据了神父的身心；现在，这种感觉让位给了一种更宽泛的被剥夺感或失落感——这些天来，他很少能摆脱这种感觉。他那座教堂的煊赫好光景已经一去不返，让他的神职身份陷入日薄西山般的凄凉余晖之中，而曾经召唤他献身宗教的天职使命感也没有过去那样坚定急迫了。他看到来听自己布道宣讲的信众人群日渐萎缩，心底不由生出一种被遗弃的没落感，但也只能默默忍受这种挣扎煎熬。困惑感不仅弥漫于时代的社会道德风习中，而且也扩散至教堂的信仰领地。为了抵御这种困惑,他向天父祈祷,寻求指引,但没得到神的回应或启示。

柯罗赫西神父走向城镇中心的市政广场;广场上矗立着一座石灰岩雕像,雕像人物是一位反叛起义的领导者。这行走的几分钟里,一阵熟悉的忧伤一直伴随着他,但并未从他的行为举止间透露出来。对于教堂所面临的困境,他忧心忡忡,但他觉得有必要掩饰这种心态,将惶惑担忧当作个人秘密来保守;不过,这并不能减轻他心理上的沉重负担。他藏起了自己的隐忧,而费奈非神父则暂时丢下了这个教区的事务——与此相比,他对自我情绪的成功掩饰也并不能让他感到更多的一丝轻松。费奈非神父遭遇了一场车祸,目前正在康复治疗中;他是个外向的人,社交广泛,是一位能将宗教信念带上高尔夫球场的牧师——在球场上,上帝赋予他的使命从来不会妨碍他挥杆击球。"哎呀,我们当然已经是尽心竭力了。"费奈非神父总是习惯于如此评价他们的工作。柯罗赫西神父开始惦念起与费奈非神父相处共事的日子——在费奈非的陪伴下,有时候看上去几乎像是得到了某种庇护。

"给点零钱吧,神父。"一个年轻女人在街边房屋的门洞里向他乞讨,女人身边有个婴儿,被裹在大披巾中,睡着了。"今天能不能找到几个铜子儿?"

她说她会为神父祈祷的;他谢了她,一边摸索口袋找她所希望的硬币。他认识她,她通常都待在这个地方。他本来可以顺口问问她什么时候能看到她去做弥撒,但他懒得多嘴了。

音乐声轰隆隆席卷而至,漫过整个小广场;是从马尔万尼的电器与电视商店里传出来的；前奏乐音很快便引导出鲍勃·迪伦那漫不经心、直抒胸臆的低吟浅唱。马尔万尼自己确立了一项固定传统，每逢哪位通俗娱乐明星的生日，他就播放一首音乐以表敬意——今天是庆祝鲍勃·迪伦的六十岁生日。尽管在这种场合下只播放一首歌，而且在相关的这一天歌曲播放也不会超过一次，柯罗赫西神父还是认为，在一座宁静的小城中，这样的声音会给居民们带来袭扰，因此他有一次还跟马尔万尼谈过这个问题。但马尔万尼不买账，他争辩道，对城中年纪稍长的人来说，突然听到比如佩里·科莫①或者多莉·帕顿②这些巨星的曲目，肯定颇感怀旧温暖，而小年轻们听到那些在音乐天空中冉冉上升的新晋明星的歌声，肯定兴奋开怀。就这么着，一位牧师对电器商的反对意见被简单扼要、速战速决地消解了；这是意料之中的世相常态——用费奈非神父不时挂在嘴边的一句表述来说就是如此。替上帝放牧羔羊的神职人员，影响力在不断衰弱，他对此的反馈是不加抗争地默然接受。时代总是在变革，这句提醒在鲍勃·迪伦的歌声中又重复了一遍，然后马尔万尼店铺里的大喇叭便复归岑寂。

"神父，今天天气好极啦。"一位妇女跟柯罗赫西打招呼；他回应表示天气确实很好，她说感谢上帝能有这么好的天气。柯罗赫西在心里想道，这位妇人是否知道，或者说人们当中的任何一位是否

---

① 佩里·科莫（1912—2001），美国歌手、电视名人，曾售出数百万张唱片，每周录制播出一次的电视音乐节目也大获成功，经久不衰。
② 多莉·帕顿（1946—　），美国乡村音乐女王，创作演唱俱佳，精熟多种乐器，有史以来唱片销量最高的音乐人之一。

知道,当他布道宣讲时,他心怀愤怒,因为他实在不知道要对人们说什么,但他只有想办法掩饰自己的苦恼,一字一顿、勉为其难地完成教义宣讲。"费奈非神父还好吗?"那妇女又问道,"神父,你听说了他的情况没有?"

他于是告诉了她。费奈非神父康复得很不错——这是他上午才听到的消息。

"难道是我们为他祈祷,上帝听到了?"那妇女试探道。柯罗赫西同意了她的说法,然后继续前行,穿过小镇,走向他与费奈非神父寄宿的人家。

茶已经准备好,放在桌上等着他。远处的山峰叫作库姆拉山,这座灰色的独栋房子因此被顺势称为"库姆拉山居"。屋子前的草地上长着一棵鸽子树;灰色的铁栏杆围在场院四周,将房子与大路隔开。是他与费奈非神父一起决定将教堂附近的牧师居住用房贡献出来,服务于一个更好的用途——那里如今已变身为青年活动中心,而镇里长期以来都很需要这么个地方;他们的这个善举首先获得了主教大人的许可,最后更是得到了他的祝福。

"我给你做了火腿,还有一份沙拉。"女房东一边说着,一边将这些食物放到柯罗赫西神父面前。

"我当然愿意啦,"当贾斯蒂娜请他读一读布莱达·麦奎尔写来的信时,吉尔弗勒先生爽快地应道,"信带在你身上吗?"

贾斯蒂娜带着信。吉尔弗勒随即提议他们最好把信拿出去,到后院别人听不到的地方去读。这些天来,只要一有人提起布莱达的名字，他的儿媳妇便火冒三丈，气不打一处来，更别说让她听到布莱达在都柏林干这干那的了。很久以前，布莱达还带着贾斯蒂娜一起出去玩——能让妹妹走开一会儿，这对梅芙来说算是暂时的解脱；但如今这两个姑娘都长大了，而且布莱达·麦奎尔离经叛道、不走正路，所以情形自然不同了。

"我现在住在一个很棒的地方！"来到没种花木的小后院，吉尔弗勒给贾斯蒂娜大声读信。后院已经成了杂物堆放场，放的都是些废弃的洗手台盆、坐便器和破漏的马桶浮球——这些都是做水暖工的儿子为人家维修换下来的旧件。在铸铁散热片和一只浴缸四周，荨麻已经长得挺高，蒲公英和酸模草也正在旺盛生长。吉尔弗勒先生此前已在后院清理出一个角落，还放了张从厨房拿出来的椅子；天气晴好的上午，他便坐在那里看报纸。

他留着小胡子，头发已经灰白；曾经结实且偏于短粗矮胖的身材如今没有那么肥壮了，因为岁月已经在他身上留下了种种痕迹——年事已高当然带来了诸多变化。腰明显地变弯了，肩膀关节发炎酸痛，还有胆结石的困扰，再加上手掌腱膜挛缩症导致的手指扭曲变形，这一切都把他变成了另外的一个人。他当年所做的行当也是水暖工。

"这样的房子是你根本没见过也想象不到的。"他继续读信，一边想象着信中所描述的阔大宅邸：这个地方住的是戏剧演艺界人物，满屋子总是咖啡飘香，人们都睡到很晚才起床。吉尔弗勒先生很难相信布莱达能在那样的圈子中找到立足安身之地，不过他猜测布莱达所言也有可能确有其事。

贾斯蒂娜坐在浴缸沿口上,信中的话让她接受起来就根本没有吉尔弗勒那样的疑虑或困难。她毫无异议,完全相信布莱达所讲述的一切。她看到她的这位朋友仿佛近在眼前,身穿信里描绘的蓝绿间色的和服。"就像是一条龙裹在我周身。"吉尔弗勒读出这几句,并解释和服是日本人的一种服装。他感觉到身体里某处地方有点异样,便肯定地认为那是一块胆结石在转移位置;伴随的是一阵悸动抽搐的疼痛——他时常去那里看病的医生告诉他,这是他这个年纪的人免不了会有的。

"戴维·拜恩酒吧①的热闹劲也是你们从没见识过的,客人极多,连门口都塞满了。熙来攘往的都是人,总之就是这么个情形。"布莱达·麦奎尔真变成街上女人②了,吉尔弗勒先生在心里自言自语。她有钱了,你能猜得出来她有大把钱,信里那些事不是编造出来的。她说她暂住的那栋大宅位于岛桥③附近,丽翡河的水岸码头就近在咫尺;这又一次证实布莱达说的是实话。码头那里是你可以找到她们的地方,有个泥瓦匠曾经——大概五十年前吧——这样告诉过吉尔弗勒;现在,要是哪个男人想找个站街女郎娱乐一把,去码头那里大概依然可以如愿。"有个朋友带我出去玩,"他接着读下去,"他叫比利。"

"你听到没,听到了吧!"贾斯蒂娜低声地说,却兴奋难掩。信

---

① 戴维·拜恩酒吧(Davy Byne's),都柏林知名的美食酒吧,以海鲜著称。
② 暗指站街卖春的妓女。
③ 岛桥(Islandbridge),位于都柏林城区,横跨丽翡河(River Liffey)。

里提到了举办舞会的大饭店，还有商店、电影院。还说买了手镯；贾斯蒂娜看到她的朋友与比利站在一处柜台前，台面是玻璃镶嵌的——就像镇上亨尼希钟表店的柜台那样——项链和手镯摆放到台面上，让两人随便挑选。她看到他们又出现在一家餐馆里，女招待为他们端上了烤肉，就跟贾斯蒂娜看到人们在镇上伊根的饭馆里吃的一样，一大块肉排、土豆片，还有培根、鸡蛋和香肠。比利的样子应该就像一部电影里的飞行员——布莱达临走之前的一天，她们在一起看电视，看了那部电影。"你那里怎么样，有没有什么小情况啊？"吉尔弗勒先生读信的声音在继续。

贾斯蒂娜无法对这封信加以回复，因为她有学习障碍；只要是牵涉到写字，她都应付不了，所以书面交流的权利就被剥夺了。不过，布莱达还记得这码事——当然记得，因此又在信中很自然地写道："这段日子里我说不定哪天会给你打电话的。"吉尔弗勒先生大声读出了这一句，然后感到身体内的疼痛又移位了，到了腰背这里，就像一块胆结石有可能会转移的那样。

"比利不是很棒吗？他给她买了好东西，多大方啊！"贾斯蒂娜说。

"是就是吧，贾斯蒂娜。"

"比利，难道这不是一个很棒的名字？"

"是个好名字。"

吉尔弗勒先生猜测信里的那些说法只不过是在隐瞒诸多的道德罪恶罢了，随便用一个名字来替代布莱达本人也不甚明了的那些买春客人的名字；而所谓礼物则是另一种托词，指的是在码头周边某座房舍的门口从男人手上转到她手里的钱款而已。

"我会梦到布莱达和比利的。"贾斯蒂娜说道,一边从浴缸沿口上滑下来,站到地上。

柯罗赫西神父听着贾斯蒂娜的告白。她讲述了因为布莱达打来电话,姐姐是如何跟她发脾气的。她说,她走进厨房告诉梅芙布莱达在电话里讲了什么,而梅芙根本就不听;梅芙在用干毛巾擦杯子,紧接着就失手把正擦着的一只杯子掉在地上摔碎了。然后梅芙开始哭了,泪水从脸颊上簌簌流淌而下,顺着脖颈淌到连身裙的领口里。家里已经有个老人因为病痛已多年无法自己整理床铺了,但这似乎还不够烦人;米克塞还动不动就出入酒吧鬼混滥饮,但这依旧似乎还不够烦人;还要加上一个有学习障碍的小姑娘,再加上那个像垃圾场的后院,这难道还不够烦人?整个爱尔兰难道还有别的女人,能忍受比这更多更糟糕的吗——尤其是,在这一切之外,还有个像布莱达·麦奎尔那样的小娼妇竟然来添乱,而镇上的人们都以为上次看到的已经是她最后一次的背影?

贾斯蒂娜在忏悔中把所有经过都说了。她是坏人,她说。她刚刚在电话里跟布莱达有说有笑了片刻,梅芙随即就在厨房里哭开了。布莱达让她去都柏林,说她们会过得很精彩很带劲。不管怎么样,要弄到一些路费,布莱达说,就跟吉尔弗勒先生拿点钱吧,随便多少。然后坐下午两点半的大巴,就是她以前乘过的那同一趟车。来都柏林待上几天吧,那又能有什么坏处呢?"我会把全套秘密告诉你的。"布莱达说。

柯罗赫西神父默默听着；他的手指交叉紧扣在一起，这是他听人忏悔时最常用的姿势；他把头转向一旁，好让耳朵能听到从格子窗上的帘布后面传过来的小声告白。所有来向他忏悔的人在陈述时，神父从来都不插话，除了曾经打断过贾斯蒂娜；现在他再次这样做了。

"噢不，贾斯蒂娜，你不能去。"他说。

"神父，我是不是该为梅芙说一声万福玛利亚？"

"贾斯蒂娜，告诉我，你不会想要跑去都柏林吧？你可不能再让你姐姐不安心烦了。"

"只是布莱达去了那儿呀。"

"我知道，我知道的。"

他还记得她们在钻石街上玩耍的样子。那时两个小女孩才五六岁，贾斯蒂娜的黑头发剪了齐刘海，顺着脸庞两侧的弧度卷曲披挂着，而布莱达则很瘦小，像只鼬鼠。入读修女学校后，布莱达成了修道院嬷嬷们眼中的灾星与噩梦：她机灵狡黠，精明而且颇有策略机巧，散布起流言或说起怪话来很会拿捏分寸，也懂得所有那些不用说出声的花招手段，来表露她对老规矩的轻蔑和挑衅。长大一些之后，她开始涂口红；到了最后，她更是肆无忌惮，常常身穿印有扎眼粗口的T恤。

"神父，假如乘上大巴去那里，是不是就做了一件坏事？"

"我想大概是这样的。贾斯蒂娜，你还有别的事要求告吗？"

"没了，就是梅芙哭得很伤心。"

"离开忏悔室的时候，帮我点上一支蜡烛。周六来打扫地面，擦干净那些铜器。"

又一次地,神父想起她初领圣体之后独自站在教堂外面圣祠旁的情形:她的头稍微仰起,脸上洒满了阳光,那束铃兰还是紧紧地抱在胸口。她从小格子间离开之际,神父低声说了句为她祈福的祷告词,因为他知道这是所有言语中她最喜欢听到的东西。她或许会去到儿时朋友那里,或许会忘了他所说的意见,或许她能莫名其妙地弄到大巴车费,然后就走了,谁也不告诉——这让神父感到有些悚然惊惧。

两天之后,趁着贾斯蒂娜在教堂擦洗地板的空当,柯罗赫西神父拜访了那座位于钻石街的房舍。

"请进,神父,请进。"吉尔弗勒先生在家迎客。

他领着神父进入一个房间;那里电视上播放着的一场足球赛正在进行中,是阿斯顿维拉对阵阿森纳俱乐部队。吉尔弗勒先生说他儿子刚才在看比赛,然后有电话打进来,说麦克卡伦大屋的一个水槽不通,水漫出来了。吉尔弗勒边说边关掉电视。梅芙也不在,去买切片熏肉了。她很快就会回来,他说。

他们谈起吉尔弗勒先生很多年前在教堂做过的一件活计,那次是给教区会议室装了个水槽。神父说那水槽如今还很结实,很好用。一直都在用的,他说。

"那是只贝尔法斯特水槽,"吉尔弗勒说,"好家伙,那东西的名称就叫贝尔法斯特水槽。没有比那更好的货了。"

"确实。"

"神父,请坐。我自己也得坐下来了。这双老腿已经不管用了。"

厨房那里传来声音。吉尔弗勒先生向外大声招呼他的儿媳,说柯罗赫西神父在这里。梅芙走进来,大外套还穿在身上,头发用一条丝巾扎着。神父开口道:

"贾斯蒂娜的事,我有话要说。"

"她让您觉得厌烦了吧?"

"哦,没有,没那回事。"

"她老是待在教堂那里。"

"梅芙,教堂欢迎贾斯蒂娜去。问题不在这里,而是她提到了布莱达·麦奎尔。我担心的是贾斯蒂娜可能会自作主张跑到都柏林去。"

一阵沉默。神父感觉到,吉尔弗勒先生似乎要说什么但又改变了主意;他还意识到梅芙在以讶异的眼神盯视着他,似乎一时难以置信。柯罗赫西在一旁看着她,她克制住了自己的情绪爆发:此前也有一两次,当神父说出对她妹妹的担忧,她一下子就表现得冒失急躁,几乎是粗鲁无礼。神父依旧没开口说点什么;沉默在继续。

"她永远去不了的。"终于,梅芙说道。

虽然成功地控制住了慌乱躁怒,她的语调中透露出的却依旧只是一种犹疑不定、把握不大的愿望而已。这一抹渺茫的微光在她眼中闪烁,所以她摇了摇头,仿佛是要甩掉内心的不确定与忐忑感。

"神父,她怎么有办法去呢?"

"每天都有班车。"

"但她要有钱啊。每拿到一分钱,她马上就花光了。"

"我说的只是我想到有可能会那样,因此你们要注意着她。"

梅芙没有回应。吉尔弗勒先生说不会让贾斯蒂娜有机会登上大巴的。他自己会经常到广场那边去坐坐,在班车进出的地方多留心看看。

"如果她搭谁的顺风车,那就更糟糕。"

柯罗赫西神父说这一句的时候,梅芙倦怠地闭上了眼睛。她叹息着,然后转身走开,努力压制住心头怨愤的冲动。柯罗赫西神父为她感到难过和可惜。这个家真的不容易当,她已经竭尽所能了。

"我们会多注意看着她的。"她说。

这个周六的晚上,晚弥撒仪式结束之后,在关上教堂大门时,柯罗赫西神父疑惑自己是否已经成为绝望的牺牲品或掌中玩物;绝望是正典圣经中提到的最严重的罪恶,对一个神父来说尤其如此。街道拐角边、小广场上,男人们站着聊天,有的点起香烟,争论着第二天奥法利郡橄榄球队胜出的机会。女人们则相互挽着胳膊拉着手,一边散步一边说话。孩子们将从奥唐奈尔快餐店里买的炸薯片拿回家。教堂显赫辉煌的年代大概已经消失,他的信众集会人群日渐缩减,他的影响力也衰退到近乎不值一提,但人们的日子在好转,原先贫困遍布的地方现在有了钱,本来只有恭顺谦卑的地方如今有了雄心热望。人们得到了解放,他们昂首阔步的样子是过去很多辈人所不曾有过的。人们穿自己想穿的衣服，说自己想说的话，他们自由地选择停留在哪里或离开。他白天去拜访过的那位女士，如果她能够摆脱那个智障的妹妹，是否将要付出很大的代价？也是在一个周六的傍晚——只是与今天这个晚上略有不同，他第一次看到布莱达·麦奎尔T恤上的叛逆脏话，是用鲜亮的黄色粗体字印在黑面料上的，很简单，也很直截了当：操我。

在这座他已熟知多年的小城街道上，人们跟他说话，热情亲切又怀有尊敬。他们祝他晚安，祝他健康愉快。如果在布道宣讲时他不知道该向人们再说些什么，那他也不能迁怒于他们。他应该道歉，不过同时也清楚自己不可以那样做。在广场边，他走进了伊梅特小酒吧；酒吧就在以前的芒斯特与伦斯特银行——现在是爱尔兰联合银行的一个分行——与马尔万尼的电器店之间。周六教堂关门后，费奈非神父总是要光顾这间酒吧；柯罗赫西自己有时候也来，喝上几杯比美鲜黑啤酒，再抽上两三支香烟，一边与两个曾经的老同学聊聊天——四十年前，他们三人一起在基督兄弟高中读书。新一轮的经济繁荣中，这两人都干得很不错，结婚生子，连孩子们也已长大成人，都接受了该有的教育。柯罗赫西一直都挺喜欢这两个正直体面的老朋友，甚至有时候还羡慕或者说有点嫉妒他们那简单明了的生活。在伊梅特酒吧，说话的常常是这两个朋友而不是柯罗赫西，不过他们总是对他所穿的那件大袍子保持着适度的敏感。他们从未跟他讲过，几年前，某位颇受爱戴的主教被曝光是一个孩子的生父；当听说其他教士有什么不轨行为时，他们在神父面前也绝口不提。

"拉里,给我们都来份同样的。"两人中更高更壮的那个朋友对酒保喊道。一条颜色鲜艳的领带松松地挂在他的衣领间,脑门上因为有些色斑而显得暗沉。他伸出粗大的手,把空杯子朝酒保的方向推过去:"给神父也来一杯。"

"我认为奥法利队赢不了,"同伴中的另一个发表意见,"没门。"他身材修长而结实,更整洁挺括一些,专门销售农用机械和工具。

酒吧里热闹而拥挤,音乐声显得模糊微弱,仿佛传自隔壁另外一个房间,又像是从一台坏了的音响装置上播放出来的。人们的说笑声要么突然爆发为一阵吵闹哄笑,要么就如涟漪般荡漾开去,都很难听清什么。

"谢谢。"柯罗赫西神父说道,一边伸手端起斟满了的酒杯。

假如他现在提起教堂的慢慢衰落,那不免是个令人扫兴的话题。大家会觉得尴尬,觉得难以置评;最好别说——他的朋友们大概是抱着这样的意见。有时候,你得停止自己的念想,装装糊涂。

周六晚上在伊梅特酒吧的时候,一种孤绝感经常会悄悄爬上他的心头;今天又这样了。过去千百年来的虔敬崇拜已经创造出一种生活模式,三圣一体的玄奥神秘被视为理所当然,教会那凛然不可侵犯的尊尚地位——也包括俗众对教廷的谦卑遵奉——成为日常经验的一部分;但如今宗教的威权已经被连根拔起、化为乌有,过去的秩序也被抛弃,人们情愿生活在困惑混乱之中。神父与主教身份曾经象征的意义——他们以神的力量为教区信众带来救赎——如今在电视喜剧中遭到嘲弄哂笑，受到攻讦指斥，被呈现为荒诞不经的愚钝。别的集镇、别的城市和乡村教区的其他神父，也一样受到孤立。他们独居禁欲的生存、他们袍服那哀丧的黑色，都让他们显得格格不入；而这些曾经却是对俗众的慰藉和感召，只是那种抚慰和超度心灵的力量泉源很久以前便已干涸。

两个老同学的意见达成了一致：如果基尔·托宾状态很好，那么奥法利队胜利的旗帜就可以傲然升起。他们预测起最终的比分，他也加入其中，谈话继续推进。沿着镇外的迪纳基尔蒂路，先前那座老旧水泥厂的原址上，将会建起新房子。马登酒店预计要歇业六个月，因为内部装修要升级改造。还有传闻说一家肥料公司要接手威廉姆森的畜牧围场。

"你现在要走吗？"半个小时过去了，柯罗赫西神父听到朋友这样问他，紧接着又听到对方挽留说他当然应该再喝上一杯。

神父摇了摇头。第二支烟已经抽完，他将烟蒂掐灭。三人又交流了几句，然后他从熙攘喧哗的喝酒人群中向外走去；他的手向人们轻轻挥动了一两次，意思是打招呼道别。

到了外面夜色正逐渐变得浓重的街道上，他的沉思默想还在继续。在他坚守神诏天职的内心的某处地方，应该也意识到了，那个至圣至善的世界已经消失遗落——这在一定程度上是不争的事实——但他也从来无法否认，这份天启使命依旧还是按它本真原初的冀望来对神职追奉者提出要求和期待。但费奈非神父似乎不管这些，他容易相处，善于交际，乐天合群；有个周六的晚上，他在伊梅特酒吧领头，带着人们放声高唱——他那时已经喝得醉眼迷离、脚步踉跄，但唱起歌来还是得心应手。

柯罗赫西神父慢慢前行，这些陈年旧事、老调重弹的回想也逐渐被丢在他身后的小镇夜晚中；夜已深，小镇昏昏欲睡的眼皮也已半闭。这夜晚暂时不会有什么变动，然后，贾斯蒂娜·凯西的双手会小心翼翼地将清洁完毕的祭坛陈列品放置到位，将擦洗的抹布和"巴拉苏"牌铜器上光打磨垫整齐地摆放在一旁。轻轻地，她将百合花枝上一片已经枯黄的叶子摘掉。她刮掉烛台上积累的蜡烛油脂。她重新布置排放那些传教单页。

一切就是这样；他所能够拥有的就是这些，无论他是否理解和接受。贾斯蒂娜将继续留在镇上，因为吉尔弗勒先生会确保不让她坐上开往都柏林的大巴；梅芙会留心看管着她；过一段时间，布莱达·麦奎尔也会忘记她。在忏悔室那狭小的空间里，又将会有她那无谓的告解，神父将再一次宣告她的罪已得到赦免。蒙恩的幸福之光将在那童真的脸上闪耀，仿佛这人已看到上帝本尊显灵。

在外一晚

剧院的小酒吧里，人们还在说话；虽然已经有通知播放提醒过，两分钟之后演出就要开始，但人们还是不紧不慢地享用着饮料酒水。酒吧今晚的客人太多了一点，超出了恰当的接待容量，因此就谈不上舒适宽松；不少人只好挤在吧台前和房间角落里凑合着喝上一点东西；有些人则已疏散到酒吧外面通往观众席的几处通道口，准备入场。

"离演出开始还有一分钟。"扩音器里又传出不容置疑的最后提醒；随后，突然之间，仿佛潮水急退，酒吧里立刻便几乎空无一人。

酒保体貌特征鲜明，算得上是个人物。他面容沮丧愁闷，瘦得皮包骨，戴着眼镜；他干瘦细长——用他本人的话来说，就像一截老旧的绳线。女招待则显得年轻不少，体态丰满，总是乐呵呵的。

"喂，你看，"她说，"那个女的。"

一位女士没有与其他客人一起离开，而且也没有表现出任何要离开的迹象。她坐在房间一角的桌子前，那是酒吧仅有的几张桌子之一。在她四周，沿墙壁固定好的一溜架板上，还有所有的椅子上，都放着客人们留下的空玻璃杯。她自己喝的是一杯兑了汤力水的金酒，还剩有四分之三的高度。

"是聋子吧，你觉得呢？"酒保感到疑惑。女招待回应说，听力困难的人可从不到剧院这种地方来，这是显而易见的道理。但是，当然也有可能是这个人的助听器被暂时关掉了，然后又忘了再打开。

他们谈论的这个女人穿戴得漂亮考究，两种色调深浅略有差异的绿色协调搭配。长外套放在一旁，垂挂在她落座的那张桌子所搭配的另一张椅子靠背上；这件外套一面是粗花呢，另一面是防雨布料子。往昔美貌的遗痕照亮了她的五官，依旧惊艳，而且看似比她生命中早先年代的漂亮容颜更少了一些偶然草率，多出了一份沉静雅致。秀丽的金发间也冒出了少少的灰白丝缕，这与时光流逝所雕琢而成的其他变化一起，让她的容貌更增添了一种出众的独特气质。

"夫人，打搅一下，"酒保开口道，"提醒您一句，演出已经开始了。"

伦敦，这是个什么样的城市啊！杰弗里心中感慨道。他仰望亨利·哈弗洛克男爵铜像那昏暗的面孔；雕像头顶上落有少许的鸽子粪，因此这位功勋士兵的脑袋显得比脸部要亮一点。四月最后的熹微暮光正在悄然退去，此时的伦敦城便处于最美妙的状态，正如这个城市在清晨、当黎明幻化为白昼之际所呈现出的样子——在杰弗里眼中这两个时刻最美。特拉法加广场上，交通出现了拥堵，笨拙庞大的红色公交车与耐心的出租车都在慢慢爬行，时不时地有一两个单车骑行者从车流中蜿蜒穿过。人们聚集在过街路口的信号灯前，顺从地等待着，信号转换之后便可继续前行；每当一波行人过街之后，随后一波等信号灯的人群阵势就略微缩小一些，看上去就好似有些人从原先那同一群人中消失不见了。鸽子们在空中盘旋，仿佛在宣示翅膀下方的领土归它们所有；它们不时飞扑降落到地面，摇摆着去啄取地上的零碎吃食，或者还因为食物而相互争抢斗嘴，然后又一起呼啦啦拍动羽翼飞上天空，争吵的聒噪声在空中余音不绝。

杰弗里转头离开了这一切，把亨利·哈弗洛克男爵与鸽子还有那四只大狮子［雕塑］丢在身后；广场上的泛光灯刚刚才打开，照亮了国立美术馆的外墙立面。"让她在那等太久是不行的。"他低声自语，引得一旁经过的两个小姑娘对他窃窃暗笑。他让她等得略久了一点——到达约定地点时，他反而拐进了圣马丁巷的索尔兹伯里酒吧，点了一杯金铃威士忌，随即又招呼服务生说最好是双倍分量的。

他需要这个。说实话，他甚至还需要再来一份威士忌，但他摇头否决了这个念头，在心里自责道：如果喝得醉眼蒙眬、迷迷瞪瞪了，他肯定无法计划下一步的接触，而她也不会希望跟一个酒徒之间有什么进展。回到街上，他在防雨布料的外套口袋里摸索那只小塑料瓶——里面装的硬颗粒口香糖一走动就发出咔嗒声响。结果他在夹克口袋里找到了瓶子，然后便放了两粒糖在嘴里嚼着。

伊芙琳稍稍向后靠了靠，躲开酒保那看似脏兮兮的衰老面孔，也躲开了酒保的满嘴假牙与干瘦凹陷的双颊。他又说了一遍演出已经开始。

"谢谢好意，"她说，"实际上，我在等人。"

"你可以先入场，等你朋友来了我们会把他送进去的。如果你身上带着票的话。在演出还没有正式开场时，即使有人进出打扰了一下，其他观众往往不会太在乎的。"

"不用了，实际上我们只是在这里碰头而已。我们不打算看演出的。"

她看到在镜框厚厚的眼镜后面，酒保的眼中满是困惑。她随后读出了酒保困惑表情中闪过的内心念头：这事有点异常。酒保大概也满足于这样的判断——他毕竟得出了一个结论。

"我再问一下你不介意吧？如果你的朋友们都来迟了，身上还带着票，需要进场的话，我可以跟我的同事讲一下。"

"你真是太周到了。"

"不客气，夫人。"

就在她坐着的位置附近，酒保清理起架板上的玻璃杯，用一块半湿的灰色布顺势擦抹架板，同时收起更多的杯子，摞在一起，熟练地保持了平衡。"这位女士在等朋友，"他对在吧台后面一个水槽边清洗忙碌的女招待说，"今晚的演出，他们不看。"

伊芙琳能够感觉到从吧台那边投来的瞥视目光。稍后还会有猜测议论的，这也很容易理解，因为他们要消磨时间。而暂时她只不过是一个落单的女人，独自坐着。

"我还可以再喝一杯吗？"她对吧台喊道，她突然决定再来一杯，"你们等下有空就拿过来？"

然后她自己开始猜测起来，想象着一个什么样的人注定要走进来。过去的经历常常是这样：当一个令人失望的家伙应约而来，她内心便不由叹息一声，噢，老天！——而她的想象也就随即戛然而止。"哦，怎么这样。"她甚至对自己嘀咕了一声，然后徒劳地看向一边，装出并非在指望什么人来的样子。以前见过的人倒是有一些，这些人前赴后继——劳埃德的银行经理，醉心于合唱的音乐狂热爱好者，自称海军退役军官但实际是邮轮服务员的家伙，露出马脚后跟她道歉再离开的"鳏居"大学教授，还有个编写棋类游戏的男人。甚至在还未开口讲话之时，他们蝇营狗苟、纠缠不休的德行便与微笑一同展现出来，满肚子的小小罪恶却是欲盖弥彰。

有生以来的岁月中，不管是什么约会，她都会自我强迫似的提早到场先等着。今天她也是等着，同时做出了一个决定：如果这次还是不行，以后就不再重复这样的经历。她将对人生中的这件事听之任之；当然，那会是一个遗憾，但同时也会是一种解脱。

她的饮料送到了。酒保这回没有逗留。他说马上就把要找的零钱拿过来，她摇头表示不必。

"谢谢了，女士，请慢用。"

她以微笑作答。当一个男人出现在敞开的酒吧门口时，她的微笑还继续着。那男人有点犹豫不决，站在那里左右张望了一下，仿佛酒吧里人头攒动，有好几个不同的女人要他从中选择一样。他的紧张几乎一览无余。他走近了一点，先朝她点头示意，然后才开口。

"我,杰弗里,"他说,"伊薇,是你?"

"对,不过我的名字叫伊芙琳。"

"噢,我真不应该,非常抱歉。"

他那件防雨布外套有几处陈旧磨损得厉害,但好在不脏不破。他的颧骨挺高,脸上这一部位的皮肤好像被拉紧了一般。他看上去完全不是那种营养良好、红光满面的类型。他的深色头发倒是连一丝灰白都没有,但软塌塌的;她不禁怀疑他是否患了流感,现在还处于康复期。

"你的饮料要不要加满?"他以一种挺绅士的风度提议道,"来点小食吧,坚果还是薯片?"

"不用,这样就好,谢谢。"

你可以看得出来,他对吃的东西有点挑剔讲究。他那副略显生硬紧张的外表下,是否有着一种特别的脆弱?她一直希望对方要善于表达、谈吐得体,在这一点上他好像还没问题。如果他刚从哪怕是一场普通感冒中恢复,看上去自然也会有点憔悴;谁都免不了,这也不是能装出来的。他脱掉防雨外套,解下蓝色围巾,里面穿的是一件粗呢夹克,倒是与腿上那条浅棕色的灯芯绒裤子差不多搭配。

"我选这个地点碰头,让你惊讶了吧?"他说。

"可能有一点吧。"

现在没什么好奇怪的了;她已经见到他,从他那里可以看出一点点迹象,表明他是怎么来考虑这种安排的:演出开始后,剧院酒吧间会空下来，那样他和她都可以避免因为找错人而带来的小小尴尬。他没说出这一点，但她已经清楚。直到这会儿他才迟迟向她道歉，说让她久等了。

"等一下完全不要紧的。"

"你确定不要再喝点什么？"

"真的不用了，谢谢。"

"那好吧，我自己去看看酒水。"

杰弗里在吧台询问："你们有白的吗？干白？"

"先生，当然有的。"酒保转身从后面一个装了冰块的桶中拿出一瓶。"格瑞诺，"他说，"是干白，我们一直保持低温存放。"

"格瑞诺？"

"先生，这是这款酒的名字，产自'格瑞诺河谷酒庄'。瓶子上的标签差不多被冰块磨掉了，但这酒就是叫这个名字。格瑞诺在我们这里很受欢迎。"

杰弗里不喜欢这个酒保，对于从事服务业的人，他经常都不太信任。他猜那个女招待大概就像个人到中年的女儿那样照顾着酒保，听他因年老辛酸和身体的小病痛而发出的唠叨悲叹，偶尔会邀请老头子参加一两次圣诞的庆祝聚会。她白天的正式工作或许是售卖窗帘材料，杰弗里想道，而老头子则很久以前便从女人所在的那同一家百货商店退休了。事情有可能就差不多是这样，而剧院酒吧才是这两人的真实世界。

"好吧，这个给我来一杯。"他说。

他们聊了一会儿天气,然后又说起眼前的这间酒吧,评论它乔治王朝时期的石膏天花板的损坏情况——原初的天花板连一个角也没剩下。时不时地,欢呼声或笑声从剧场演出厅那边传来。他们的交谈谨慎地转向了更隐私一些的话题。

介绍所的人说他四十七岁;个人详情表格中"职业"一栏填的是"摄影师"。她想到的是电视上常看到的摄影记者,这些人成群地聚集等候在某个名流巨星的门外,或者在犯罪现场你推我搡地抢着拍照。但在电话里,那个介绍所的女孩向她确认:这里的摄影师不是指那种新闻摄影记者。"不,根本不像那种,"女孩说,"也不是婚庆摄影师。"他在他那个领域很出色的,女孩向她透露,跟一般说的摄影师有区别。

她试着在记忆中去搜寻一些伟大摄影家的名字,但想得起来的只有卡蒂埃-布列松①,而且脑海中也没有浮现出任何具体的影像。她本来想问问他最喜欢用哪种相机的,但话到嘴边却改口了,问他拍的是哪种类型的照片。

"城镇景观,"他回道,"真的就只是城市街景。"

她点头,很肯定的样子,好像已经完全了解他所说的意思,好似她也能领略给城镇街道拍照所蕴含的乐趣。

"我拍伊斯灵顿的一些地方,"他说,"还有东伦敦霍克斯顿一带那些小小的背街深巷。人们很少看到这些偏僻街区的景象。"

---

① 亨利·卡蒂埃-布列松(1908—2004),法国著名摄影家。

他一生的计划就是拍出伦敦各处的特色景观与独有风貌。他提到了很多地方：亨格福德桥、德拉蒙德街、礼拜街、砖头巷、维尔克罗斯广场（老井广场）。他描绘起路上的沙井盖、接收卫星电视的锅状天线投在地面的影子，还有雨水落在石板瓦屋顶上的样子。

"真是非常有趣的工作。"她说。

她想寻找的是生活伴侣。有时候，去唐斯丘陵草地或者海边休闲游玩时，她便体会到孤独感带来的重压。在电影院或剧场里，她常常不由得希望身边有一个人，可以让她转脸相向，说说对这个或那个演出什么的有怎样的看法。她并没有特别的愿望要去赴一场所谓浪漫的烛光晚餐约会，而介绍所——布莱恩斯顿广场联谊中介所——在一开始则想当然地把这个当作是优先考虑的重点；如果对方有这样的特意安排，她也不会拒绝，只要那人还算顺眼，能让她觉得称心。她接受约会，不过并未直接考虑到结婚，当然也没有将结婚的可能完全排除在外。

她认识的人都不知道她是布莱恩斯顿广场联谊中介所的一名顾客，但之所以隐瞒，倒也不是她觉得这有什么可羞耻的。如果熟人朋友们知道了这事，或许会引发一点点惊讶猜疑，但她可以轻松就应付过去。更难应对和敷衍将就的——而且一直如此——是那种很不舒服的感受：不管是从介绍所内部的办事方式还是从它所安排的那些约会来看，真相或者说事实都看似没有得到应有的重视和关注。至少她清楚自己当时是怎样诚实地填完那张个人详情表的，在每一个选项的小方框中画钩之前，不管是肯定还是否定，她都很仔细地查看斟酌了一番；当然她也如实写下了自己的年龄——今年五十一岁。在约会的时候,她也尽心尽力,不允许有任何的错误印象或误解;一旦发生,便随即去澄清。但即便如此,那种同样的不安焦虑总是存在;在她所开始的这种约会活动中,谎言和不实信息似乎是自然而然的——意识到这一点,不免令人忐忑又懊恼。

"你开车吗?"他问。

他看到她点了点头,掩饰着对于这个提问的惊讶之情。这个问题总是让她们觉得吃惊,他不明白为什么会这样。她看上去挺能干的,他默想着,一边努力去回忆介绍所提供给他的对方资料的内容。她是不是在什么语言学校工作过?他想起了类似这样的信息,就顺口提到了。

"那是一段时间以前的事了。"她说。

她现在孤身一人,另外,正如杰弗里所能理解的,她花了些时间去参与慈善事业。他由此推论她肯定有额外的私人收入。

"我母亲一九九七年去世的,"她说,"最后的那几年都是我照顾她。全部时间专门用来照料她。"

杰弗里想象着那位母亲死后留下了一笔不菲的遗产,而伊芙琳的父亲,他猜测,大概很早以前就离世了。

"很遗憾,我对摄影的了解恐怕非常有限。"她说。他耸了耸肩,模糊地表示那没什么好抱歉的,那是完全预料得到的。一颗牙开始疼痛,还是那同一颗,几天前的一个夜里刚发作过,也是同样地突如其来;是嘴里右下边最靠里面的那颗板牙。

"你觉得那有趣吗,"他问道,"我是说教语言之类的?"

比起介绍所竭力推荐给他的那位做保险的女士或者那位医院女护工，眼前这位有更多一点交往的可能。对前面那两位，他已经都表示拒绝了，但中介所的人还硬是给他撮合——他们有时候就是这么个行为做派。这次的约会他本来也无动于衷，但终于还是同意来见面。他用舌尖小心地舔舔那颗牙齿，同时也意识到，将自己与外语那种熟稔亲近的认知感设法传递给其他人，实际上，并非一种特别有趣的谋生方式。他不知道酒保手边是否有阿司匹林；或许，更有可能的是，女招待那里为酒保准备了几片；另外，男洗手间旁也许会有台自动售货机卖这个。

"我走开一下，你稍候片刻。"他说。

"啊，是的，男洗手间那里好像有这种玩意儿的，"女招待在她的手袋里扒拉了一阵子又摇头之后，老酒保说道，"应该就在洗手间门后面，先生。"

杰弗里往机器里投进去一英镑，但什么东西也没吐出来。他然后看到——但显然已经太迟了——在一截边缘冲压穿孔、形似邮票的纸片上，写着几个字：此机故障。只是那张纸贴得太高，让人很难注意到。他气呼呼地咒骂起来。如果不是因为约会，如果那位女士不在场，他想必会大闹一场，坚决要回自己的一英镑，甚至还要谎称他投了两英镑进去。

"你有车吗？"回到酒吧之后，他相当唐突地发问——从洗手间回来的途中，他想起来她只说过她会开车。是否驾车？中介所那啰唆得令人厌烦的个人详情表上列出了这个问题，但每次约会中他总是再问一遍，为的是得到确切信息。关于布莱恩斯顿广场联谊中介所提到的这一点,他的期望也并不高。他想找的只是一个有私家车的,能够把他和他的摄影器材从伦敦的某个选定区域运送到另一个地方,一个可以被——就如他自己私底下盘算的那样——吸引和投入到他的工作中的人。他设想着有个安静寡言的人,在他稍加指令训练之后,能够帮着打开和立起三脚架,能够使用简单的光线照度仪,能够写一点摄影笔记和保存创作记录;这个人能加入到他的创作活动中并觉得很有乐趣。他设想着这个人和他之间的对话全都与他所进行的摄影事业相关;除此以外就没什么是必要的了。当然,十八个月前,在布莱恩斯顿广场联谊中介所填写那张申请表格时,他可没有透露这些小心思的任何细节;他相信如果表明了这些想法,那肯定是不明智的。

"我只是想了解而已,"在酒吧桌边,他说道,"你自己是不是有车?"

他看到她摇头了。她一年前是有车的,一辆日产家用车。"我几乎都没怎么开过,"她解释道,"我真的很少开。"

他没让自己的懊恼急躁表现出来,但心里无疑多了份失望所带来的沉重感。这让他有些委顿,正如失望通常会带给人一丝消沉倦怠。最接近于他设想的约会对象是一名社会公益工作者,她开着一辆破旧的福特护卫者汽车;还有就是很久以前交往过的一个俱乐部的前台接待,她有一辆Mini。不过,这两段关系都没持续多久,每辆车都未曾真正地帮过他什么忙;两个女车主与他最终都不欢而散。所有那些努力都白费了,这一次又是这样。他甚至有转身走掉的冲动——那也无妨的,他这样想。

"轮到我来买饮料了。"她说，一边从手袋里拿出一只钱包；这让他不禁乱想她的包里是不是也装了一盒阿司匹林。

不过他没这样问。今天出门的时候他就想过，如果还是一无所成，或许至少会有一顿晚餐的犒劳安慰——提到牙痛之后可以很自然地将胡拉闲扯引向吃饭的话题。他现在寻思的是"舞台"餐厅。已经有过不少次，他在这家高档餐厅外停下来打量门口的菜单。

"我还是要这个酒。"他把杯子递给她，看着她走过无人的空间，朝着吧台而去。她穿得很不错：没理由不让她破费一点，她也应该完全付得起"舞台"的账单。

她在一旁听着，他如数家珍般讲着他的相机，说出那些厂牌名，还有闪光灯与曝光的种种细节。很明显，他有九台相机，其中几台已经很老旧，比现今市场上售卖的任何新型号都更好。他的伦敦主题摄影画册已经有出版商签约，将达到差不多一千页。

"天呐！"她低声表示赞叹。第三杯加了汤力水的金酒已经喝完一半，她感到舒适而温暖，待在这里也很愉快，虽然，及至现在她已意识到她和这个男人之间没什么投缘的地方。"我的天，那你会非常忙的！"她说。他和她的世界截然不同，她又加了一句。这样说着的时候，她很清楚不必去絮叨自己的经历；提起所有那些鸡毛蒜皮的事情，也必定啰唆乏味。谁有义务要对她的往事回顾感兴趣呢，况且那是关于二十多年前她爱过的某个人？谁有义务去了解她曾经那样爱过？当年对此还有所疑虑，而现在——虽然没有充分理据——看来，却是确凿无疑地爱过。一个陌生人不会看到那张她如今还能看到的面孔,也无法听到她曾听过的那个嗓音,自然也不能理解为什么从那以后她不想再要任何别的男人;陌生人也不会领悟到这样的启示或真相,这是那场爱恋所带给她的感触和启示——爱的迷惘总是源于猜疑在从中作梗。另外,你怎么能指望一个陌生人来听你诉说母亲病倒、卧床迁延多年的情形,还有母亲在市郊居民区的一栋房子里谢世因而摆脱病魔、得到最终解脱?把这些事放到一起,组成的便是你的一生;你生活在这一生的余波残局中,而且,连这个,也最好噤声不提。透过这些回忆的浮云烟影,她对着桌子另一边的同饮者微微笑了笑,因为没有理由再继续沉浸在自己的忧戚过往中。

"我现在考虑的是'舞台'。"他说道。

她以为他指的是另一台相机的品牌,便茫然地摇了摇头,他于是接着说那是一家餐厅。然后气氛就有些尴尬;伊芙琳想说,他们恐怕不必去开始做一件无法继续下去的事情,但她难于启齿——虽然他的姿态也暗示出这同样应该是他的结论。他们不是彼此想要的那类人;一开始看上去的潜在可能性,在四十五分钟之后看起来已经不是那么回事;过去的约会局面也往往如此。面对这样的情况,她只想说一句到此为止一切都还算不错;她只想说一声这次的见面她感觉挺好的,希望对方也有同样愉快的回忆。她杯中的酒离喝光还有一会儿,他的也是;所以也不必急着说再见。

"只不过,最好是这样,稍后我就得回去了,"她说,"但愿你别介意。"

她猜测他的一生中是否也犯过什么错误,随后留下了一片阴影；那是否就是他要找个什么人的理由——让那个人来填补生命中的这一缺憾，这一他从未能习惯或适应的缺憾？在这好奇心理差点就在眼中表露出来的那一刻，她微笑了一下，安全地掩饰过去了。

"我只是随便提提的，"他说，"那个'舞台'。"

演出当中一个激动人心的片段之后，中场休息的帷幕垂落下来。先是掌声与欢呼，然后最初的一波嘈杂人声传到了酒吧，很快就填满了这里的空间。观众交谈的零碎声音在这片被搅扰了的宁静空间中扩散，直到剧场那边的扩音器中又响起广播通知，提醒人们休息时间只剩下三分钟，然后是两分钟、一分钟。

"两位，我们现在恐怕要打烊了。"老酒保开口说道，而丰满的女招待则在那里四处忙碌起来，收起剩下的杯子，把椅子推向一面墙边，好让清洁工第二天早上来打扫时能清扫地面。"对不起你们了。"酒保向他们表示歉意。

杰弗里打算小题大做、找点碴儿，坚称要再喝上一杯，毕竟这是一间公众酒吧，没有说打烊就打烊的道理。他想象自己喝得醉醺醺的，半夜两点或三点突然醒转过来，发现心情极其沮丧，因为一个夜晚又在失望中远去了。然后他会记起特拉法加广场上亨利·哈弗洛克男爵雕像那严峻生硬的面容，还有因为听到他说出自己的内心话语而咯咯窃笑的那两个女孩。他会记起张贴在男洗手间旁此机故障的提示。在介绍所那该死的表格上，关于驾驶这一项，她应该说得更清楚的，省得浪费他的时间。

他想到要抓起一只杯子,砸向吧台后面那些倒置存放的酒瓶,然后杯子中某个顾客剩下的一片柠檬在空中飞舞,杯子的碎片溅落到烟灰缸和吧台下的冰桶中;酒保和女招待随后只好默默清理这些额外的零碎。他设想自己一声不吭地走开,留下这位女士去跟吧台后面的一对男女交涉,去赔礼道歉,求得和解。这些人都太没道理、太荒唐了;竟然连一片阿司匹林都没有,真是不可理喻。

"在剧院酒吧见面,这个想法真聪明。"他们从剧场门厅走过时,她说道。观众的笑声从演出厅传到这里,带来一圈声响的涟漪,随即又安静了。售票窗口已经关闭;一块公告板靠着售票处那繁复华丽的铜栏杆竖立着。从外面进来的方向可以看到公告板上的海报,大肆吹嘘着他们未看的那场演出是如何的精彩纷呈。

"那,也许吧。"他回应道,但显然还是模棱两可。他含糊其辞、迟疑不决,就像他在其他方面看起来的那样。

不过,无疑地,她没有搞错;当然,他也应该很清楚,在她明白的那一刻他就应该清楚了。在想象中,她看到他手提一台相机,在霍克斯顿的偏僻街巷中潜行游走。要指望一位摄影师没有一点点艺术家的小脾气,毕竟不那么合理,而这大概也就是他略有点喜怒无常和神经质的原因吧——不管那是什么样的性格特点,反正这人确实有点不对劲的地方。

"我想,"他说,"你包里不会带着阿司匹林吧?"

他牙痛。她在手袋里翻找,因为有时候她也会随身带几片扑热息痛。

"对不起。"她说道,一边还在袋子里搜寻着。

"没关系。"

"疼得很?"

他说他能挺过来的。"到了'舞台'那里,我去男洗手间看看。这些地方有时候会有自动售卖机的。"

他们走下了台阶。提议去"舞台"也不光是因为牙痛,他解释道:"我只是觉得那里会是个不错的地方,"他说,"适合晚餐,表示歉意和遗憾的晚餐。"

走到一处街角时,他指向另一条小街,比此前走的要窄,也更少行人。"就在那边,"他说,"蓝色灯光的那家。"

她有点为这人感到可怜,于是改变了主意。

餐厅男洗手间那里没有自动售卖机,衣帽间的女服务员找来扑热息痛送到了他们的桌子上。杰弗里谢了她,并做个手势表示稍后再酬劳她一点小费。一架白色的大三角钢琴旁,身穿深紫红李子色夹克的琴师不时伸出手去抓一只细高的玻璃杯,喝一口兑了其他酒饮料的柠檬水,而他的演奏却并未中断,弹的是司各特·乔普林[①]的混成集锦曲目。年轻的法国侍者拿来了菜单和毛巾卷。他推荐了一两个菜式,但他的英语很难听懂。杰弗里请他把说过的再重复一遍,但于事无补。那就要点最常规的,杰弗里心想,来份小羊肉,

---

① 司各特·乔普林(1868—1917),美国黑人钢琴师、作曲家,对爵士乐的发展演变功不可没。

加上豌豆和麦片玉米粥。

"你牙痛不是很厉害吧。"她说。

"疼一阵就会好的。"

餐厅里不是坐得很满。太靠近钢琴的几张桌子都没有人。琴师开始表演一首爵士乐《葱茏青山》的变奏,相当华丽炫技。他一边弹奏,头与身体一边左右摇摆,一头金发也随之翻飞舞动。有人兴奋鼓掌。

"要点一瓶酒吗?"杰弗里提议,"你介意吗?"他从来不会事先说明他并不打算付账。先让事情发生,然后再看如何,这样更好,他总是这样想。

"不,当然不,我无所谓。"她回答。

"你真是个好人。"比起晚上已过去的那段时间,他感觉好些了;虽然下颌那里的阵痛还是不断袭来,但他知道,等扑热息痛药效发作,疼痛就会大为减缓。每当对方接受所谓歉意晚餐的提议,每当失望之情开始悄悄消退,他的感觉总是会变好很多。"我们要一瓶'拉莫-宝爵龙城堡',"他招呼侍者点酒,"要一九九五年的。"

她意识到,远处装点着盆栽植物的角落里,一张桌子旁的一位女士在盯着她看。跟那女的在一起的有两个男人,还有另外一位女士。那女的看似隐约有点面熟,其中一个男的也是。

"夫人,您好,"她还在努力想着在哪里见过那两个人,年轻的侍者打断她,送来了她点的小牛肉扒,"祝好胃口,夫人。"

"谢谢。"

她喜欢这家餐厅：二十世纪三十年代的风格，浅蓝色灯光，白色大钢琴，还有穿着护身围裙的侍者。尝了尝薄片牛扒，味道她也喜欢，还有那加了很多牛油的烤菠菜、那早于供应季节的新鲜的小土豆。那瓶酒她也喜欢。

"这地方，还不错，"她的同桌评价道，"你觉得如何？"

"挺好的。"

他们现在交谈起来要比在剧场酒吧时轻松不少，而他们谈论的就是那间酒吧，因为那是他们共有的经历。他们意见一致，认为那酒保古怪，那女的也奇怪；酒吧女招待应该还是个常用语，但在这里暗示的是那种年轻得多的女服务生；大概那个女的以前就是"酒吧女郎"，这个词从她年轻时沿用到现在就变成了"酒吧女招待"。

"啊，真的吗？我们都喝了……"当他提议再来第二瓶酒时，她有些意外，但随即又想到，为什么不能放任一次？他们又说起了布莱恩斯顿广场联谊中介所——这也是两人共有的话题。

"他们把事情全弄拧了，"他说，"把人也搞得全乱套了。有那么多小格子选项和调查问答有什么用，还是把人们胡乱搭配，张冠李戴。"

"对的，他们差不多就是这样。"

那个刚才从餐厅另一头盯着这边看的女人现在正听着同桌的一个男人说话，那人看似在讲一个故事。他讲完后，浮起一片笑声。桌上的另一个男人点起了一支香烟。

"噢，老天！"伊芙琳惊叫一声，尽管她并未想这样失态地咋咋呼呼。

杰弗里也转头向那边看去。隔了几张桌子的地方，有四个打扮考究的客人也在进餐；两位女士当中有一个身穿红黑间色条纹的连身裙，另一个戴着眼镜，浅色金发挽成高高的发髻，形态繁复。两个男的都穿着深色正装。就像广告里的人物——他心想——那张餐桌后面构成背景的绿色盆栽更是强化了这种印象。他知道这类人是怎么回事。

"他们是你的朋友？"他问。

"那个穿红衣服的女的和那个抽烟的男的，就住在我公寓的楼上一层。"

她已经卖掉了独栋房屋或类似的什么房产，他听说过；现在可以清楚了，卖掉的应该是一栋家传大宅。母亲去世后，她卖了大房子，换成她刚说到的那套公寓；对她这样独自生活的人而言，公寓楼无疑更适合。帕斯摩尔，她突然间认出来的那对夫妇就是这个姓，虽然她与他们不熟。

"但他们认识你，对吧？"

他觉得舒适愉悦，怡然自得［甚至有点幸灾乐祸］；这种意外的小插曲对消磨时间很有裨益。

"他们在楼里见过我。"她说。

"在楼里进进出出不时遇到，是吧？"

"差不多就是这样。"

"咖啡，怎样？我们要不要来杯咖啡？"

他向侍者打手势。酒喝完后他就走掉；他通常都这样走开，以去洗手间为借口，然后拿上自己的外套就脱身。关于这个，曾经有人向介绍所投诉，但他辩解说那是女方主动提出请他去就餐的——那次是在贝鲁奇餐厅，而那个晚上还没结束他就喝醉了，完全忘了那晚的安排是什么内容。

"如果你要去跟朋友们打个招呼，"他说，"我就在这里留守阵地。"

她微微笑了笑，又摇摇头。他往自己杯中又加上更多的酒。他估摸着瓶里剩下的酒还可以斟上四杯；他也看得出来她已经不能再喝了。咖啡送来了，她倒了一杯，还是对他微笑着；笑的样子让他感到困惑。他计算了一下她喝了多少酒：之前看到她喝完了两杯汤力水加金酒，还有现在的干红，喝了也足有四杯。"帕斯摩尔夫妇的名字我本来也不会知道，"她自顾自地说着，"只是楼下大门口他们家的对讲门铃上贴了名字。"

他稍稍推移了一下酒瓶，以免她想再喝一点时要伸手来够。琴师已经安静地休息了一会儿，现在又重新敲击琴键，这次弹的是电影《西区故事》的配乐片段。

"这里真是个美妙的地方。"她低声感叹；杰弗里简直可以起誓，她的目光在寻求与他对视。他觉得有些不自在了，不久之前的轻松欣快也倏然而逝；他希望不会有麻烦发生。为了消解她的情绪，他说道：

"就我个人而言，布莱恩斯顿联谊中介所的事，我懒得再去搭理。"

她好像根本没听到——大钢琴那边传来的旋律叮叮咚咚，在这一片乐音中,她没注意到他的话也不足为奇。

"我估计,"她说,"你身上没带着香烟吧?"

她的微笑现在更舒展大度,渗透扩张到五官的每一处细节。在个人详情表上,她勾选的是"非烟民",她说,但所有那些真的没多大关系了。他在索尔兹伯里酒吧恰好买过一包"丝卡"香烟,便用拇指指甲顺着烟盒透明封塑膜的边缘稍稍用力,撕开了包装,然后将烟递送到桌子对面。

"我曾经有一段时间也吸烟,"她说,"当时觉得吸烟的滋味还不错。"

她抽出一支烟;他拿起一小盒上面印有"舞台"字样的火柴。他划着一根火柴为她点烟;她的手指碰到了他的。他自己也点起一支烟。

"这真是好极了!"她吐出一口烟,说话时身体向前倾侧过来,脸颊泛起红晕,缕缕烟雾在空气中浮动飘移,"我曾经还很喜欢吸上几支。"

她伸出一只手来,仿佛是要抓住他的手,但实际上并没有,而是摆弄起桌上的小盐瓶,前后左右地推来推去。很明显,她已经有点醺醺然了。她的另一只手高抬着,将香烟轻轻地夹在两指之间,擎在空中,那模样就像处于风雅盛年的贝蒂·戴维斯[①]。

"你把车卖了,很可惜。"他说,再一次试图打消她的兴味。

---

① 贝蒂·戴维斯(1908—1989),美国女演员,影视演艺生涯从二十世纪三十年代开始,一直延续到八十年代。

她没有做出回答，但笑了，似乎认为他很风趣，似乎他说的完全不是扫兴的话，而是别的什么浪漫言语。她在倾听他说话，或者说在那几个认出她的邻居看来一定是如此；她盯着他的脸，眼神是那样的热切专注。这个夜晚结束之前，杰弗里想到，她甚至会来摸我抱我的。

"他们在收拾东西，"她说，"他们现在就要走了。"

他没有掉头去看，但差不多仅一两分钟，那几个人就来到近前了。他们对她微笑，也冲着杰弗里微笑。帕斯摩尔先生向这边点头；他妻子则微微摆手示意。如果他们认为这次偶遇值得一提，就会跟楼里其他的居民说闲话：他们家楼下这个独居的老小姐正在跟一个比她年轻的男人交往。这些在杰弗里心中没有激起任何情绪波动，既无同情也无怜悯，因为他对此类情感无动于衷。只是几杯酒，还有遭遇了一次诱惑而已——况且这种诱惑并不经常出现。当作为观众的那对夫妇离去，这一切留下的碎屑也少之又少；另外，这次夜晚约会被那几个旁观者简单地置于身后，未作一句寒暄评价，这也并未让杰弗里感到讶异。

一个侍者走过来，带着歉意提醒说，他们的餐台座位是在非吸烟区；她于是把香烟给摁灭了。她的面容又恢复了冷静沉着，之前爬上她脸颊的红晕也渐渐消失。这种正常状态恢复之后，沉默也随之汇聚而来。最终是她打破了沉默，语气很冷静，仿佛任何不合宜或难堪的事都压根没发生过。

"我有没有车，你问了两遍，为什么？"

"我想是我理解错了。"

"这有什么重要吗?"

"对方有车的话,会给我的工作带来便利。那些器材设备挺重的,而我自己又没车。"

他不知道自己干吗说这个;他以前可从没有这样做过。她点头表示回应,神态随意淡漠,仿佛她只是出于礼貌才问了此前的那个问题。他接着说出了下面的话——同样还是不知道为什么要说,而她依旧再次点头:

"要么,这餐饭算你请客?恐怕我不能买单。"

侍者已经把账单送到了他这里;她伸手从桌子的这一边将账单拿过去。她沉默无语,写好一张支票,然后问侍者应该再加上多少[算作小费]。

"那,百分之十的样子吧。"

她又从钱包里拿出一英镑;杰弗里知道那是给衣帽间女服务生的。

他们一起走向地铁站。拍城市街景只是周末的业余爱好,他说,他谋生的工作是给烹饪制备好的食物菜肴拍照。听到他说他的照片出现在哪些浓汤罐头和蔬菜的外包装上,她不禁疑惑地想到,他会不会补充说他的伦敦摄影画册将永远也无法完工,更不用提会出版了。他没有说这个,但她已经猜到了。

"好吧,我要向这边走了。"他们买好票,乘自动扶梯下到地底之后,他说。

他告诉她,他为那些无聊照片感到羞辱;之所以坦白相告,是因为她是不相干的局外人——她意识到了这一点,但并无怨愤。尽管目睹她偶然失态、有了点愚蠢举动,但他也是不相干的陌路人,所以她尽可以释怀。

"你牙痛怎样了?"她表示关切;他说已经不疼了。

他们没有握手,也没有说一句话来评价这个共同度过的夜晚;而当他们分开时,却都感到了一丝温和的惊讶:这一晚他们相互利用了彼此,但与这次约会原本可能出现的状态相比,目前的结局已经算是体面有尊严了。他们在两处不同的站台上等车,列车到来,随后又开出去,而这种体面有尊严的感觉一直持续陪伴着他们。当地铁载着他们在灯光摇曳闪现的黑暗中快速穿行,这种感觉依旧盘桓不去,甚至变得亲近私密——仿佛他们曾经暗通款曲,共赴巫山。

格来利斯的遗产

格来利斯并非有意去打断自己的行程,只不过是因为动身早了点,还有不少空闲时间,所以就绕了个弯,去看一栋他已经二十三年没回去探视过的房子。顺着老堡寨路开出去几英里,房子就在那里的路旁;场院前的铁门锈蚀得非常厉害,松垮地歪斜着,几乎被丛生的灌木吞噬殆尽。连接大路与房舍的林荫小道很短,歪扭着通向房子左侧,而屋子自身则隐没在一行浓密的柳树后面。

那位妇人是在这栋房子中沦为寡妇的;她卖掉房产搬去了都柏林,一位农夫接手了这个地方,但仅仅是为了得到其中的壁炉台架和屋顶上的铅皮。房子刚刚空置时,格来利斯回来过一趟——也仅是那么一趟而已,恰巧看到那人的车停在房屋外围、石子铺就的空地上,但是那人从没在这里住过。从那以后,他就不时听到人们说房子整个逐渐荒废失修——当然,在此之前也并非没有这些因无人打理而凋敝破败的迹象——窗框的油漆起皮剥落,房前屋后的园子当然也陷于自生自灭。原先那妇人住在这里时,她只是任由房子衰朽老化,不闻不问;而她的丈夫,虽然就天性而言也根本谈不上是个凤兴夜寐的勤快人,但家里的一切事务以前都是由他照料着。

格来利斯并没下车，而是开着车在已经长出大片野草的石子路面上慢慢兜了一圈。他驱车离开，林荫小道的路面坑坑洼洼，他开得小心翼翼；在连接一条狭窄岔道的拐弯处，车子更是慢了下来。向前继续开出一英里，一个路标为他指出通往他所选定的那座小镇的方向——他下午要在那里办事。这个镇子离他所住的城镇有一小时的车程，更适合处理他的事务，因为这个地方没人认识他。

还有多余的时间可以消磨，他停好车，从停车处的收费装置上领了一张小票。他锁好车，步行去找达维特街；在一座报刊亭前问路，卖报人告诉他莱尼翰与克里弗迪律师所的办公室就在前面，只要再经过四个铺面就到，那里过去曾是一间五金工具合作商店。

"克里弗迪先生马上就可以见你，请稍等一两分钟。"前台的姑娘很确定地告诉他。这个客户接待区挺宽敞，每天的报纸摆放在一旁，但只有上周的《爱尔兰赛马报》打开着，说明有人翻过。

"格来利斯先生，是有人向您推荐敝所的吧?"克里弗迪问道。因为等待的时间远不止一两分钟，他首先对格来利斯表达了歉意。他身穿斜纹花呢西服，系着同样布料做成的领带，衬衫袖口的扣子是石榴石材质。作为一名乡镇律师，他的打扮算挺时尚的了；他块头相当大，只是头发过早地白了，浓密地覆盖着头顶。相比之下，格来利斯就显得没那么安逸优渥，衣着也寒酸一点，穿着灯芯绒的裤子与一件仿羊皮夹克。他五十九岁，瘦骨嶙峋的样子，脑门那里已经谢顶，发际线后移明显，也冒出了不少灰白头发。

"你们所被收录在电话本金（黄）页上。"他这样回应克里弗迪的询问。

他将随身带来的一个信封递向桌子对面；整齐的桌面上蒙着一层绿色皮革，四个边角处还有浮凸的压纹图案。克里弗迪从信封中抽出一张折叠的信纸，读过上面写的内容之后，随手在便签簿上做了个简单记录，然后将那张信笺又读了一遍。

"她跟我有过来往，好多年前的一个女人。"格来利斯说。

"嗯，如果我没搞错的话，格来利斯先生，你打算做的事情没有任何不合法的地方。遗产是可以拒绝的。"

"我想咨询的就是这个。"

克里弗迪将信笺放回信封中，但并未把信封递回给格来利斯。"这家律师所的同行们声誉不错。我们跟他们也有业务交流。我可以写信给他们，说明这笔遗产你继承起来会比较尴尬棘手；如果你想要我这样做的话，完全可以。至于房产的事，会以常规的方式来处理完毕，房子里留下的那些财物将按照当事人的遗愿转赠。"

"她的一些想法和意愿，我不能视而不见、不管不顾。既然遗嘱中提到了我，我想我还是应该有所表示。"

"格来利斯先生，遗嘱不仅仅是提到了你。根据你所收到的这封律师函通告里透露的信息，没有别的什么遗产受益人比你更重要。除了慈善机构。"

律师话里的弦外之音，格来利斯领会到了；他不禁本能地生出一种直觉，要去反驳律师的那些想法。不过，律师的这种心态也可以理解：一个乡镇律师在无聊之际臆测想象一下客户的私人生活，也算增添了工作乐趣；身处这么个农村小镇，接手的都是有关家庭法的诉讼咨询，千篇一律，了无新意，难得遇上一桩带点暧昧风流意味的案子，他自然不免就浮想联翩。格来利斯原本可以告诉他实情，但没那样做。

"也许是有些小纪念品要留给我，"他说，"比方说一样装饰陈列品或者一件瓷器。诸如此类的东西吧。"

"死者给你留下了一笔钱，格来利斯先生，而且不是小数目。"

"那正是我开车来这里的原因——来看看我是否可以接受一点别的什么东西，而不是那笔钱。"

以前有过一只烟灰缸，上面画着金翅雀的图案，但烟灰缸早已经摔破了，所以他就不想再提。还有就是那些餐盘，盘子边上是两种不同色调的蓝烧制出的花卉纹饰，他一直都特别喜欢。

"只要给我某样东西就行，我的想法就是这样。如果有可能的话。"

看到雪花莲在树下开放，一簇簇地铺展开来，她说他也许想要一些，便要他把她已经摘下的花带一束回去。包在被水弄湿了的报纸里，花朵会保持鲜活，她说；他又想起她是怎样中断了正说着的话，因为她意识到她提议的做法不可行。她试着将花茎插回她之前把花取出来的花瓶里，但那并不容易，因为瓶中还插着更多的花；然后花瓣便散落在地板上，已经变软凋萎。没关系的，她说，她可以去摘更多的雪花莲。

"啊，那当然是可以的，我敢肯定，"克里弗迪说，"会给你你想要的东西。只需要我跟对方提一下。"

律师的眉毛略带点红色，粗硬浓密地缠杂在一起；他时不时地会将眉毛抹压平整，手上的动作自在从容，先搞定一边，再打理另一边，仿佛是一种悠闲的个人小乐趣。现在又是他关注眉毛的时间了；整理完毕，他继续道：

"但我要告诉你，无论是遗产哪方面的问题，我都得先看一下遗嘱，然后才能给你相应的建议。"

"他们会把遗嘱从都柏林带过来吗？"

"会寄送一份复印件来。"

说这句话时，克里弗迪点了点头，他们的谈话便结束了。他问格来利斯做哪一行，格来利斯回答说负责管理自己所住镇上的小图书馆，随即又补充说道，很久以前他受雇于那座镇上的芒斯特与伦斯特银行，那时那家银行还是这个名称，但后来改名了。说着的同时，他站起了身。

"格来利斯先生，请跟外面的姑娘预约一下，下周的这一天我们再见面。"克里弗迪说，随后他们握手道别。

他慢慢地开着车，一路经过的地貌景观很单一，几乎没有变化；快要到达他预定返回的镇子时，他停了下来。除了他的车，杰克-道尔小酒馆外面没有别的车停着；那刷了银色油漆、用来保护窗玻璃的两横条铁栏杆上，也没有单车斜靠着停在那里。酒馆里接待他的女服务员认识他，对他直呼其名。

她给他倒上一杯约翰·詹姆森威士忌，问他最近过得怎么样，然后就走开了。"如果还要别的东西，就敲一敲柜台。"她说；她返身去厨房忙碌她的煎培根，肉香味随即从里面飘散出来。小酒馆里没有别的人。

他应该跟律师讲清楚的，自己业已鳏居多时，现在这样一笔看似有可能表明他在过去有不忠背叛行为的遗产，显然不会殃及任何的婚姻。他真的应该解释一声，说他对接受如此大额的遗产有顾虑，而且还专程到另一个镇上来寻求法律建议，只不过是因为他想避免在自己居住的镇上引起人们的好奇探问与闲言碎语。他不知道自己为什么就没有解释一下，为什么就没有想到克里弗迪很有可能因此而心生正义，去同情怜悯一个委屈的、曾遭到欺瞒的妻子，会认为这个妻子现在再次遭受了委屈——因为那些不忠的花招借口和背叛的往事隐情又一次浮现在她的记忆中。

他端着酒坐到屋角的一个座位上。如果跟律师说起他的婚姻，说起婚姻历程中爱的蜕变，说起当爱已经不复从前、消隐无踪时他内心的悲凉，说起爱情消亡之后生活变化的丝丝缕缕——那些过往中凸现的时刻和地点，恐怕看起来也不至于唐突乖谬。记忆的流动之水裹挟着他，他看见——那么生动切近，仿佛还是爱情刚开始的日子——那个曾经的无邪少女，身穿绿蓝两色的修女学校制服，面庞明净清新，透出花一般的羞怯。每当芒斯特与伦斯特银行这个笨手笨脚、举止生硬的小职员在街上与她擦肩而过，她便带着浅浅的一抹微笑，把头转向一旁，而同行的朋友们总是拿她说笑，让她不由得满脸红晕。长大了，当她第一次走进银行，拿着父亲积累了一周的支票和生意进款来办理业务，她又一次羞赧满面。到了中年，她已成为母亲，两次生育之后的她有了些微的改变；她也一直保持着那么个样子，那样的一个居家妇人，直到三年前的一个冬夜，在一条结冰打滑的公路上,悲剧发生了。

格来利斯呷一口威士忌,点起一支烟慢慢吸着,然后又喝下一口酒。在正派严明的职业外衣下,那名律师,很自然地,对留下遗产的妇人的兴趣要大过对那个遭受不公正待遇的妻子的关注。那封格来利斯读过的律师函所透露的所有信息中,唯一引起他特别注意、让他略感意外的是这一句——"在她人生的第六十八年"——原来,她竟比他大;他之前应该意识到的,但没有。

威士忌让格来利斯觉得暖和了一些,香烟也让他感到一丝舒服慰藉。他是没跟律师解释,那是因为你无法解释,那是因为没什么可解释的,没多少要解释的。尽管如此,他至少或许应该说一声自己是个鳏夫。他又坐了一会儿,瞥见门附近挂着一块装饰物般的小标牌,用白色字母写在蓝色釉面漆底板上:"此处电话可用。"他敲敲吧台,这次来的是一个头发溜光水滑的小伙子;在他的记忆中,这个年轻人似乎不久前还是个孩子。"再来一小杯。"他说。莱尼翰与克里弗迪律师所的前台姑娘给了他一张卡片,上面注明了他下周的会谈预约,还有律师所的电话。现在还不算太迟,五点刚过几分钟。

"如果可以的话,"接电话的还是那个前台姑娘,他说道,"请克里弗迪先生接下电话,我有件事忘了跟他讲。"

等着的时候,他又点燃了一支烟。他的酒杯放在面前的一块板架上,杯子边是一只烟灰缸,上面印着"可口可乐"字样。"是克里弗迪先生?"听到电话里对方说你好,他随即回道。

"晚上好,格来利斯先生。"

"没别的事,我就是想澄清一个细节。"

"格来利斯先生,是什么细节呢?"

"我想我之前没跟你说过,我是丧偶独居的。"

律师在电话那头发出同情的声音,然后说他表示遗憾。格来利斯接着说道:

"如果你以为我太太还在世,那可能会给你带来一些误导;我考虑的就是这个。"

"我能明白你说的意思。"

"我不想你有所误会。"

"我没有。"

"这笔遗产对我来说有点难以处理,这样的事情来得突然,很意外。"

"我能理解你的心情,格来利斯先生,我也清楚你的意愿了。你的要求应该能得到满足,我对此很乐观。如果还有别的事,如果有任何的担心顾虑,你下周来的时候可以跟我全说出来。"

"刚刚告诉你的事就是我要你知道的全部内容。别的就没了。"

"那么,我们就说再见吧。"

"还有,我拒收的那些财产,会留给谁?"

"按法律程序轮到谁就是谁。比如说她的侄孙什么的,我这样估计。通常会有个侄孙之类的。"

"谢谢了。"格来利斯说;他不知道还有什么别的好说,便将听筒挂回到话机上。

他抓起酒杯又走回之前坐的桌子旁。他原以为见过律师之后自己就会感到如释重负、一切圆满；当那个蓝底白字的提示牌让他想到可以打电话给克里弗迪时，他又一次以为电话里解释之后一切就会了结。但是，收到那封关于遗产的律师函后便开始的不安与失落感，却依旧徘徊不去。他说不清楚自己为什么又去看了那栋房子；他也不理解自己为什么陷入了一种莫名焦虑的状态，仅仅因为没告诉对方——一名对他而言完全陌生的律师——他是个鳏夫。当他在电话里说他要澄清一个细节，那大概是威士忌刺激下的酒后冲动所致，而他能拿出勇气去拨打那个号码，大概也是拜威士忌所赐。那一令他负疚的小小罪孽，多年前就已经模糊冲淡到近于乌有，但现在却卷土重来、历历在目，这让他感到迷乱和不知所措。这桩小罪恶，在过往的其他时段并未造成痛苦，也没有伤害；他曾设法用假相与谎言，那种面对质询沉默不语的谎言，来为自己的非常规状态掩饰辩护；他所求得谅解的借口就是说他有一段时间感到不舒服，心情也不对头。而在那个律师看来，这种"风流外遇"的终场恐怕还未到来；他对未了残局的解读和想象，仍然会带有粗俗无聊的桥段：受了冤屈的妻子在九泉之下也难以安息，常常噩梦惊魂，因为那个更年长一点的妇人要跟她争夺爱侣，而她的丈夫已然暗中弃她而去，成为对手的秘密情郎。

"老天，没有比这更糟的了！"

"哦，还会有的，小家伙，我们还会更倒霉。"

两个农夫一边悲叹着绵羊售价的下滑，一边坐到了吧台旁。头发油光水滑的年轻人跑回来为他们服务，然后又有一个老人走进了小酒馆，手里牵着一条白毛的灵缇猎犬。年轻人为他倒了杯史密斯维克啤酒，又告诉他顺路带报纸来的大巴还未开过，所以《先驱晚报》还没到。"太差劲了。"老头子嘟囔了一声，然后弓腰在桌边看起了《塔拉莫尔论坛报》。

格来利斯喝完了杯中所剩的酒。三年前的事故发生之后，丧葬通知也在《爱尔兰时报》的讣告栏上登出了，但那个妇人——他曾多次造访她那栋几乎破败不堪的房舍——连一句哀悼吊唁的话都没写过来。他曾经想过她或许会寄来一封短笺，但随后又觉得那不合适，不应该有这样的信。她可能也是这样想的吧。

他摁灭了手中的香烟，这是第二根了。他从不在家里抽烟，即使后来只剩下他一个人了，他依旧不在家里抽；在小图书馆里，他也禁止吸烟，这是他主动强加给自己的一条规矩。但一九七九年的秋季，还有随后的冬天和春天，他时常到她家去，坐在客厅里抽烟，一场友情也就此在缕缕烟雾间展开，在累积于那只画有金翅雀的烟灰缸中、染有她口红唇印的烟蒂滤嘴旁展开。这幕场景沉淀凝固在他的记忆中，就像一张照片，还是那样清晰——这清晰如今让人感到的唯有残忍。

他拿着酒杯回到吧台边。离开之前，他跟头发溜光水滑的年轻人聊了几句天气。"格来利斯先生，多保重。"小伙子在他身后喊道，他回说自己会的。

他继续开车往前，试图什么都不想，不去想那个他还在芒斯特与林斯特银行当小职员时便认识、后来成为他妻子的天真少女，也不去想那个从他供职的图书馆里借阅小说、从而与他熟识起来的妇人。车窗旁掠过的地貌景观与他在那个小酒馆停驻小憩前的沿途风景还是相差无几。直到一个用爱尔兰盖尔语与英语双语标注的路牌出现，指明前方小镇时，景物才发生变化，而这时候实际上已经抵达城镇边缘：首先是少数的几幢小平房，整洁的园子里，夏季的花朵正盛开着。前风挡上贴着价钱的待售车辆相互紧挨着停在莱尔顿车行的前院空地上，一个招牌上写着"您的日产经销商"，提示他们拥有特许经营权。前面接着是配电站，然后是那个已经锈迹斑斑的绿色广告牌，是罗莱单车的广告，但上面原先画着的图案，两个人与他们的单车，已斑驳残破，只剩下七零八落的几块碎片，东一块西一块的。

小镇主街上，傍晚时分也有一些车流，他的车速便减缓了。他降下身边的车窗，将胳膊肘支在窗框上。他本打算直接开回住处，但临时改变主意，转向了卡特米尔街；小图书馆就在那条街上。没有车流与人群来搅扰这里的宁静。偶尔会有男孩踏着滑板在这里来来去去搞出响动，但现在没有这些少年，也几乎没有一个行人。他把车停到一排欧椴树下；沿河的步行道便是从树这里开始，穿过街道，延伸到远处蹲伏着的一栋低矮建筑那里；那栋小楼混迹于一片废弃的货栈库房之间，而这些仓库沿着卡特米尔街占满了一整条边，与街道另一边的欧椴树和河流一起，构成了这条街的特色。

他今天一点钟就下班锁了图书馆的大门；这是一周工作日中图书馆闭馆的唯一一个下午，镇里主街上的有些商店也在这个下午歇业休息。他拿一把钥匙在单栓死锁孔中拧动，又拿另一把在弹簧锁孔中拧了拧,然后推开了浅蓝色的大门。是一位名叫哈弗狄的先生——镇里下北街上生意失败的食杂商店老板、终生未娶的光棍,以及赞恩·格雷①作品和其他类似"狂野西部"小说的超级发烧友——孜孜不倦地去郡里的图书馆主管机构软磨硬泡、死缠烂打才让镇上有了这么个分支图书馆;这个老单身汉随后也就成为图书馆实际意义上的首任管理员。从很早以前开始,当他自己还是一名借阅者时,格来利斯在图书馆里便感到惬意自在;这个地方偏居一隅、陈设朴素,靠墙全是书架,一截窄窄的柜台立在门口附近。他成了图书馆来得最勤的常客;后来,当哈弗狄急性关节炎发作,而且日益严重,也越来越难以履行管理员的职责时,这位老先生便提名格来利斯为继任者;这一职位诱使他放弃了在银行继续干下去便指日可待的光明前景和优越回报。他都没有给自己一个机会好好忖度下如此变动会导致的种种不利,就直接答应了去接班。"可是,你这样做到底是图什么?"他的妻子,那个曾经的天真少女,在困惑和失望中对他厉声质问。他那份收入颇丰的稳定工作已经被认为是理所当然地要做下去;适当的一段时间之后他将升职,那就意味着可以入住镇上一栋地标性质的宏阔的灰色大宅,也就是银行楼上的那套房子,阳台边有着漂亮栏杆,还有一扇木纹华丽的入户大门——她嫁给他的时候便预计着有这么一天。读书从来都不是他们共同的兴趣爱好;对她来说,书从来都不是她的必需

---

① 赞恩·格雷(1872—1939),美国最受欢迎的西部小说作家,创立了边疆开拓者传奇题材通俗叙事的范本。

之物。

　　书对那另一个妇人则是必需的；格来利斯经常注意到她在镇上的举止活动，看到她走出一家商店，坐进她的小车；她不属于他此前在自己的生活圈子中所认识的那类女人。她高个子，显出一种自成一派的美丽风情；她的泰然自若和镇定，还有她的衣着，暗示出她有些与众不同之处。她不知道哈弗狄已经退休，当她含糊其辞地询问老爷子去了哪里时，看上去就更有些不寻常的别致感觉。然后他与她开始交谈，她露出了微笑，而格来利斯以前没看她笑过。下一次再见面，他们交谈的时间长了一点，从那以后他们说起话来也更轻松自在了。她问他有哪些小说家可以推荐，他介绍她去读普鲁斯特与马尔科姆·劳瑞、E. M. 福斯特和麦多克斯·福特，还有盖斯凯尔夫人与威尔基·柯林斯。图书馆里原有的一本《都柏林人》被人遗忘在雨中淋透了，字迹已经无法辨认，他特地为她又进了一本。他将她的注意力引向格雷厄姆·格林的《布莱顿硬糖》和菲茨杰拉德的《夜色温柔》。她自己则发现伊丽莎白·鲍恩①更让她一见如故。

　　中午时分，在她那整洁的小客厅里，他常常倒上一两杯酒。他们并未觉得自己轻浮率性、恣肆多情，因为他们本来就不是这类人；他们谈论菲茨杰拉德笔下那些率性多情、及时行乐的人物，谈

---

① 伊丽莎白·鲍恩（1899—1973），爱尔兰女作家，细致入微地呈现中产阶级与上流社会那秩序井然、体面尊严的生活表象下的暗流涌动与心理经验；代表作有《心之死》与《炎日正午》。

论"鸡毛旅店宫"和"宿醉广场",还有"道尔柯特磨坊"①。裘德的辛酸挣扎被发掘出了一些细微的新意境;乔伊·葛吉瑞的朴实善良为他们某一天的话题贴上了标签;另外的日子里,他们的话题又换成了普罗迪夫人或者黛茜·米勒②。艾伦·韦吉沃斯死了,德莫特·特雷利斯睡了③。莫里斯·本德里克斯④将朋友的妻子拥抱入怀。

对于讲述彼此生活的琐屑和故事,他们并没有多少兴趣;他们的交谈不是闲聊家常的那一种,但他们自己几乎也没有意识到,他们的生活实际上就是这些谈话本身,就在那里,在一个因他们之间的友谊而显得别有意味的独特房间里。他们的交流并未触及情感,也没有触及相见恨晚的遗憾或者任何其他可能产生的感受;他们的言语并未失控。他们也未曾越轨,她没有背叛她已经结束的过往,

---

① "鸡毛旅店宫"是指美国作家约翰·斯坦贝克(1902—1968)小说《罐头厂街》中混混流浪汉群体所住的废弃货栈——被他们戏称为"鸡毛旅店宫兼烤肉馆"。"宿醉广场"是指英国作家帕特里克·汉密尔顿(1904—1962)小说《宿醉广场》中的同名地点。"道尔柯特磨坊"则是英国女作家乔治·艾略特(1819—1880)作品《弗洛斯河上的磨坊》中主角一家的磨坊。

② 这里的四个人物分别是《无名的裘德》中主人公、《远大前程》中皮普的姐夫、安东尼·特罗洛普所著《巴切斯特教堂》中主教的刁蛮妻子以及《黛茜·米勒》同名女主角。

③ 德莫特·特雷利斯,爱尔兰小说家布莱恩·奥诺兰(1911—1966)的代表作《二鸟泅水》中的人物。这一人物喜好写西部小说,但他同时又是小说中第一人称写作者珀卡·麦克非里梅所虚构的人物之一。德莫特·特雷利斯笔下的人物不满他对他们命运的控制,便合谋给他下药让他昏睡,因此这里说"德莫特·特雷利斯睡了"。

④ 格雷厄姆·格林自传色彩强烈的小说《恋情的终结》中的男主人公。

他没有背叛他那时仍然维系着的现状。她煮好咖啡拿进客厅,他转头,将凝视屋外落雨或早春淡弱冷寂阳光的视线收回来,他们又继续说话,谈起了维尔德费尔庄园①。她家的入户大门在她身后敞开着,宽宽的,她站在门口的台阶上;在汽车后视镜中,他看到她站在那里目送他,直至镜中照出的只剩下那些柳树。

开始有了飞短流长:他的车被看到停在她家旁边的石子路上,人们注意到她经常去图书馆。闲言碎语传得不是很厉害,但这样的事总是会发生的;他知道会如此,她也知道;他们相互间并没提起这个。当白天时间开始变长,他们的交往已经持续了三个季节。夏季天热的时候,他们会坐到屋子外面,坐到草坪上的一张白漆桌子边;不过,这样的夏天没有到来。

格来利斯把当天上午早些时候读者还回来的书重新安置上架;《真主的花园》②现在还有人读,犯罪和探案故事当然更受欢迎,乔吉特·海尔③也还拥有自己的读者群。这些因光线照晒而陈旧斑驳的一列列书脊后面,包藏着的是另一个世界,由泛黄纸张和它们那年深日久的独特气味构成。她曾说她羡慕他能拥有这么个地方。

离开之前,他又四面环顾了一下。靠近门口的柜台前面板上,挂着一张招贴画,是在为六月将开幕的"草莓节"做宣传。在门上

---

① 出自安·勃朗特作品《维尔德费尔庄园的房客》。
② 《真主的花园》是英国记者、小说家兼音乐评论家罗伯特·史密斯·希钦斯(1864—1950)最畅销的作品,初版于1904年,并被三次拍成同名电影。
③ 乔吉特·海尔(1902—1974),英国历史传奇叙事与侦探小说女作家。

方的墙上，有一个女圣人布里吉德①的十字架，是用麦秆编成的。空载的搬家货车先哐里哐啷地从镇里主街上一路开过，后来又满载着她的东西轰隆隆地驶过小镇，慢慢远去了；当时是那一天的黄昏，那天她说了她羡慕他。那天，他们不得不在图书馆里多等了一会儿，等着格拉赫太太选书，等她挑了一本《智慧七柱》，又给她盖好借阅章之后，他们才相互道别说再见；那是个周二的傍晚。

他锁好门，开车离去。

园子里的小菜地上，生菜长大了，中间开始结心成团。他剪下一棵生菜，还有几根细香葱和荷兰芹。他在园中四处走了走，又随手从玻璃小暖房棚罩下摘了一只已经成熟的番茄，然后才收拾起放在菜地边一条小径上的那些菜。从外面回到家、回到小园子时所产生的那种空落感，他过去从未能习惯，他认为自己将来也无法习惯。在厨房，他打开浓汤罐头与罐装沙丁鱼，然后去洗生菜。

"他后来给我打电话了。"他想象着克里弗迪正站在自家厨房门口跟家人说话；这名律师结束了一天的工作，但依旧保持着职业的谨慎，思忖着他讲到什么程度就应适可而止。"我不知道那人到底有什么麻烦。"克里弗迪说，随后又加上一句说今天也没什么别的事情了。

家里什么地方放着威士忌的；格来利斯找了找，发现酒就在厨

---

① 圣布里吉德（约451—525），也称为"爱尔兰的布里吉德"，是爱尔兰的主保圣人之一。

房的瓶瓶罐罐之间。他倒出一点酒,接着去做沙拉调料,将油与醋混在一起拌好。收音机在播放农业新闻,然后是最新的市场信息;一名自我陶醉的电台DJ口若悬河、喋喋不休地聒噪了一阵之后,响起的是一首狂躁喧嚣的音乐曲目。在那之后,便是寂静,是无声的快慰。

在厨房餐台上放好一副刀叉,格来利斯脑中偶然想到他的子女们,其中某一个今晚是不是会打电话给他。没什么理由认为他们会打电话回来。没有什么糟糕的事发生,也没有什么好牵挂的;两个孩子的情况都不错,不久前跟他联络过。他暂时还不想吃东西,就又倒了更多一些威士忌。这些年来,他记得自己从未在这栋屋子里独自喝过酒。威士忌只是为那些偶尔来访的客人准备的。

端着酒杯,他走到园子里随意转悠,身边是钓钟柳花、玫瑰和连花苞都还没成形的香鸢尾。他二月份种下的那一行菜蓟已经长得挺高,个头赶上了那些尚未结实的向日葵。这是个温暖的夜晚,薰衣草的香气浮动在四周。

现在的酒后私语是他个人的了,这是从他那井然有序的记忆中传来的低声耳语,不会再诱发任何惶恐不安。去拜访那名律师,去探视那栋废弃的屋子,于他而言便是触动了那些不该触动的东西;要安然地触碰它们,除非是在记忆中,在那里,一切都将永存,一切都不会改变。从一所小图书馆退休,肯定没多少养老金补贴,所以她用遗赠对此表示了关切。一个陌生人对这一遗愿的解读——无论那种诠释是由好奇猜测孵化出的想象,还是由道听途说的绯闻闲话所编织成的故事——必定流于老套,但那已经无关紧要。现在,再次涌上格来利斯心头的，是妻子从前那张清新明丽的面庞，那种温柔的羞涩。现在，再次让格来利斯念念不忘的，是那个稍年长的妇人将一支黄褐色滤嘴上沾染有零星口红的香烟送到唇边的样子。现在，他回首婚姻中曾经的幸福，再度想象着温暖充实的拥抱。

就这些了，此外就没有更多，也不会再有更多。甚至连一件装饰陈列品也不必了，因为那会欺骗到真实。甚至连一件瓷器也不必了，他会写下这样的书面声明。冬日的花朵已然零落飘散，隐没在一道秘密的暗影中，而欺骗的幻象成全了一份静默无语的爱情，为它赋予尊严与荣光。

孤　独

　　站在会客厅的一张大椅子上，我够到了门锁。我打开大门，又把椅子拖回到原先的角落处。我对着门厅衣帽架这里的镜子梳头发。我七岁，在等着爸爸从楼上下来。

　　我们的房子窄长窄长的，有着蓝色的大门；房子在伦敦的一座小广场边上。爸爸外出远行过，现在回来了。回家的第一天上午我们就去咖啡馆。很久以前他在寄给我的明信片上写着这句，妈妈读给我听了。"这些东西叫金字塔。"看我指着明信片上的图像，妈妈说道，然后她又加了一句，"你爸很快就要回来了。"但这个很快是在五十天之后。

　　我听到他在家里的楼梯上吹口哨："伦敦桥要塌了，要塌了。"然后他亲热地抱了抱我——他是夜里到家的，那时我早就睡着了。他说，他简直无法相信我已经长这么大了。"我想死你了。"他说。

　　我们一起走着，穿过小广场，来到有车辆交通和街道的那一边。"咖啡，"爸爸在咖啡馆里对女招待说道，"请来两杯咖啡，再来一块俄罗斯蛋糕给'这位你当然知道是谁的客人'。"

　　但之前发生的事总是在那里，我也一直清楚我千万不能说出来。一个小孩子,目睹了这样的事情,最好就是忘掉,乌普西拉大妈这么说的当儿,查尔斯点了点他那黑乎乎的长脑壳。不能责怪她,查尔斯说;小孩子都喜欢躲在沙发后面玩玩小游戏;而那两个大人自己就应该注意看看旁边有没有什么情况。"我对这个倒是无所谓,"查尔斯说,"这可不关一个可怜的黑人什么事。"乌普西拉大妈——她不知道我还在厨房门外——回应说那事情让她不舒服,恶心到骨头里。嗯,这事还是有点特别之处,查尔斯提醒她说,就是我妈妈不会把她的朋友带到卧室去——那同时也是我爸的卧室。最起码还有这一点细微敏感的顾虑。但乌普西拉大妈说敏感什么啊,在她口中我妈的那朋友是个下流坏子。

"你现在是在学法语吧?"在咖啡馆里,我爸问,"你喜欢法语吗?"

"没有对历史那样喜欢。"

"那你在历史课上学了什么?"

"老师说征服者威廉的儿子的眼睛也中了一箭。"

"哪只眼?说了是哪只眼吗?"

"没,我记得没说。"

咖啡馆里的女招待就是那个总是走到我们这边来的女的。我爸说,她老是来这边是因为我们每次来老是坐同一张桌子。他说我们的这个女招待有着提香式的头发[①];他说那种头发颜色就是这么个

---

① 提香(约1485—1576),意大利文艺复兴时期威尼斯画派大家,所画人物血肉丰满,充满世俗的生命力;人物头发多为金棕色和橙红色。

说法。我爸总是对人们品头论足，说他们有这个或者那个的，猜测人家的身份和私人情况，要么就是问别人一些问题。他经常会跟街头问路的陌生人攀谈起来，跟乞丐、跟任何让他停下脚步的人、跟商店里的随便什么人都能聊起大天。"就像糖果大王一样富有。"在咖啡馆里我有一次听到有人这样说他，我爸随即就笑起来了，一边摇着头。

在咖啡馆里，我一直都想告诉他那事，因为每次他旅行回来我都会把所有事讲给他听。我想告诉他事情发生的那同一天夜里我做的梦，在梦里，事情的全过程又重复发生了一遍。"哎呀，好可怕的噩梦。"我妈那天安慰我了，但她不知道我梦见的是什么，因为我没对她说，我也不想对她说。

"去美术馆，怎样？"我们喝完咖啡后，爸爸提议道，"要么今天去玩偶博览馆？看看，我有这个。"

他在桌上铺开一块手帕，那是他买的；颜色褪得都几乎没有了，料子薄得很，有很多处都可以看得到下面的桌板。很旧的，他说，埃及丝绸做的。手帕上有一个图案，他用食指顺着图案描画了一遍，好让我也看到。"为你买的，"他说，"给你的。"

在去往玩偶博览馆的公车上，他一路都在对我讲着埃及。非常热，可以让你的皮肤脱掉一层，非常热，热得你下午只能躺下，什么都干不动。将来哪天他会带我一起去；未来的某一天他会带我去看金字塔。最后一点点路需要步行，他便牵着我的手走。

我知道去玩偶博览馆的路，但我们到那里时，我最喜欢的那个娃娃已经不在之前的架子上了。娃娃身体有点不好，博览馆里的那个男人说，在医院治疗，已经好点了。这人说话就是这么个习惯，我爸爸说。他问那人：那个娃娃，西班牙娃娃，下周就会回来的吧。"好吧，我们会回头再来的。"我爸跟那人确认。"谁打算熬夜参加派对啊？"我们回到家后他说道。

派对就在今夜。厨房里，酒瓶已经摆开阵势，挨个从桌子这头排到另一头，列成长长的两排；托盘里还放着好多瓶；杯子也已备好，就等着倒酒用了。每逢有派对，查尔斯总是特地早早到来帮忙。每逢我爸回来，总是会有派对。

"你在那边坐下，把三明治吃掉。"乌普西拉大妈那头发灰白的脑袋前倾低垂，她忙着做饭，都没空抬眼看一看。查尔斯对我挤了挤眼，我也试着眨眼回应他，但没法做得像模像样。他走近我坐着的地方，然后我不想吃的那块三明治就从桌面上消失了。"哦，真是个好姑娘。"乌普西拉大妈问我吃了没有，我说吃了，她就这样夸了我一句。查尔斯在一旁向我偷笑。达维咯咯傻笑，阿比盖尔也跟着咯咯笑。

阿比盖尔和达维并不真的存在，但大多数时候她和他都会陪在我身边。那一天他们也在场；那天大门打开后，我妈和她的朋友进了会客厅。"好了，没事了，"我妈说，"她不在这儿。"听到这话达维就咯咯笑了，阿比盖尔也是，但我让他们安静下来别出声。

"哎呀，哎呀。"乌普西拉大妈称我是好姑娘时，查尔斯就在厨房里发出这样的怪声。他动不动就这样哼哼，让乌普西拉大妈烦不胜烦。"他干吗要这样哎呀呀的？"她每次都会问我，"他这是在唠叨什么？"而查尔斯就总是在一边发笑。

虽然没吃那三明治我还是对乌普西拉大妈说感谢她给我做了三明治，因为她喜欢听到我为了某样东西而感谢她。走上楼的过程中我记起咖啡馆里有人说我爸"就像糖果大王一样富有"，后来我听到我爸对我妈把这话重复说了一遍；他说那人说这话的意思大概是指他有钱才娶到了这么漂亮的妻子。或者你也可以从不同的角度来理解这句话，当我告诉乌普西拉大妈这事儿时她说道，咖啡馆那人也可能是指我妈继承的大笔遗产。

到了楼上，我爸站在他们卧室的门口，我妈在整理床铺。他为她也带回了一块手帕，比带给我的那块更大，她已经把它当作丝巾围在脖子上了。"你戴着这个真是太美了！"我爸说道，我妈就笑起来，笑声就像他以前买给她的一条项链发出的清脆叮叮声。浴室里的浴缸水龙头在放着水，后来水量被调小了，我妈开始沐浴。"谁来帮我开瓶塞？"我爸问道，而我妈则叫他把窗子顶部的横档窗扇打开。她亲亲我的前额，她的嘴唇很柔软，她身上的香味让我想闭上眼睛，那样我就总能闻到那香味。"宝贝儿好乖。"她对我低声耳语。

在厨房里，我爸拔出那些木瓶塞，我将它们堆在一起，开始数数玩。这些红瓶子实际上是绿的，他说，但你要等到瓶子空了才能看得出来。他先割开和撕掉每个瓶塞上亮亮的封瓶纸，然后将开瓶器旋进软木塞。"好了，全都搞定了。"他说，又问我总共多少个，我说是三十六。"下次你带我去美术馆，怎样？"他说，然后那些舞女人像就浮现在我的脑海中，还有板球比赛场上运动员的飞跑冲撞，还有圣凯瑟琳，还有艺术家本人的肖像。"那里可是值得一看啊，我期待着哪天去。"我爸说，然后他就又去了楼上。

在我的房间里，阿比盖尔和达维还有我，我们玩了个游戏。我们假装到了埃及，在爬一座金字塔，阿比盖尔说我们应该戴上棉布太阳帽，因为太阳光甚至能透过头发把你的头皮晒伤。所以我们就从塔上下来去拿帽子，但后来天又凉快了，于是我们就到处逛街。我们在一个市场上买东西，买带回家的礼物，买指环、胸针和一罐罐的埃及桃子，买埃及巧克力以及用来铺在地板上的埃及小地毯。然后我又回到了厨房这里。

查尔斯出去弄冰块了。"你是要来陪我吗？"乌普西拉大妈说道，一边依旧忙着做菜。"鞋带散了，你会踩上去的。"她说。她让电动搅拌器暂时独自转动了一会儿，弯下身来给我系好鞋带。踩上鞋带会出事的，说不定会摔得很重，她说，记得往后鞋带都要系好，系上两道。我随后就走开了。

客厅里，装着橄榄和助兴小食的碗盘都摆好了；壁炉里火焰熊熊，铁丝安全网被放下来挡在炉火前。我看着窗玻璃上向下滑动的雨点。我看着小广场上的人；他们在雨中匆匆行走，一个女的撑着伞给她的狗挡雨，查尔斯带着冰块正往回走。广场那边的车子开得慢吞吞的，街灯已经点亮了。

我坐在壁炉边的扶手椅上，翻看着书里的插图：将小孩关在笼子里的老恶婆、巨人、侏儒以及王后在镜子中照出的模样。我又向外面的小广场看去：我妈的朋友是第一个来的。等一辆车从他面前的路上开过之后，他才穿越小广场，然后就听到了门铃声和台阶上他的脚步声。

"吃一个这个吧。"他在客厅里说道,他指的是乌普西拉大妈刚做出来的芝士条。"该是你上舞蹈课的时间了。"他一边说一边放起了音乐。他给我演示的还是与以前同样的舞步,因为我从来都不练一下,不练是因为我不想学。"他们还好吗?"他问道。我明白他说的是达维和阿比盖尔,自从我妈跟他提过这两个名字之后他就经常问候他们。我本来都差点就告诉他事情发生的那天下午他们也在场的,但我没有,只是说他们情况不错。接着,别的人陆续到来,他就跟他们说话去了。我非常恨他,巴不得他死掉。

我坐在一个靠窗的座位上听人们说话,这个位置半掩在窗帘后面。一个男的在讲他参加的一场汽车赛。总有一天他会赢的,应该不用多久,一个女的说。查尔斯穿着白夹克进来给人们端上酒水。

又有人到了。"噢,天哪小宝贝!"费尔雷先生低头朝我微笑,然后坐在我旁边。老了累了,他说,没法跟那些美人调笑快活啦。他问我今天做了什么,我就对他说了去玩偶博览馆的事。自从他太太死后,乌普西拉大妈告诉我,他就独自生活了。我妈去参加了他太太的葬礼,但他现在不提过去的事了。"可怜的老小子。"查尔斯说。

因为很多人在说话,所以你几乎听不到音乐声。查尔斯每次端着一托盘酒水经过时都伸出一根手指对我摇晃几下,费尔雷先生说那样子真机灵。"啊,看看你们两个!"一位女士对我们喊起来,她亲了亲费尔雷先生又亲亲我,然后我爸就过来了。"没人瞌睡要上床吗?"他问道,一边牵着我离开了酒会。

他要等到很久之后才会又一次离开去旅行——在关灯之前他

对我承诺；灯关了，在黑暗中感觉就像是在梦中。他会去远行而且他不会再回来，永远也不想回来。再也不会去美术馆了，那里有我们最喜欢的一幅画，画的是在沙滩上野餐。再也不会有咖啡馆了，再也不会有玩偶博览馆了。他再也不会问这一句："没人瞌睡要上床吗？"

在黑暗中我没哭尽管我想哭。我让自己想一些别的事情，想想小广场上发生了事故的那一天，想想另外有一天有个家伙按我家的门铃——他还以为我们的房子里住的是别的什么人。然后我又想起了费尔雷先生独自生活的样子。我在黑暗中看到他，看得清清楚楚，就像他此前在那个靠窗座位那里坐在我边上一样清晰：他前额上大大的色块斑痕，他一缕缕的白头发，还有他那看上去一点也不显老的眼睛。"年轻力壮时他是个外科医生。"我妈去参加葬礼的那天上午乌普西拉大妈告诉查尔斯。我看到费尔雷先生在他家的房子里，虽然我从来没去过那里。我看到他尽其所能为自己做吃的东西，他家楼梯边放着一台吸尘器。"被老费尔雷切巴切巴，大卸八块，有谁肯干啊？"查尔斯有一次这么说。

楼下的音乐声很微弱，听起来就像是从别的什么地方而不是从我们家某处传来的；我想着他们是不是在跳舞。到十点钟派对就结束了，乌普西拉大妈说，然后他们就会离开，去不同的餐馆，或者也可能都是去同一家餐馆，但也有几个人是直接回家。就是这样的一个酒会派对，不会持续很久，不会像乌普西拉大妈所知道的另一种派对。听到她这样说，查尔斯惊讶了："在这里？"他问，"就在这栋房子里有过？"她回说没有，这里从没办过通宵派对。查尔斯点点头，自有一种严肃郑重的样子；他说就知道会是这样的。所有客人都走了之后，他还会留下来一个小时左右，帮着乌普西拉大妈收拾打扫。等到那时候我早就睡着了。

达维说那是一种游戏。挺好玩的，他说。但阿比盖尔连连摇头，她那黑色的小辫子也跟着荡来晃去。我不想谈论那件事。那是周三的一天，乌普西拉大妈下午休息外出了，查尔斯当时在小广场上忙着侍弄花圃。

我试着又去想费尔雷先生；他不得不自己铺床，做他妻子以前做的所有其他事情；但费尔雷老是从我的思绪中悄悄溜走。我妈的连衣裙滑落在地板上；我偷偷往外窥视时能看到皱缩在那里的裙子，她的项链也摘下扔在了裙子旁边。事后，她说他们应该先把大门给锁好的。

音乐声依旧显得很遥远。人们发出的声音不像是人在说话，而更像一片嗡嗡声。我把被褥什么的推开去，然后踮着脚走到楼梯这里，从扶栏之间往下看。为了这个派对，乌普西拉大妈也特意换了身打扮，查尔斯正端着又一大托盘斟好酒水的杯子进来。乌普西拉大妈也进来了，端着两盘子助兴小食。那是她做的培根卷裹杏肉，还有迷你三明治，个头并不比一张邮票大。人们这时离客厅区远了点，三三两两地站在楼梯间平台这里。我妈和她的朋友也在这里站了一会儿，然后她就又去了会客厅。他留在原地，肩膀斜倚在靠窗的一面墙上；红色的窗帘布拉着，挡住了窗户和部分墙壁。"那孩子很机灵，知道这事的。"我爸回来之前的一天，他是这样说的。

我不想回到床上去，因为即使我没睡着，那个梦还是会在那里重复；乌普西拉大妈说我爸会永远走的，当然了他不得不走。等我四处找寻的时候，他旅行途中带着的皮手提箱将不会再在那里，而我也会明白它将永远不会再现。我会拿出那块埃及丝绸的手帕，会记起我爸将手帕铺在咖啡馆桌上，指给我看手帕上图案的情形。"我们的咖啡馆。"他就是这样指称那间小餐厅的。

我妈的朋友从楼梯间平台向上看，就在我下方两长段楼梯的地方。他向我挥手，然后我就看到他顺着楼梯上来。他嘴里叼着一支烟但没有点着，然后他伸出一根手指放到唇上但没把烟取下来。"足够把他们都灌醉。"看到厨房桌上那么多打开的酒瓶，查尔斯这么说过；我不禁疑惑我妈的朋友是不是已经醉了，因为他又从烟盒里掏出了一支烟，而嘴里叼着的第一支还根本没点火。

他走得摇摇晃晃、七歪八扭，不得不伸手去抓扶栏。他不管不顾地笑着，好像那样笑也是某种乐趣。我能看到他脸上的汗珠，从脑门上冒出来就像雨滴一样。他又往上走了一步，眼睛是闭着的。他慢吞吞地继续往上爬，站上一级台阶然后又是一级再又是一级。他嘴角边有一小块污渍，是吐出来的什么脏东西，之前的两支香烟都落到了楼梯铺的地毯上。我伸出手去，我都可以碰到他了。我的手指尖摸到了他衣袖的黑布料，我能感觉到他的手臂就贴在面料下，然后一切就都不同了。

于是他就向后摔倒翻滚了，于是楼梯扶手就被撞烂开裂了。先是砰的一声闷响，接着又是一声，跟着又是一声。最后是死寂无声，乌普西拉大妈抬头朝上看着我。

我透过自己房间的窗子观察着他们，他们分别走到酒店花园里各自挑选的桌子旁坐下吃早餐。他们把礼物都放到了我的座位旁边。他们相互交谈，但我从来不知道他们私下里说的是什么。我从窗前转过头；刚刚涂抹过珊瑚红唇膏，我还要在脸上扑一点粉。这是我的十七岁生日，在那面椭圆形梳妆镜里，我反照出来的形貌并无什么特别和异样。

楼下，我横穿而过的大堂休息区空无一人；百叶窗半拉着，挡住外面太阳的明亮光照；白天稍后一段时间，这种阳光会让酒店客人感到厌烦的。

"早安，小姐。①"花园里的一个侍应生向我问好。

即使是一大早，空气就已感觉柔和香醇，仿佛酝酿已久。熟透的栗子开始自行掉落；鲜艳的深红色树叶正逐渐干枯萎缩。高天无云。

"啊，老淑女来了。"我父亲这样说道。桌上只有一朵玫瑰，粉色当中又渗透着一丝丝鲜红，那是他为我摘来的。我生日时他总是会从什么地方弄一朵玫瑰来。

"我们今天该干点什么？"母亲给我倒好咖啡后问道；而父亲则在一边回忆起"朝圣之旅"的那一年，当时因为我累了所以他就背着我，那时我们还遇到了一位老头，他给我们讲了[天主教教宗]圣人西辛尼乌斯的故事。他又回忆起一次热气球旅程和"赌场之旅"的那一年。生日总是一个重要时刻，我母亲的生日是在七月，

---

① 此处为法语。下同。

我父亲的在五月,我的在十月。

我们住在酒店里。自从离开小广场上的那栋房子,我们就一直这样,在欧洲不同的国家住在各种各样的酒店里;这一开始看似一种暂时的生活方式,但后来这种生活获得了恒久性。

"那么,我们要去干点什么呢?"我母亲又问了一遍。

因为这一天是我的,所以就由我选择。打开人们给我的礼物看了之后,在我拥抱和感谢他们之后,我说我想做的是步行穿过那片桦树林地,然后在树林那一边草场开始的地方野餐。

"我,我所有的运动都没问题,"紧靠我们的一张桌子上,一位男士对他的朋友说道,"没有一项运动是我不感兴趣的。"

现在,三十五年之后,我还能听到那男人涟漪般扩散开来的声音。我还能看到那张我所瞥见的面孔——戴着眼镜、脸色粉红;我还能听到他的同伴向侍者点了锡兰红茶。

"那很好啊,今天这样去走走很好。"母亲表示同意。于是我们就选择了去野餐,早餐之后我们去买各种不同的东西,然后我们就把各自挑好的午餐都放在一起准备妥当了。

"你为什么总是给我一朵玫瑰呢?"

步行途中我问了这个,那时母亲走在父亲和我前面好远。我并不是特意选了这样一个时刻发问;并不是因为母亲不在我们近旁;根本就没有这样想过。

"哦,其实送一朵玫瑰也没什么特别的理由,你能明白的。只是有时候一个人就是想给别人一点什么罢了。"

"你为我把一切都安排得太好了。"

"因为这是你的生日啊。"

"我说的并不仅仅是我生日这一天。"

母亲已经先到了草场边上，回过头来喊我们。等到我们跟上去，野餐的东西已经在草地上布置好了，红酒瓶塞也打开了。

"你爸跟我第一次相遇的时候，"午餐一开始她就说道，"他正要给他的相机买一筒胶卷，但突然发现钱不够。我们就是这样认识的，是在一家小商店里。他当时很尴尬，所以我就从钱包里翻出几个硬币借给了他。"

"你妈总是不缺钱。"

"不过那并没有多大关系。有了一笔遗产，经常会带来不同；但有些偶然情况下，我想，这一次跟钱并没有多大关系。"

"是的，有没有遗产并没带来多大不同。在继续说别的话题之前，我们首先要举杯庆祝这一天。"

父亲往杯中倒了酒："维拉娜，你自己可不能喝啊。你以前可从没这样试过。"

"那么，我可以向你们祝酒吗？这是我以前做过的吧？"

"嗯，可以吧，而且也应该是可以的。"

"为了我的生日，谢谢你们。"

我父亲以一种突然的方式——这在他也是常见的——说道：

"马可·波罗是把有关中华帝国的见闻带回欧洲的第一位旅行家。没人相信他的话。没人认为他说到的那些地方，或者他说到的那些人存在——甚至认为连忽必烈汗也不存在。这就是今天历史课的内容，我的老淑女。也或者说是历史和地理的综合课。我们怎么想怎么认为都没关系。"

"德语中'想'是 *denken*，"母亲适时插入来教外语，"在意大利语中，'想'怎么说？"

"表示'想'是 *pensare*，如果是'认为'的意思，当然是 *credere*。"

"这个火腿味道真不错。"我父亲说。

他们把我从英国带出来，因为那是最好的办法。我从此再也没上过学。他们以自己的方式来教育我，而且他们两个人合起来也懂得很多；他们什么都教给我。我父亲成为埃及考古学家的雄心逐渐消磨殆尽了。很久以前他不断去埃及旅行研究，总是决心做出前无古人的重大发现；他在旅行时还克勤克俭，处心积虑地省钱，指望着能在婚姻中取得财务独立；在埃及时他还经常睡公园长凳。但自从我们离开那栋小广场边的房子，我父亲的专项事业就没有了；他也变成了他此前一提起来便不由嗤之以鼻的那种人，一个可鄙夷的业余研究者。他的书倒是没有就从此不写，但他实际上已根本放弃了将书出版印行的打算。

"哎呀，这样的日子可真好！"他感慨道。我的生日野餐结束了，酒也喝完了，他那柔和的说话声低沉得几乎听不到。我们躺在那里，一家三口，都躺在温暖的秋日阳光下。然后我起身将野餐剩下的东西打包装进帆布背袋，同时想到我父亲说得没错，这一天确实很棒，甚至那就是幸福。

"我有时候担心他的运动锻炼不够多。"回去的路上我母亲这样说着。返回时我们走的是不同的路线，这次是父亲走在稍微前面一点的地方。经常地，在我看来就是如此，似乎是特意安排好的，我身边总是有他们之中的一个陪伴着，要么是母亲，要么就是父亲。

"他锻炼还不够多吗？"

"嗯，这个，也可以更多一点的。"

"爸爸身体没不舒服吧？"

"没有，根本没有。完全没问题。只是按照事情的自然规律……"

她没有将本来想说的话说完，但我知道下半句是什么：按照事情的自然规律，不管是她还是我父亲都不会永远在世。我感觉她已经猜到我在心里替她把那句话说完了，因为我们多年的生活就是这样过来的，我们的对话经常都不完整，也不用说得彻底，或者根本就从来没有开始过。我的父母已经在他们之间创建了某种人工的东西，而我们一家就生活其间；他们小心翼翼、一丝不苟地构筑这个人工物，就像马赛克细工师在镶嵌板上完成一幅杰作。我父亲已经接受了他所听闻和了解到的我母亲曾经的不忠——我相信他知道的是全部的事实真相。我可以看得出来，母亲这一方对此好像并不遗憾愧悔，而我父亲这一方也并未表现出怨恨痛苦；我从没听到他们吵过架。他们为我牺牲了自己的生活：改变居住的场地环境，这种变动在持续地重复着；酒店里那些家具陈设虽千篇一律，但没有什么是跟以前家里的东西一样——这一切都是为了我，没有一处细节会被忽略。为了对他们表达谢意，我或许可以说每一天的生活都染上了我感激的色彩，但他们不愿我这么说，甚至都不希望我以这样的方式提到感激这个词，因为他们认为说感激就太过分，难以承受。

"这个下午实在太棒了!"

"啊,是的!我们完全可以这么说。"

"我爱一天中的这个时段。"

我母亲和我经常会突然讲起她教给我的某一门外语;对她而言,这样做似乎就能打破一种她所不愿容忍的单调。她是不是——他们是不是——也为失去伦敦的房子而惋惜,就像我一样?他们是否想象过房子可能发生的变化:蓝色大门漆成了别的颜色,门旁墙上挂着商务或者公务机构的铭牌,门铃被按响之后对讲机里就传出室内某个人的声音?会客厅现在变成了什么?一楼的房间或许改成了某个小国家的领事馆,庄重严肃的主管人员在那里走来走去,而秘书们则手拿文件等着签字?所有我能确定知道的——他们肯定也一样——就是我卧室墙纸上的紫罗兰花已经隐没无踪,被重新粉刷的涂料盖掉了,描绘造船厂景观的黑白绘画也从大厅的墙上消失了,一起不见的还有《伦敦叫卖图》①。跟我一样,他们或许甚至也想过,从前那令人毛骨悚然、心里发凉的恐惧气氛是否还驻留在那屋子里?伴随我童年的鬼魂幽灵是否还经常出没在那些房间里?自从我离开英国,这些鬼魂便也死去了,并没有跟着我在异乡复活。

"这里可真是漂亮极了。"我们跟上父亲之后我母亲说道,而父亲已经开始在那里捡拾落下的栗子。我们看到一只鸟,他说那是某

---

① 《伦敦叫卖图》,英国画家弗朗西斯·惠特雷(1747—1801)出品于1792到1795年间的系列风俗油画,描绘的是伦敦街头的各式小贩。这些作品的雕版印画后来大量制作,在坊间流传;这里指的应该也是印画,而非油画原作。

117

种珍稀鸟类，但我们谁都不知道是什么鸟。酒店里有个小服务生，我们会把捡拾的栗子送给他；捡着的时候，我们心里都清楚这将成为以后另一次生日回忆的内容，将会被我们说起，成为我们翘首回顾的往事。

"欧内斯特·沙克尔顿①是一个非常了不起的杰出人物，"以他那种惯有的生硬唐突方式，我父亲又开始评论起来，"在将刺骨寒风变成一种生活方式、将冰雪世界变成人生风景的所有杰出人物当中，他也许是最棒最完美的那一个；这些人忍受人间最严酷可怕的旅途，而他们所寻找的圣杯就是世界尽头那一片荒凉孤寂的不毛之地。你能想象一下这些人吗，那些在沙克尔顿之前的先驱和所有后来追随他的人？他们各自守口如瓶的秘密、深深隐藏的身心痛苦和疾患，他们的祈愿，他们的失意沮丧，你能想象吗？如此的厄运和困境，却又有如此的精神信念！我们，我们人类，是不可思议的独特造物，你不觉得是这样吗？"

他至今没带我去看金字塔，这并没有关系，一点点关系也没有，但即便如此，我还是没法说我能理解他为什么不带我去。至于这件事，当然了，最好还是别说。而我，别无选择，也只有跟着含糊其辞。

"我们还没有带你去过海利根贝格②吧。"我们继续向前走的时候，他沉思着说。

---

① 欧内斯特·沙克尔顿（1874—1922），生于爱尔兰，十岁时随家人移居伦敦，是著名的南极探险家。
② 海利根贝格，德国巴登-符腾堡州的一个小市镇。

在海利根贝格,秋日最后的野花此时应该还在盛开,而整个冬天,圣诞白蔷薇将处于花季。他们知道的那家酒店——泽尔登霍夫酒店——应该比他们当年去的时候更豪华了,我母亲插了一句。

我们将在海利根贝格过冬,他们决定了,而我则寻思在那里我们或许能收到乌普西拉大妈寄来的一封信。时不时地,但并不是很经常,会有一封信寄到我们所住的某家酒店,或者在当地邮局"存局待领"的信件堆中找到。有一次,我看到了我知道自己不应该去看的东西:我记得那笔迹局促拥挤、不易辨认,还有乌普西拉大妈一直钟情使用的紫色墨水。寄来的这些信从未当着我的面打开过;我曾经查看过母亲的私人物件,那里面一封信都没留存。

"我们在泽尔登霍夫住过,那时才结婚一个月,"我父亲说,"在那个世外桃源,那里的古堡山居旁,我给你妈拍过一张照片。"

我问起他们过去的恋爱经历,我问他们第一次相遇的小店是在哪里——那时我父亲正要给他的相机买一筒胶卷。

"在意大利,"母亲说道,"在波尔迪盖拉①的海滨步行道边上。"

这个地方也有一张照片。

验票员的连鬓大胡子间混杂了斑驳的灰白须发,他的制服也需要打理清洗了。我对他很熟悉,因为我经常乘坐这趟列车。

"谢谢您,夫人。"他把票递还给我,提醒我在米兰和热那亚

---

① 波尔迪盖拉,意大利地中海沿岸最西部的一个海滨小城,紧邻法国。

换乘。下午的早些时候，列车将开始在一连串的海滨小镇旁边穿行而过，不慌不忙地向前行驶，减速，停车，车身晃荡耸动着再次起步，然后逐渐提速。旅程中的这一段是我最喜欢的。

我穿着蓝色衣服，因为这个颜色最衬我，经常还配着绿色一起穿，虽然旁人说这两种色彩很难组合搭配。我的头发精心打理过，是那种守旧的传统发型。"你是位老派的古典淑女。"我父亲过去常常这样说我；他这倒不是在责怪我，因为他的语气还是一如既往地轻快调侃。我母亲喜欢我的古典韵致，我很小的时候她就这样说过。现在我已经是五十三岁的妇人，最终在意大利一个几乎湮没无闻的海滨度假地安顿下来，这座小城也是我父母最初相遇的地方。我估算了一下，他们相遇应该是在一九四九年。

他们都过世了，父亲先去，在他八十多岁的时候，不到一年，母亲也去了；而我，本应该比其他任何人都更了解他们的，实际上对他们根本不了解，虽然母亲在世的那最后一夜，她一直抓住我的手不放。第二个葬礼办得也很朴素，与第一个葬礼一样，仪式非常简单，母亲的棺材被放进墓葬坑，紧靠着父亲的墓穴；那处小小的墓地是他们事先选好的，我们之前经常在瑞士弗萨斯卡山谷避暑度夏，他们对这个地方一见难忘。葬礼结束，我离开墓地，离开了他们两个，走在凛冽的寒冬冷风中；地上有积雪，但雪花已经不再继续飘落。

大概一个月之后，就像父母在世时一直做的那样，我去 [德国巴符州] 巴特梅根特海姆的邮局查收"存局待领"的信件，发现乌普西拉大妈写来的一封信，收件人照例是我母亲。信在邮局已经保留了差不多一整年。

……自从上次收到你的回音已经过去了这么久，我才提笔写这封信的。我有些担心，但也许一切都还好吧；对我这样一个老太太，你一直都宽厚善待。布莱顿的这个夏季日子不好过，但我挣扎着应付；这一季的景况很糟糕。有几个其他的女房东已不再指望有收入了；看着这凄凉之景，好似看到灾祸临头的不祥之兆，我想起以前的生活是多么不同啊，那些在伦敦度过的日子！唉，我告诉自己不该说这个，但还是让你知道了。只因为没有你的音信了我才写信给你的。

我一下子就明白了，这么多年来，我母亲一直在付钱给乌普西拉大妈。也给查尔斯，我猜想。为了求得他们的沉默，我母亲这个富婆孤注一掷，用钱封口；我想事情就是这样；但是，我并不责怪她，不怪她。我回信给乌普西拉大妈，只简短地说我母亲已经去世，并让她把这个消息也转告给查尔斯，如果她碰巧还跟他保持联系的话。没有什么回复或者安慰的只言片语从他们当中的任何一个人那里传递回来，但乌普西拉大妈给我母亲的最后一封信让我首先想到要对我的父母表达感恩和敬重，我迫切希望让他们的不凡付出得到外界的认可。乌普西拉大妈会死，查尔斯会死，时候一到我自己也会死，那样的话，这整个世界上，还有谁能够知道我父母的故事，这个原本应该有更多人听到的故事？

我寄宿的酒店是波尔迪盖拉的"女王宫"。在这里，我的朋友只是餐厅的服务生、大堂的行李员和打扫房间、整理床铺的女佣；我并不鄙夷和拒绝这样的友谊，此外，我就只有我自己本身做伴了。当我的脸出现在小化妆盒的镜子中，或者阳光适时将我的脸从商店的橱窗玻璃反照出来，或者在公众场所的大镜子中我偶然瞥视到自己的面容，我经常觉得我并不认识镜中的这个女人。当我对着镜中影像多凝望片刻，便不禁疑惑：我所看到的是不是我的想象强加在一个影子上所带来的幻象，而这个影子是由一个小孩子变化而成，是不是在某种程度上我这个人根本就不存在？我知道事实不是这么回事，但看起来仍然是这种感觉。自从母亲离世，我的生活便沾染上困惑与混乱的色彩；孤寂独处的清醒时刻，我更是感到一种强迫性力量不断袭扰我，迫使我要让外界知道我父母这两个人的善良仁德。这种强迫症似的念头执拗地固守在那里，让我感到莫名其妙，同时也无计可施；它已经成了一个不容反驳的发号施令者，在指示我应该怎样去行事。我一直没有勇气在"女王宫"的廊道间和大堂休闲区对人们讲述我们一家的过往经历；很多年来，我都是舍近求远，从这个败落老旧的海边小镇旅行去往其他的远方城市——在那里，我只是个无名过客。一次又一次地，我试图在陌生人中搜寻一个合适的听众；这个人随后或许能够将父母为我而完成的恩德善行当作一个传奇扩散传播开去——在家庭聚会上，在餐桌边，在酒吧和店铺中，我父母那奇迹般的慈爱壮举会被一再复述，打牌和下棋的人们也会中断他们的娱乐来凝神倾听；我们家的故事最终将流传到其他的城市、僻远的乡村和集镇，还有别的国家。

每次我找到潜在听众，每次与某个听众在茶室里隔桌对坐或者在公园里闲谈，起初总是礼节性的客套矜持，而话题稍有进展，对方便表现出反感和嫌恶。有些在火车站候车厅消磨乏味时间的无聊旅行者，对我的故事做出的反应就是扭头看向别处，嘴里嘟囔出几句不知所云的含糊话语。有时候在有轨电车上，或者是在火车上，对方干脆就气恼地推搡着从我身边夺路而去，把我的讲述当作烦人的胡言乱语。而我表示道歉的喏喏低语他们根本就懒得在意。

由于愚蠢，那时我还一片懵懂，未曾有过现在从这些经历中才产生的体会：有些事实或真相，哪怕可以为人类的精神性灵带来荣耀光辉，如果其中还包含有一些可怕的成分要透露或陈述，那么你兜售或传布这个故事时就会很艰难。黑暗滋养了光明那欢忭壮丽的胜利火焰，但又有谁想去面对和了解黑暗？最终，我认可了这样一个结论，同时也是我的决断：我固然有话要说，但并没有蒙受了上天的恩宠悲悯而有权利去倾诉，所以要停止自艾自怜的叙述冲动。我行李箱的轮子在波尔迪盖拉火车站站台的路面上咔嗒咔嗒滚动而过，车站外面是夕阳灿烂的明净黄昏。根本都不用问一声，出租车司机也知道我要去哪里。路上跟他说话的时候，我本来想告诉他以后我不会再去外地旅行，不会再搭他的车，但转口问起了他家人的近况——那是他常对我提到的话题。

"晚上好，夫人。您近来可好？"[①]在"女王宫"那空无一人的大堂里，下午开始当值的行李员及时出来迎接我；他好像是从虚空中

[①] 此处为意大利语，下同。

突然冒出的。

"我还好，乔瓦尼。还好。"

乔瓦尼小个子，苍白委顿的样子，一件式样繁复的制服让他显得更矮小。他维持着"女王宫"的正常运转，跟酒店经理瓦莱察先生的作用一样大；或者说乔瓦尼的作用与那个明显顽固专横的卡萨罗蒂太太一样大——在酒店兴旺鼎盛的年代，她便已是这里的前台接待。当年的流行风尚让这家酒店的装饰显得赏心悦目，但时移世易，其他的流行风尚很久以前便又将优雅魅力从那些曾经时髦的东西身上移除了，现在只剩下随处起皮开裂的油漆和脏乎乎的手印。墙壁也斑驳剥落了，一台老电梯因为故障频发已经停用，人们几乎忘了这里还有电梯。但29房①，这是我每次从失败的倾诉之旅回来都入住的房间，毕竟还有着辽阔的海景，可以一直望到海天相接处。

"我们一直想念您，夫人，"乔瓦尼用英语告诉我，跟我说话时，他喜欢进行这样的口语练习，"好吗，您的旅行，夫人？"

"挺好的，乔瓦尼，还不错。"

在这句谎言说出口之际，29房的门打开了。乔瓦尼站在一旁，我先进房间。我归来的仪式当然还有更多一点的内容，虽然也不是很多：拉开百叶窗，再次寒暄两句夸赞一下无敌海景，一方拿出小费一方收下小费。然后乔瓦尼就走了。

---

① 这里的意大利原文为 Camera Ventinove，其中的 camera 在英文中指相机，又与叙述者父母因买胶卷而初次识并存有波尔迪盖拉的照片产生关联。

我把旅途上携带的一些衣服挂到衣柜里，又写下一张字条放在那些必须拿去清洗的衣物旁。不紧不慢地，我泡了个澡，又去楼下坐了一会儿，把为旅行而买的那本轻松小书看完。我将书留在大堂，与报纸放在一起，如果有人对书感兴趣尽可以拿走。

我到海边散步，脑中还是反复浮现曾经的思绪，想象着这条步行道上出现了那两个被世人捐弃的人，他们当年走在这里时彼此还了解不多。那张照片上供游客更换泳衣和冲洗身体的棚屋已经消失不见了。

"晚上好，夫人。"

在这条步行道上，相互问候并不是一种异常的殷勤礼貌，即使一位男士向一位他并不熟悉的女士打招呼，那也挺正常。但这一出乎预料的问候声还是让我惊讶了，而且我或许看上去有点受到惊吓的样子。

"对不起，我不是故意要……"那男人的道歉声渐次减弱。

"没事，不要紧的。"

"我想，我们都是英国人吧。"他嗓音柔和，听上去让人感觉很舒服；他的眼睛很蓝，蓝得有点吓人。他高个子，一身浅色亚麻套装，瘦瘦的，金发，脑门上有些晒斑暗痕；他的蓝条纹衬衫上系着领带，领带的蓝色和他眼睛的那种蓝色一模一样。这是一位亲切和蔼的医生？小学校长？园艺师？有些迹象表明他是独自一人。或许是丧偶？我猜测。要么是独身未婚？无法得出什么结论。他名叫德阿布雷，他自报家门。当我开始继续向前散步，他掉转了方向，与我并肩同行——这看上去也很自然，只是稍稍有一点点怪异。

"是的,我是英国人。"我听到自己对他做出了回应;假如我之前不加犹豫随即回答他,语气估计就没有现在这样温和。

"我想到你可能是英国人。这个,我看得出。但即便如此那还是一种武断的假定。"他还在继续道歉,只是有了些变化,一边还伴随着非常轻微的手势动作。他稍稍笑了一下。"刚才散步时,我的思绪有点拐远了,正想着多年前读过的一部小说《好兵》[①],十八岁时第一次读的。"

"我也看过《好兵》。"

"一个最最悲伤的故事。不久前我又看了一遍。你也读过不止一遍吗?"

"是的,不止。"

"一部好小说,你读第二遍时,总是能发现一些之前没能看到的新东西。"

"确实,我有同感。"

"现在我在重读毛姆的短篇小说。比他的长篇更出色,我认为。我特别喜欢《风筝》这一篇。"

"这个故事拍成电影了。"

"是的。"

"但我从没看过。"

"我也没看那电影。"

步行道上没有旁人。没有一个人,连一条狗也没有。甚至也没

[①] 《好兵》是英国作家福特·马多克斯·福特(1873—1939)的代表作。

有海鸥。我们一起走着,有一会儿没说话,直到我出声打破沉默,但也没说多少,只是说我喜欢波尔迪盖拉的海。

"我也喜欢。"

我们的脚步声在彼此呼应,或者这多少只是我的想象?我不知道,只是清晰地意识到沉默又一次横亘在我们之间,于是我再一次开口打破沉默。

"很久以前,我住在伦敦的一栋房子里,在一座小广场边上……"

他点头,但没说话。

"我父亲是个埃及考古专家。"

录音机播放的音乐从酒吧里传来——多年前那里曾经也有旅客喝着鸡尾酒悠闲地谈天说地,还如一般上点档次的酒店那样有支室内四重奏小乐队现场演奏助兴。我点了杯柯尔干白;酒保倒好酒后便走开了,让我一人安静独饮;每次晚上来他都是这样,因为他还有别的事要做。我预计今晚的情况也会如此,于是带来了陪同者,就是海滨步行道上的那个英国人——他那温和有节制、特征鲜明的面容陪伴着我。"一生中总有太多的偶然。"他说。几乎没多大困难,我又再次清晰地听到他的声音。"太多了。"他说。

走过"女王宫"的大堂,去到酒店的餐厅——那里曾经的灯火辉煌、觥筹交错早已不复从前,只剩下没落的蛛丝马迹——时,我脑中还是回响着他的声音。德阿布雷先生随同我去往餐厅;他那种镇静仪态一如既往,优雅细长的双手好像根本没动就能做出手势,脸上的微笑非常淡弱缥缈，几乎难以觉察。皇室家族都曾在这个宏大的餐厅里欢宴畅饮过，经理瓦莱察先生经常这样言之凿凿。但今晚餐厅镀金镶边的镜子中反照出的只是屈指可数的几位客人，在闪烁摇曳的枝形吊灯下，身形朦胧、影影绰绰。有一个男的在进餐，把黄色烟斗放在他身旁的桌子上，有一对可能是在度蜜月的夫妇，还有两位德国老小姐，或许是刚退休的小学教师。餐厅小炉子上温着里脊肉条和佩科里诺羊乳干酪馅的小馄饨。但与德阿布雷先生相比，所有这些现实之物都没么重要了。

"您请，夫人。"卡洛飞快地写下我点的菜式：清炖肉汤、大比目鱼。"还有产自加维的佳味干白。马上就好，夫人。"

我母亲从地板上收拾起裙子，还有项链也被她从扔下的地方捡起来了。客厅里浮动着她身上浓重的香气；她的朋友在唱机上放起一张唱片。他们走开之后，唱片中的那个声音还在继续唱着。然后查尔斯进了客厅，知道了那件事情，接着把我带到小广场上去看他已经整理完毕的花圃。

"夫人，请慢用。您的酒。"

佳味酒倒好了，但那熟悉的味道根本不需要去尝一下；我只是点了点头。

"谢谢，夫人。"

德阿布雷先生在我们家门前的小广场上走过；他记得曾不止一次经过那里。要他想象我们从前住在那里时那栋房子的样子，不会有什么困难；他没那么说，但我知道。他能想象得到；他就是那种类型的人。

"祝您好胃口，夫人。"

一个小孩子的手指尖轻轻抓在一只衣袖上，在那里只是停留了短暂的一瞬。她随后的动作非常迅捷，非常轻微快速，好像根本就没有发生一般：这一幕，德阿布雷先生也能想象到，而且他也这样做了。没点燃的香烟被踩烂在一只鞋子下面。还有摔倒碰撞的喧嚣声、变形破裂的楼梯扶手。还有愕然惊呆的目光，从下方远处向上看着。还有死者那龇牙咧嘴的面容，仿佛一丝怪笑。

那个独自进餐的男人将烟丝填进他的黄色烟斗，但没有接着去点燃。冰淇淋被送到了两位德国女教师面前。度蜜月的夫妇在碰杯。才到餐厅的三个旅客站在门口，略显犹疑。

"您要的烤比目鱼，夫人。"

"谢谢你，卡洛。"

"夫人，请用。"

在那一瞬间，三个人的生活被永远彻底地改变了。对于参加派对的客人来说，我父亲随后编出的任何托词谎言他们都乐于接受，也便于他们自己摆脱干系，而两个用人的沉默则是用金钱收买的结果。我母亲忍不住哭了，随后又藏起她的眼泪。那个无眠的夜晚，是否曾经有一刻，她——我的父亲也一样——受到本能冲动的驱使，生出这样的念头：放弃他们所生的这个孩子？他们如果，而且也只仅仅如此，把已经发生的事情称作邪恶罪孽，是不是更为合乎常理？

"在不幸的痛苦中发现事实真相，"我们在步行道上走着的时候，德阿布雷先生回应道，"那也是正常和自然的。天真无知者不可能是邪恶的，这就是他们在那个无眠的夜晚所认识到的。"

向已逝者表示敬重，德阿布雷先生踌躇而坚持地说，做到这些已经足够，需要讲述的事现在已经在死者以外的另两个人之间传达了，而且在他们之间还将会再次讲到，而每一次讲述都会获得新的认知。长眠于地下的那对无私夫妻也不会苛求更多。

吃下的食物，我没有去感受味道；喝下的酒，我也没有去品尝。我谢绝了甜食和奶酪。侍者给我端来了咖啡。

"他们的问题在于各自的过失与罪疚，"德阿布雷先生又说道，"他的过失是他对她了解得不够多，而她的罪则在于她尽量利用了他的不知情。他们的故事是羞耻的，但在我们的交谈中，他们的灵魂却是温良高贵的：罪疚并不总是可怕的，羞耻也并不总是卑劣的。"

法式小点心也送到了桌上，但我没有从盘子中拈起任何一块小糕饼。未来的某个晚上她可能，餐厅的员工在厨房里会这样想，甚至会相互说道：未来的那个晚上，她会再次在这同一张桌子前坐下，那时她已经老了，她将处于孤独之中，形影相吊。他们怎么可能知道，在这间王公贵胄们曾宴饮欢娱的餐厅里，在破败褴褛的帘布帷幕间，在已经沾染了经年尘垢的枝形吊灯下，她并非孤身一人？他们不可能知道，也不可能猜到，在这家老旧的酒店里，当她在海边漫步时，会有一个德阿布雷先生相随，就像在童年的孤独岁月中，她曾有过另外两个朋友陪伴。

圣 像

他们能够应付过去的,以前有困难时,诺拉总是这样说。每次都是她设法让家庭渡过难关:她对柯利的坚信不疑,她身处逆境时的冷静,她不屈不挠的乐观精神,都为他们的婚姻生活带来了力量。

"你要么去找法罗威夫人试一试?"她提出建议道;穷困的威胁这一次来得比以往更严重,他们几乎要支撑不住了。这是最后的出路,是绝望困境中所能想到的最好办法。"柯利,你就不能去一下吗?"

柯利沉默不语,诺拉看着他,看出他为此而觉得羞耻;过去的几周中,他已经开始这样了。并不是要向法罗威夫人借多少的,她说道。他到石材加工厂学习期间,帮助他们熬过这一段艰难光景所需要的钱不会太多,而学艺一年之后,他就会又开始挣工资了。在石材加工厂学艺并发挥才干,这简直就是为柯利度身定制的好机会——奥弗林他本人不是这样说过吗?

"我不能去法罗威夫人那里。根本就办不到。"

"只是去跟她讲一下情况,柯利。只是去告诉她真实的情况罢了。"

"她过去帮过我们了,但她做的好事却没有结果。她现在怎么可能还会对我们有兴趣?"

"柯利,如果我们再得不到接济,她在你身上看到的所有希望就会全没了。那她为什么不会再关照你一次呢?"

"她看好我,那已经是过去的事了。"

"我知道。我懂。"

"再去那里我会很尴尬的。"

"柯利,你以为我不清楚这个吗?"

"修路的地方还有活干。"

"你不该只当个修路工,柯利。"

"有些事不得不干。"

故意地,诺拉让他们之间出现了一会儿的沉默;然后柯利打破了沉默,她就知道他会这样做。

"去那里可是要一天时间。"他说;本来还想加上两句,说还要花公交车车费,在卡里克租借单车还要另外花钱,但他没说下去。

"柯利,耽误一天不要紧的。"

这对夫妻同龄,都是三十一岁,从童年时就相互认识了。柯利高个子,瘦精精的;诺拉则丰满一点,小巧一点,圆脸,脸上一副清爽简单的样子;与当初刚结婚时相比,她的金发现在剪短了不少。他们最小的孩子是个女儿,相貌上遗传了诺拉的特征,而另外两个儿子则跟父亲一样,都是瘦长细高的身形。

"你总是能做到最好的,柯利。"这句肯定的话语又出现在诺拉的嘴边，结束了他们的对话；这一激励似的声明是必需的，因为这句话的重复确实有效，有助于缓和他们生活中的危机。

柯利的工作间是个棚屋，所有的圣人雕像都排列在他搭起的一个架子上。这些圣像下面放着的是他雕出的圣母像、施洗者约翰像，还有一个耶稣被钉在单根木桩上受刑的雕像①。他雕的"耶稣受难十四处苦路"也放在这里，紧靠粗糙的水泥墙支起来。这些雕像所用的木料有椴木和梣木，还有苹果木、冬青木和黄杨木，其中一个雕像的橡木原材料是来自乳品厂废弃的一根搅拌棒。

每天早上，孩子们走出家门，在奎尔克商场所在的十字路口坐上校车去上学，柯利则去农场上找活干，诺拉经常就在家里欣赏那些雕像——丈夫的才华让她引以为荣。在工作间的一片宁静中，她的思绪信马由缰，想到如果柯利没有这样的天赋，她和他之间的关系将会怎样，想到柯利如果是个小学校长或者卡里克某间商铺的店员，或者永远只是农场上干活的，她对他将会是怎样的感觉。

柯利的圣像已经成了她的朋友。诺拉有时觉得，这些雕像对她而言是有生命的，在需要的时候，还会成为同情和安慰的一个来源。"十四处苦路"雕像中有一座下面刻着一行字：然后耶稣第二

---

① 基督教影像体系中，除了耶稣被钉上行刑的十字架的经典图像，还有就是耶稣被绑缚和钉在单根木柱上的图像，即本处所指。下文的"耶稣受难十四处苦路"这一专有词指从耶稣被判死，然后背负十字架到达髑髅地，直至从架上降下被安葬的全过程中的十四幕场景。

次跌倒了；这是她最喜欢的一座。无论是圣像还是"十四处苦路"雕像，安置在水泥墙壁的棚屋中都显得不伦不类，圣母像，包括别的雕像，放在这里也是如此。这些雕像属于它们被创造之初原本打算要安置的地方，在那些地方，制作这些雕像的神启灵感会化为祈祷仪式中的神圣感召力。诺拉确信这是冥冥中的天意，是上天让柯利拥有了这份天赋，并将使命托付给柯利，让他务必在雕像中去传递这样的神灵感应。"柯利，你是为别的时代而生的。"有位神父曾经这样对柯利说过，但他的口气听来并不是贬低或鄙夷柯利，而是似乎意识到即使眼前的时代与他所说的时代已经截然不同，柯利仍然会坚持不懈。柯利假如放弃了，那将是对他自己的浪费，将是对他这样一个暗藏着神性灵光之人的浪费。

棚屋的门在诺拉身后关上了。她去喂鸡，又从自己种的一片菜地中间走过。法罗威夫人会理解他们的；她以前帮过他们，这次她还是会施以援手的。等柯利在奥弗林的石材加工厂学会了在墓碑上刻字的手艺，他的才华之前没能成功实现的生活梦想就会自然到来的。墓石雕刻跟他的圣像创作是不同的事情，但那也足以让人们见识到他的技能，让主教和神父们，以及其他随便什么人，都能注意到柯利的才干。大家迟早会到石材加工厂来找柯利雕东西的，奥弗林上门提议让柯利去石材厂学艺时就是这么说的。

在诺拉菜地外围的田野上，一只被拴着的山羊突然抬起头，盯着她看。她走过去解开了拴在木桩上的细铁链；山羊先用蹄子刨了刨地上新长出的青草，然后才开始吃草；她就在一旁看着。清新凉爽的风吹拂在她的脸上，还有一丝丝鞭肌入骨的寒意；有那么一会儿,她几乎忘记了眼前的困境,感到兴致勃勃。最起码这块地方还是他们的,田地、园子,还有那栋位置偏僻的小小房子是他们的;按照人家的要价,法罗威夫人借给他们一笔钱,于是他们就住到了这里;法罗威夫人确信自己的眼光,认为柯利以后的成就有朝一日将会为她的扶持善举带来荣耀与回报。虽然还沉浸于和品味着这个欢欣鼓舞的瞬间,诺拉却也感觉到对未来的兴奋期待在悄悄溜走。也许免不了地,她督促柯利前去尝试完成的那个任务,柯利可能会无功而返;是乐观主义者也好,不是也罢,她毕竟还是对人世的真相有切近的了解。那天夜里,她反复思量、苦苦挣扎,想着应该怎样让他,也让她自己做好心理准备,去迎接他从法罗威夫人那里空手而归的倒霉命运。就是在那时候,她想起了莱恩夫妇。就像她想象柯利脑中如何突然有了一个雕刻灵感那样——他自己并没有说过这类的感受,但她仍然觉得自己知道那是怎么个状态——莱恩夫妇一下子就浮现在她的思绪中。她躺在那里,难以入睡,检讨审视这个突然出现的念头,同时也在回避和拒绝这个念头,因为那让她感到烦恼不安,因为即使只是稍微想一下这个念头也让她震惊惶恐。她默默祈愿法罗威夫人会慷慨解囊,就像她曾经大方地帮过他们那样。

到了十字路口后,柯利在小加油站旁等候开往卡里克的班车。时间已经不早了,但没关系,反正法罗威夫人也不知道他要去找她。从家里出来的路上,他考虑过打电话。如果法罗威夫人还住在原来的地方又接了电话,他就把诺拉告诉他说的那番话对她讲一遍。这样还可以省下去那里的交通费用。但诺拉最初提起这个话题时，就说过这不是一件在电话上能讲清楚的事情，即便他能设法找出法罗威夫人的号码也没用——他以前也确实不知道她的号码。

在卡里克街上的荷西单车店里，店员在给一辆老旧的罗莱单车充气，柯利在一旁等着。车灯里还装上了新电池，以防他天黑后回来时要走夜路——不过他已经对小荷西明确说了，他不可能耽搁那么久才回到镇上，因为从卡里克回去的班车下午三点就会开出。

到罗西山居宅邸的路程有七英里，其中大部分都是一条平坦的土路，两旁直接连着泥沼荒地，沿路既无沟渠也无围栏。柯利和诺拉住在卡里克时就知道这片泥沼地；当时他在里奥丹的木工作坊里干活，住的是诺拉母亲家楼上的一个房间。就是在那时，他开始了雕像创作；他那无师自通、发自本能的艺术才华让里奥丹兄弟俩颇为惊叹，稍后则给法罗威夫人留下了很深印象。柯利本人对此也感到惊讶，因为他此前并不清楚自己身上潜藏着这种天赋。

那段时期，也就是婚后最初的两三年，他的艺术之路进展迅速，这让他情绪高昂。诺拉也可能是对的，法罗威夫人或许还是乐意见到他，也能理解他们为什么没能还上一分钱。柯利不禁认为，诺拉自有一套办法让好事情发生，她能猜到事情可能会怎样，然后只要你去努力尝试和争取。

土路很直，几乎没有任何拐弯的地方，直到炭渣铺的路面最终让位于连绵山丘。篱笆与树木开始出现，旁边的田野上长着草或者庄稼。罗西山居宅邸位于一条未经修饰的小径尽头，这条小径还有四分之三英里长。

莱恩夫妇住在十字路口一栋外墙混杂着卵石砌成的灰色平房里，紧靠着他们自己经营的小加油站，就在奎尔克"超值"卖场的对面，中间隔着镇上的一条主街。他们日子过得挺富足，除了加油站的生意，男主人莱恩还代理保险业务，就在自家的房子里办公。他的妻子则负责照应来加油的顾客。

诺拉按响门铃时，夫妇俩一起走过去站到了门口。两人都在家时，他们自然而然地会这样同步反应。他们还有一种微妙的待客之道，能将来访客人的活动范围限制在门厅之内，直至对方的造访意图明确之后才会引入房屋中更私密的空间。一般来说，来买保险的人当然会有足够理由被引入家中的内部区域。

"我正好经过这里，"诺拉说，"我要去'超值'买点东西。"

莱恩两口子点点头。他们那相似的瘦长的身形相貌让人想到他们更像是一对兄妹而不是丈夫和妻子。两人都戴着眼镜，莱恩的黑框眼镜显得严肃点，他妻子的则是浅色，感觉轻快一些。这对夫妇没有孩子。

"是要办保险吗，诺拉？"莱恩问道。

她摇摇头。她只是过来看一看，她说，看看他们情况怎么样。"我们在家里经常提到你们。"她说道——这显然是对实际情形的随口编造。

"哎呀，承蒙好心，我们还挺不错的，"莱恩说，"就像打网球拿到了决胜局点，埃蒂，你说是这样吗？"

"噢，是的，是这样。"

电话铃响了,莱恩去接电话。诺拉能听到他在说这个上午太忙了,事情太多,堆积如山,都漫到脖子上了。"你看明天行不行?"他提议道,"我明晚过去怎么样?"

"埃蒂,抱歉打扰你们了。你们很忙的。"

"我就是要帮他打字,打那些保险方案计划书。老天,那可真花时间,还有加油站要去忙!每份计划书都有满满登登的二十六页!"

尽管语气上有点哀伤埋怨的调子,但谈话还是愉快的;而莱恩说他们拿到决胜局点,则是掩饰了某个话题,但这里的意味所指被规避了,被隐藏于日常寒暄的表象之下。真实情况是,埃蒂一直不能如愿怀孕,夫妻俩也都承受着这一遗憾所带来的打击和困扰;虽然他们从未提起过,但这一现实及其后果在邻里之间已经是众所周知。甚至有传闻说,莱恩夫妇还探访问过一些地方,看是否有可能收养一个孩子,但这些努力都毫无结果,令人沮丧。

"那就再会吧,埃蒂。"诺拉微笑着点头致意,然后便准备离开;她的眼中流露出一位母亲对于一个不孕妇人的怜悯。她本来打算说上几句同情安慰的话,但贸然提起令人家尴尬的话题,那会显得生硬和不够婉转。

"诺拉,你们都还好吧?"

"挺好的。"

"代我向柯利问好。"

"当然的,我会跟他说的。"

诺拉推着单车去到马路对面,将车子斜靠支撑在奎尔克"超值"卖场的侧边墙上。在里面购物时——搜寻那些即将过保质期限的便宜货品,将她能支付得起的少数几样东西捆扎一下放进铁丝篮——她还想着莱恩夫妇的事情。他们浮现在她眼前,就像十分钟前她直接面对他们时一样清晰;她能看到埃蒂那浅棕色眼睛里心不在焉的恍惚神态和潜藏的不幸忧伤;她能听得出那未曾说出口的无声失望,那种失望,在丈夫和妻子心中,都蓄积已久,转而化为倦怠消沉。他们已经放弃了,却不知道他们依然可以不放弃——又一次地,所有这些念头在诺拉的绵绵思绪中过了一遍。

她从十字路口骑车离开,沿着长长的小山丘斜坡路回家,一路继续想着莱恩家的事情。他们是体面可靠的人,仅仅是因为不能生育,因为对孩子的渴望影响了他们,他们才会自责自怨。她还记得他们才结婚时的样子,记得他们邀请大家去参加冬季祝福贺卡的主题派对,记得埃蒂在每个聚会场合都精心扮、穿戴时尚,记得莱恩讲的工作中的真人故事是如何让人们津津乐道、口耳相传。

"那样做是不是错的?"诺拉低声地自言自语,其实路上也没有旁人听她说话,"那样做是不是违背了神的旨意?"

到家之后,她把挂在单车龙头上的购物袋取下来,一边又将同样的问题问了自己一遍;家中一片寂静,所以她的低语显得更大声了。柯利在法罗威夫人那里的拜访,如果能带回好消息,那就没有必要再来纠结她的想法是对是错了。甚至将来也没有必要——当斗转星移,他们多年以后再回首如今的艰难岁月——向柯利提到她脑海中曾冒出过的这个念头。如果法罗威夫人能慷慨相助,你就要让自己忘记眼前的这个念头,虽然这是一件你如果去努力就有可能达成的事项。

房屋的大部分都是白色，只是在刷墙涂料已经剥离脱落的那些地方呈现出零零落落的灰色和绿色。罗西家族在这栋宅邸中连续生活了数代，但及至二十世纪五十年代，这个家族衰落终结了；房子空置十七年之后，法罗威夫人买下了这栋宅邸，价格相当划算。

柯利听到门铃在房屋深处丁零当啷地响了起来，但没人来回应铃声的召唤。在公车上，以及一路骑车穿过泥沼地时，他就在担心法罗威夫人万一外出了怎么办，万一她几年前就搬回了英格兰该怎么办；当他第三次扯动门铃拉绳，他又再次担心起来。在他站着的头顶上方的某个地方，有了一声响动。一扇窗子打开，法罗威夫人的声音从上面传下来。

"是法罗威夫人吗？"他后退几步走到房前的碎石地上，以便向上看，"是法罗威夫人吧？"

"噢，是我。你好。"

"你好，法罗威夫人。"

他一开始没认出她来，所以也就不能确定这么久之后她是否还能认出他。他报出自己的名字。

"啊，当然记得你喽，"法罗威夫人说道，"请稍等一下。"

打开大门后她就站在门口表示欢迎。她微笑着伸出一只手："请进，快请进。"

他们穿过破旧的门厅通道，在闻起来有些霉味的客厅里落座。壁炉炉火残留的冷冷灰烬上部分覆盖着枯死的绣球花，大概是从哪个花瓶中拿出来扔在那里的。房间里显得杂乱拥塞，令人感觉窒息；随处丢的都是东西：报纸和杂志、手绘图片、一本正面朝下放着的书——似乎是用来标记出某个地方——几只空空的小水果篮、残旧破损程度不一的各种零碎小瓷器和古董、一顶夏天的凉帽，还有很多衣服堆积在一个针线框旁。

"柯利，你是踩单车来的？"法罗威夫人问道。

"只是从卡里克到这里。坐车到的卡里克。"

"哦，天哪，你肯定要累坏了。至少我得给你弄点茶来。"

法罗威夫人离开了差不多二十分钟，这让柯利不禁有些躁动焦虑，因为他想到回去的班车三点就要开走了。那一年，柯利收到信之后，和诺拉第一次来这栋房子时也是坐在客厅里等着的。他们曾经一起坐过的那张沙发如今已经成了各式杂物的收容之地。这个房间原来也要整洁得多，法罗威夫人动作更轻快，精神也更饱满。她当时不断说着话，雄心勃勃，酝酿着很多计划；宽敞的弓形飘窗下放有一张桌子，她端了咸牛肉干和沙拉放在桌上招待他们，还有她涂好了牛油的、湿软的吐司面包片，此外还有琪雅-欧拉牌的鲜美橙汁、茶和水果蛋糕。

"可吃的东西恐怕不多，不好意思。"法罗威夫人现在回到了客厅，拿来了一盘饼干、茶杯、杯托与一把茶壶。饼干上点缀着一团粉红色的蜀葵糖浆和覆盆子果酱。

茶又浓又热乎，柯利喝下去感觉正好。他吃到嘴里的一块饼干已经受潮变软了，但即使如此，还是觉得挺美味。偶尔地，诺拉也会买这同一种饼干给孩子们吃。

"没想到你会来,真是令人惊喜!"法罗威夫人说。

"我还担心你已经不住在这里了。"

"从今往后大概都要住在这里了,我估计。"

一丝凄凉忧郁的神情在她脸上黯然蔓延开来,仿佛她已经知道他为什么来这里。如果她之前想过这个问题,那她应该很早以前就能猜想到柯利两口子所处的艰苦困境。但他来这里并不是要指责她的错误;他希望她不要有这种想法,因为这当然不是她的过错。要怪也只能怪他自己。

"很抱歉,我们一直都没能带来任何回报。"他说。

"你不必自责,柯利,我也不应该指望你回报。"

她是个高个女人,但现在看起来略显脆弱了。更年轻一些时,她的样子几乎是咄咄逼人的,有点令人望而生畏:果敢决绝的内心影响到她全副的五官样貌特征,在她那稍显阔大的扁嘴间和圆圆的大眼睛里,以及做出手势以引起别人注意的一双大手上,看似又再度表现出这种坚毅气质。她的微笑曾经会突然变幻为严厉的或强制命令的表情,而如今则是模糊的、躲躲闪闪的哀恳神态;她那高高挽起的发髻,在柯利印象中还是一头青丝,只夹杂着少许的几缕灰白,现在黑发已经全无踪影。她身上有一种颓唐没落的气息,与他们所置身的房舍空间互为呼应、如出一辙。

"你们现在有孩子了吧,柯利?"

"有三个。两个男孩一个女孩。"

"你还在找合适的工作?"

他摇头。"那一套行不通,一直不行,"他说,"所有的情况就是这样。"

"真的很遗憾，柯利。"

买下罗西山居宅邸并入住之后不久，法罗威夫人便参加了一个老寡妇的葬礼，死者之前长期住在罗西山居的门房小屋里。按她自己的说法，她是来自英格兰的一个不光彩的、冥顽不化的新教徒；直到那时，她都从未走进过任何一间爱尔兰天主教教堂，她之前也从未目睹过像她在那次葬礼弥撒上所见到的那么多的石膏圣像。我希望阁下不要将这视为来自一个局外人的冒昧打扰，在寄给沃尔希主教的第一封信中，她如此写道，这只是因为我无法不意识到，对年轻的工艺匠人和艺术家来说，教堂的这种境况意味着他们应该有发挥才华的机会。手头上一有空闲时间，她便开着她的"小莫里斯"私家车在沃尔希主教的主管教区范围内到处漫游，拍下那些圣龛壁龛中的雕像，既有单独的圣玛利亚像或者圣母哀悼基督的场景，也有刻绘耶稣受难的高大十字架。她最后终于有机会见到了沃尔希主教，便满怀热忱地鼓动和劝服主教；她说，如果能看到爱尔兰艺术传统中的巨大十字架被带进现代的教堂，能看到彩绘玻璃窗上呈现耶稣降生和天使报喜的画面，能看到老旧的读经台和祭坛陈列柜被替换成当代工艺形式的新品，那将会是多么令人振奋。在主教的会客厅里，她留下了一些明信片，上面的图片是米诺·达·费埃索①浅浮雕创作的复制品和锡耶纳大教堂讲道坛的局部细节；那是她从意大利收集回来的，拿到主教这里之前又仔细挑选过。她编

---

① 米诺·达·费埃索（1429—1484），意大利雕刻家。

录完一份工艺匠人名单之后,便给名单中的人一一写信;对于那些住址离罗西山居不算过于遥远的匠人,她还直接去登门探视。她联系到若干的神父和主教,向他们解释,一件必要的事情就是让有才华者有用武之地并得到财富上的回报,可惜大部分情况下,她遭遇的只是反对意见和无动于衷的漠视。有几位主教显然还挺恼火,回信要她别再跟他们接洽。

柯利将又一块饼干折成两半,一边想起了他自己收到的那封信。"你来看看这个!"接到信的那一天上午,他不禁雀跃欢呼。在木工作坊中开始利用空余时间雕制人像以来,他已经模糊产生了一种职业使命感,意识到自己希望能以这种特别的方式去谋生,而法罗威夫人的来信则完全呼应了他此前的感受:他所习见和熟知的身边的教堂艺术品,质量都颇为低劣。"她到底是什么人?"他将那封信反复通读了几遍,困惑地提出了这样的疑问。一周时间还没过去,法罗威夫人就来到木工作坊做了自我介绍。

"我一直都感到非常抱歉,"她如今在反复地表达着愧疚,"真是很抱歉,难以言表。"

"哎呀,千万别这么说。"

她做出了所有的努力,但她的计划也被迫放弃了;当一切都已结束,法罗威夫人在挫败感的重压下给很久以前在求学时代便已结识的一位同窗好友写信。唉,是的,我要放弃这勉力而为的挣扎了。此事说来话长,只有等你下次来消暑度夏待上几周时再详谈。现在只要说这么一句就够了,那就是,在圣洁的爱尔兰,一切都已变了。现在,法罗威夫人开始对柯利倾诉,讲她当时的感受,而之前她从未向他透露过这些。教会手上的事情千头万绪，早就忙得焦头烂额了——她就是这样说的；与信众集会人群的日渐缩减还有世俗社会对宗教界的一波波挞伐冲击相比，教堂圣物的形貌当然就是无足轻重的细枝末节了。她当年并未认识到这一点，因此选择了一个错误的时机。

"柯利，我支持你买下那栋可怜的小破房子就是我的罪责。我确信的事根本就谈不上有把握，但我却用它来误导了你。我自鸣得意，瞎闯乱撞，是个英国蠢妇！"

"啊不，不是。"

"但我恐怕就是如此。我本应该劝阻你的，而不该是鼓励你放弃木工厂的工作。"

"那是我自愿的。"

"你现在的处境困难吧？"

"说实话，我们是有点困难。"

"这是你来找我的原因？"

"嗯，是的。"

她摇摇头。停顿了一会儿，她又说道："我如今日子也不好过，情况你都看到了。"

"希望你别灰心。"

"柯利，你们过得很艰难，是吧？"

"奥弗林打算在古里恩的石材厂给我一份工作干。他对这个很热心，因为我有木雕方面的基础，他觉得我很快就能学会石雕。可能我不需要在那里像个学徒一样从头开始，慢慢训练。不会像有些小年轻那样,从入行到掌握要领,要花上很长时间。"

"你要去学习墓碑刻字?"

"我想去。一年之后,他就会给我发工资。唯一的问题是,这最初的十二个月,我一分钱也挣不了。我现在是在农场上打零工,只要有什么事,我就在一个地方干几天,再到另一处干几天;如果去石材厂,零工就干不成了。"

"石材厂看来是条出路。"

"在那里,我有机会接触到那些可能会对雕像感兴趣的人。我会把雕像带到石材厂,放在我身边。哪个神父或者主教,如果正好要添置圣像之类的,也许就能听到别人告诉他,说我会雕耶稣受难十四处苦路什么的。奥弗林跟诺拉说过这些。"

两人继续说着话。法罗威夫人给柯利倒上更多的茶。她劝他再吃一块饼干。

"在那之后,我就会有稳定的工资了,"柯利说,"只要我们能熬过第一年。每天早上,我可以骑我们家的那辆单车去古里恩,这对我根本不成问题。"

"柯利,我手头上没钱。"

接下去,房间里一片静默,两人谁也没说什么,但柯利并没有随即就走。煎熬的静默持续了一会儿,然后他们说起过去的时光。法罗威夫人提出要去做些吃的东西,但柯利说不必了。他边说边站起身,同时又解释说要去赶三点钟的班车。

在大门口,法罗威夫人再次说了她很抱歉,柯利则接连摇头表示那不是她的错。

"只要家里没事情要忙,诺拉也开始试着去工作了。又有个宝宝将会来到我们家。"柯利说道,他觉得自己也应该把这个消息传递出来。

听了柯利求助的结果之后,诺拉说,那毕竟本来就只是一线渺茫的希望。当柯利向她描述了罗西山居的现状,她也为法罗威夫人感到难过。在诺拉看来,法罗威夫人对柯利的信心一直是对他那种天赋才华所具有的神圣特质的一种肯定和确认,仿佛法罗威夫人是遵从上帝旨意来到他们的生活中,为他们带来鼓舞和激励。尽管她的计划已告失败,但正是在柯利受雇于里奥丹的作坊时,她出现了,而且住到了离卡里克仅仅只有十四英里的地方,这不该说是简单的巧合;她最初看到柯利的第一座圣像作品,便坚定了提升宗教艺术的意图与设想,这也不该说是无意义的巧合。柯利为瑞安神父雕过一座小小的圣布里吉德雕像,安置在以这位女圣人命名的教区礼堂的神龛中,只是瑞安神父手头拮据,没能给柯利支付任何酬劳。只要人在卡里克,诺拉一定会去到教区礼堂,再一次看看那座小雕像;每次她都会回想起第一次见到这座雕像时的惊讶与震动——与法罗威夫人的情形相似。"他用起凿子来得心应手,有如神助!"奥弗林来提议让柯利去石材厂时是这么说的,"我可不记得曾看到过比这更棒的!"在诺拉看来,这一切是紧密关联、互为因果的一个整体——第一座雕像、法罗威夫人住到了他们的附近、在他们几乎绝望放弃时奥弗林提出的工作建议。从骨子里,从直觉深处,诺拉感到事情就应该是这样的。

147

"你先休息一下,"诺拉在厨房里督促柯利,"我煮好茶水还要点时间。"

"孩子们都好吗?"

"他们出去了,在屋后的场地上玩着呢,"她说,"放学回来之后没调皮。"她将五花肉培根薄片铺展平,放进炉子上正在加热的平底锅里。她说她去了"超值"购物,柯利则告诉她自己如何差点错过了回程的班车。

"车子都启动了,正慢慢开走。我不得不大声喊着挥舞双手才拦住司机。"

"柯利,我不该要你去那里的,去走那条破烂的老土路,还这么远。"

"没事的,没关系。说实话,能见到她还是一件开心的事。只是她受到了打击,有点不安烦躁。"

他接着又说起乘车的一路见闻,还有回程时车上的人。诺拉没有跟他提到莱恩夫妇。

"老天爷啊!"埃蒂·莱恩惊叫道。她觉得有点站立不稳,于是坐下来,坐到客厅里衣帽架旁边的一张椅子上。"我想我恐怕是没听明白你的话。"她说,但实际上她知道自己已经听清楚了。

诺拉说话的当儿,她在一旁听着,虽然从心理上来说并不想听。"时间会是在四月份。"诺拉说,又将她刚才提过的钱款金额重复了一遍。应该是四月下旬,她想,也许会是在五月刚开始几天。她从来都没有推迟过,她说。

"他自己也会说这是违反法律的,诺拉。我本人也觉得是这样。"

大门两侧窗子上的玻璃是彩色的,所以照进门厅里的白日光线带有蓝色与粉色,屋内显出一片柔和的昏暗色调。埃蒂·莱恩在努力理清自己那纷乱动摇的思绪,同时又发觉客厅中晦暗朦胧的氛围恰好适合她们正在进行的谈话——她们谁也不能清楚地看到彼此的面容;她自己脸上是一片茫然困惑。

"这当中牵涉到了钱的问题,"诺拉说,"这将是我们之间的秘密。"

并非有意识地,埃蒂低声嗫嚅着,将诺拉的这句话又重复了一遍。这里的秘密是关于金钱的,是一个必须永远埋藏在他们四个人——两对夫妇——之间的秘密;这个秘密在她们两人之间实际上已经开始了,因为诺拉是等车子开走后才上门的——她也许是从"超值"的窗口注意看着这边的情况。她应该是已经看到他走出了这栋平房;车子开远之后,她才穿过马路来到门前。

"听我说,埃蒂。"

诺拉说到了柯利的圣像,那些他已经完成的木雕人像——蒙福的童贞圣母玛利亚和其他圣人,还有尊奉在卡里克圣布里吉德礼堂里的圣女布里吉德雕像。诺拉还提到了她尝试在"超值"找点事情做,以及她想到的、可能有工作机会的其他任何地方。等到孩子快要出生时,她就会被困住,没法再做事,但在那之前,只要有事可做,她总能想办法挣一点来补贴家用——但可惜没什么工作机会。她还讲到了柯利如何去拜访一位夫人——这位女士的名字埃蒂并不熟悉——又是如何空手而归。在古里恩开设有石材工厂的奥弗林自然也被包括在她的讲述中。

"奥弗林在我们这里买了保险。"有那么一瞬间，埃蒂·莱恩的眼前浮现出那个头发灰白、身材粗壮的石匠的样貌；为了免得莱恩去收钱时找不到他的石材厂，奥弗林总是亲自来这里送交保险费，每次完事之后还把他那辆标致牌皮卡开进加油站加满油。诺拉到访带来的冲击和震惊，让她双腿发软，心慌得想大口喘气但又喘不过气来；现在，所有这些往事场景在她的记忆中闪回之后，埃蒂觉得轻松了一些。

"埃蒂，自从你布置好那个房间，已经过了很久了哦。"

"我给你看过吗？"

"看过一次。"

位于平房后部的一个小房间，被她刷成了金凤花的奶油色调，门和窗台则刷上了白色亮漆；她以前给人们看过这个房间。

"还是原来的老样子。"她说。

"我只是想到了就问问。"

她给那个房间做了窗帘，蓝色的，与地毯颜色相配；窗帘上的图案是娃娃们在玩拉手转圈的游戏。那个小房间，他们一直没有买家具。考虑得太远太有把握了，或许反而会适得其反，他是这么说的。

"这里面没有欺骗，"诺拉说，"也没有谎言，根本没有那样的事。只是钱的事情不能透露出来。"

埃蒂点了点头。就像一场梦，这整个过程显得混乱和怪异：门铃响了，诺拉在门外微笑着，先是与诺拉站在门厅里，随后又不得不进入客厅坐下来说话；诺拉问她银行里或者在信用合作社有没有存款，又提到大概多大的一笔款项就够了；诺拉的脸先是红了，然后又苍白得毫无血色。

"诺拉，我不能把你的宝宝从你身边夺走。"

"不会是夺走，也不会是失去孩子。我以后可以再生一个，甚至是两到三个。随着时间慢慢过去，大家也会理解的。"

"哦，天呐，人们会吗，我怀疑。"

"这个并不违反法律，埃蒂。一点都没有。"

"我不能那样。我根本办不到。"怀孕有时候会让一个人想入非非，她想到诺拉是不是也出了这样的问题。不过她并没这么说，以免让情况变得更糟。她缓缓地摇着头。"老天，我办不到。"她又说了一遍。

"如今这个时代，如果一对夫妻生不出孩子，是可以想办法的。"

"我知道，知道。"

"既然……"

"诺拉，我做不到你说的那样。"

"是因为钱吗？"

"是因为一切，诺拉。是因为别人会说闲话。如果得知你提议的事，他会拼命摇头，会把头都甩掉的。我们的生意就没法做了，他会这样说。没人会再光顾我们家。"

"大伙儿……"

"他们不会再到我们家来的,诺拉。"

一阵沉默,沉默比之前的言语交谈更令人难堪。然后,诺拉开口道:

"我们是不是喝杯咖啡?"

"哎呀,真抱歉。当然了,我们来喝点咖啡。"

她能感觉到身体两侧、脖颈间和前额上冒出的冷汗。她的手掌也是汗津津凉飕飕的。她站起身来,感觉比之前好一些了。

"我们到厨房那边去吧。"

"埃蒂,我可不是故意要让你心烦。"

往壶里加水,用勺子挖了速溶咖啡放进两只杯子里,再倒上牛奶,埃蒂感到那心惊肉跳、神经过敏般的紧张不安情绪终于消解了,留给她的是纯粹的愕然与惊诧。她跟诺拉很熟。两人六岁时一起开始去上学的那天就彼此认识了。从来没有任何迹象显示会发生今天这样的事情;诺拉此前一直是她看上去的样子,凡事面对现实,清醒而理智,双脚都踏实地踩在地面上。

"是怀孕给引起的?诺拉,是不是这个原因?"

"这次跟以前怀孕没什么差别。我只是想到了你眼下的处境,你的情况。还有我跟柯利,我们谈了他要去当修路工的事。"

埃蒂随后就听到诺拉说,两桩麻烦事,[你家的和我们家的,]当你把这两个烦恼放在一起,就能够得出一个好结果,找到一个出路。我全部的想法就是这个,诺拉说,仅仅就是这个。

"你说的那些绝对不会传出这四面墙壁之外,"埃蒂·莱恩承诺道,"在这个家里也不会再被提起。"这是件女人的事情,不管这事是什么。心里面再怎么狂乱如麻，即使是一群野马要冲开她紧闭的牙关①，她也不会把她们谈话的内容抖搂出去。"你是出于善意，我明白的，难道我还不清楚你？难道我还不知道你是一片好心？"

两人的心情各自不同，但一杯咖啡之后，都趋于平静。她们一起走过狭窄的门厅；前门打开后，一阵冷冽清凉的风吹进来。一辆小车开进了加油站，埃蒂赶忙跑过去招呼顾客。诺拉骑着她和丈夫共用的那辆单车，从十字路口这里慢慢离去；埃蒂向诺拉挥手道别。

"事情就只能是这个样子了。"回绝奥弗林提供的石材厂的工作机会时，柯利的解释便是这样一句。他答应去修路的工地干活时，又说了一遍同样的一句话。

诺拉不认命，执拗地认为事情不该就只能是这个样子。一个不能生育的妻子，还有一个本应在神的世界里发挥才干、完成使命，但被人生逆境剥夺了如此机遇的雕塑家，两人竟生活在相距不到一英里的同一片土地上，这未免有些荒诞与讽刺。所有需要做的只是从银行中取出一笔存款，但连这一点都做不到，岂不是愚蠢、无聊和不合常情的造化弄人？那个金凤花奶黄色的小房间，被埃蒂满怀憧憬地细心装饰过，但从今往后将不会有小孩子入住。柯利将要去铺路，在柏油碎石的路面间，他将看到他所背弃了的神界

---

① 原文为 Wild horses wouldn't drag (the conversation they'd had out of her)，此处为英文习语用法，直译为"连野马也不能把（她们的对话从她口中）拉出"，即言意志坚定，绝不会做某事。

幻象。

诺拉的不平怨怒在酝酿滋长，但她把这种情绪只埋藏在自己一个人的内心。她还是照常忙碌家务，从母鸡下蛋的地方捡起鸡蛋，准备一日三餐，为每隔一天就烘焙的面包揉面团；而不管她在做什么，怨怒的幽灵总是来纠缠不休。她提出的想法当然不是很可怕的罪孽，但也很容易让人联想到一种伺机而动的狡黠预设，认为人类可以把自己的秩序强加给神所安排和给予的一切——可以这样做吗？在向埃蒂·莱恩说出她的设想时，她的方式和手法是否很笨拙？或者这也是一个错误，就是她没有先跟柯利透露她那些打算——她还是可以抱有一线希望，说不定柯利在斟酌之后也会接受她的计划，认为她的做法有道理？但疑问很快涌来，否决了这一切：柯利根本不可能同意她的想法；不管她如何委婉地表达，埃蒂还是会大为惊骇。

准备去工地修路之前，柯利买了一双新靴子。他们要做一项采石场专用通道的工程，他说，要重新铺设路面，因为货车司机们投诉说路况很糟。工头已经发给他一件防护披风，下雨的时候可以穿。

新工作开始前的那天晚上，诺拉看着他给靴子涂防水剂，用手指将防水剂按压抹平在鞋帮鞋面上。不涂防水剂的话，靴子就等于没用，别人是这样告诉他的。他安然镇定地接受了这一切。

"时代已经不同了，"他说，仿佛诺拉的举止形貌中有什么迹象让他觉察到了她的忧郁消沉，"事情不是我们所能掌控的。"

她没有争辩；争辩还有什么意义呢。她本来想对柯利坦白说她吓到了埃蒂·莱恩；她本来想对柯利解释说，她那些看似不着调的胡言乱语实际上是在努力从目前的窘困处境中找到一条对大家都有利的出路，就像她经常看到［在柯利的手下］天使的翅膀从被随意锯开的粗糙木料中灿然呈现一样。但所有这些要说出来太难了，所以诺拉便沉默不语，只字未提。

这一天结束之后，内心的怨怒仍然对她不依不饶，穷追不舍；在夜晚的一片漆黑中，她感觉到自己还是受着这种情绪的重压；她凄苦忧闷地祈祷，等待着一个冥冥中的回应，但她同时也知道，这回应并不会到来。黎明的熹微暗影中，她伸手去摸索丈夫的手，握住了那么一会儿。如果他这时醒来，她会对他倾诉闷在心里的所有那些事情；她现在几乎快要爆发了，无法再保持沉默。

但将要到来的一天是柯利开始修路工生活的日子，应该得到同情与支持的是他。诺拉为他和孩子做好早餐，尽其所能给他最好的安慰与扶助；她自我克制，掩饰了所有情绪波动的外在痕迹——她知道，这些煎熬痛苦从此以后都将只是她内心的秘密。人去屋空，只剩下她自己；她清洗早餐用过的碗碟，又按她习惯的样子将厨房整理好。她将炉子里的火浇灭。到了屋外，她给那些母鸡喂食。

在柯利的工作间，她今天多站了一会儿，比往常每天上午都来探视这些圣像时停留的时间要长。它们已经成为她的朋友：有隔栅烤架相伴的圣劳伦斯、传送喜报的迦百列、阿西西的圣嘉勒、使徒圣多马，还有盲眼的圣露西、圣凯瑟琳和圣艾格尼丝。柯利为她给这些雕像赋予了鲜活的生命；圣人们以处变不惊、一如既往的平和宁静回应她凝视的目光,她感到心中的焦灼怨怒终于开始悄然消退,虽然这消退的进程非常模糊淡弱。无限蔓延的一片岑寂让她不禁若有所思;沉浸于这安宁的静默中,她领悟到连圣人们也无可奈何,选择了恬退隐忍。失控和崩塌的是这个世界,不是她。

罗丝哭了

"这两天真是太好了!"罗丝的母亲高声说着,一边端着盘子走向罗丝已经把刀叉摆放整齐的餐桌,"多棒的天气,波弗里先生,你不觉得是这样吗?请在我边上的这个位置坐吧。"

波弗里先生顺从地坐过去,一边回应着女主人对天气的评价。

"受不了这样的热浪。"达金先生愉快地嘟囔道。

罗丝的父亲,也就是达金夫人的"另一半"——她经常执意这样称呼自己的丈夫——是个直率和善的人。他说话的嗓音带点嘶哑,音量总是压得低低的,仿佛要把声音节省下来用于职业场合——他是个拍卖师。除了说话声音高而尖之外,他的妻子在其他方面倒是与他颇有相似之处:两人都是大块头,并且表现出一种安逸舒坦、自得其乐的状态——在他们这种腰围和体量都相当可观的人群身上经常可以看到。这个傍晚,就像他在夏季一般都会的那样,达金先生冒汗了。他已经脱掉了夹克,贴身马夹的扣子也都解开了;不管是冷是热,他总是穿着这种小马夹。

他的女儿则在愧疚和负罪感的烦扰下如坐针毡。罗丝十八岁了,她希望今天晚上自己身处于别的什么地方。她希望自己不必面对波弗里先生那萎靡倦怠的目光，不必看到他彬彬有礼的样子，也不必看到他侧头倾听她母亲说话或者附和着她父亲的好心情而微笑。这次宴请是为了表示庆祝：罗丝要去读大学了，而她的成功进学也要感谢波弗里先生所助的一臂之力。作为一名补习老师，他以辅导那些学业能力弱、徘徊于升学门槛前的学生为业，已经干了三十多年，但也不准备再继续下去了；罗丝是他的最后一个学生。老天，三十多年，漫长得可怕，她心里说道。她此前恳求母亲不要发出这个晚餐邀请，但达金夫人坚持说必须请。波弗里先生也试图婉言谢绝，但达金夫妇提出了多个日期供他选择，要他哪天晚上方便时一定来赴宴。

"我是多么喜欢芦笋当令的这个时节啊！"罗丝听到母亲活泼轻快地尖声感叹着，一边将一盘拌了很多奶油的蔬菜热情地推送到客人面前。

波弗里先生微笑着，低声感谢女主人的盛情。他已经六十有余了。在他那布满了色斑的头皮上，几缕颜色浅淡的头发几乎沦于无形。他的手背上，在那风干的麂皮一样的衰老皮肤上，也有色斑。他穿了一身浅色的套装，打着意大利样式的花领结——这样的领结他有不少，之前轮换着用。

"波弗里先生，你平时的生活圈子怎样啊，还可以吧？"达金先生客气地问道。

"在收缩，在缩水，"波弗里回答道，"随着你上了岁数，你就会觉察到的。"

达金夫人冒出一串善意的笑声。她丈夫往杯中倒上红酒。

"人本身当然也会萎缩的。"似乎在完成义务，波弗里先生延续着这个话题，因为很明显，达金夫妇也愿意在餐桌上有话可谈。他朝罗丝微微笑了笑。他嘴里的牙齿只剩下一半是原有的，而且发灰发黑，被岁月磨损得参差不齐，如巉岩碎石。

"对肥胖的人来说这倒是好消息。"达金先生嘟囔着；正如他讲笑话时常见的那样，他将五官扭曲聚拢在一起，做出一个鬼脸。他的这句戏谑是拿自己开玩笑，却让他的妻子高声反对起来：

"哦，哪里的话，宝贝，你可不胖啊！"

"我曾经也有六英尺半英寸高呢，"波弗里先生努力地继续推进他的话题，"现在看起来根本不像那样了。"

"但其他方面都还好吧？"达金先生询问。

"噢，是的，还不错。"

达金夫人给餐厅贴上了蓝色的墙纸，深条纹与浅条纹相间。窗帘颜色与墙纸相衬，家具的油漆则是白色。她对家居装饰很感兴趣，经常乐此不疲地谈论这方面的事情：她家客厅的墙纸上是飞燕草的花朵图案，是不带叶子的花朵；门厅与楼梯通道的墙壁则是黑金两色搭配。

"我要说，这真是太棒了！"达金先生不吝溢美之词，夸赞妻子拌在芦笋中的切片火鸡肉。

"味道很好。"波弗里先生也表示肯定。

罗丝今天穿着一件石板灰色的连衣裙，领口是向后折叠翻卷的那种款式。跟父母不同，罗丝身材娇小，一头金发被剪短了，齐着前额剪出一道刘海；她的眼睛是勿忘我花的那种蓝色调。这个晚上，愧疚和负罪感让她沉默不语，只偶尔露出转瞬即逝的微笑。微笑时，她厚嘟嘟的下嘴唇那如同被蜜蜂蜇伤的样子便消失了，不整齐但洁白的一口牙齿也随即短暂地露出来。坐在餐桌边，她觉得局促尴尬，甚至还丑陋；她厌恶自己。

"这是我们在园子里种的，种得晚。"她母亲依然在谈论那些芦笋。罗丝只吃了一根。"我们家的芦笋可以吃到差不多九月。"

对他来说，这是怎样的煎熬折磨？罗丝想着这个问题。他们也邀请了他的妻子，但就在晚宴的前一天传来消息，说波弗里夫人身体不舒服。罗丝知道那不是实话。是他的妻子要抓住这个时机；她对他说她为不能赴宴而感到遗憾，不过独自在家也没什么不好；但这也不是实话。他的妻子此时可能正光着身子呢，罗丝想道。

"有些人在车后窗上贴的话，真是离奇古怪，不可思议。"她母亲突然发表起这样的评论，因为芦笋当令季节的话题现在已经枯竭，再没什么好说的了，"比如有的车上贴着这个：内有幼童。我的意思是，别人跟你素不相识，谁有兴趣管你车上是大人还是婴儿啊？"

"我觉得贴这个的意思是告诉你不要跟车跟得太近。"罗丝的父亲提出引导和暗示。

罗丝的母亲清脆响亮地笑起来，不过是社交场合上那种并无恶意的笑；她接着指出后面的司机为了看清楚车上贴的字，反而会受到诱使，跟车跟得太近。

"亲爱的，他们大概没考虑到这一点吧。"

对于学校选读的所有课程，罗丝总是疲于应对，于是将近一年间，每周四的下午，她都去波弗里先生的家接受辅导。他们每次都是坐在向外可望到屋前小花园的那扇弓形窗下。每次来上课时，罗丝一到，波弗里夫人就将茶水端到桌子上；而当他们喝茶时，波弗里先生并不急于开始辅导，而是说起了过去，谈起了他自己当年即将读大学时的生活故事，讲到了他后来应聘面试，在精纺毛绒业谋得了一个职位。他在毛绒业做了一段时间，然后就转行到学校当起了老师。但学校纪律规范形式中的有些东西，还有所谓学生"兴趣爱好活动课"——比如男孩子们去制作飞机模型——上的沉闷无聊，让他在一年之后便放弃了教职。从那以后，他就在家里教授学生；又是在仅仅大约一个月之前，他决定教完罗丝之后就停止这份家教工作。"已经垂垂老矣。"他说，但罗丝知道原因并非如此。就是在这些喝下午茶的间隙中，他一点点地回顾了自己的一生，就像讲一个连载故事那样。

"但这事儿就是莫名其妙，"达金夫人略有些固执地坚持道，"波弗里先生，你同意我的看法吗？"

老人迟疑不语，罗丝能看出他刚才暂时没跟上谈话的内容。她清楚自己的母亲应该也注意到波弗里分神了，所以不会觉得疑惑或不快。她的母亲平静流畅地继续说道：

"你看车上贴的那些东西，都在宣告私人的事情——什么他们爱哪个人啦、他们去过哪里啦、前排坐着的又是谁和谁啦。"

"前排通常是莎伦和利亚姆。"达金先生哈哈大笑着打趣道。

波弗里夫人比她丈夫小十岁，但看上去远不只年轻这么多。她有一个情人。她身材苗条，体态圆润柔滑，长腿，略微嘟起的嘴唇两侧皱纹有些明显，常常化着精致的浓妆。周四的下午，她便有机会招待自己的情郎，因为那时她丈夫要辅导那最后一名学生，忙于解决那个学业有障碍的孩子所遇到的困难。波弗里夫人的情郎轻手轻脚地溜进来，但还是不时弄出了隐约的动静，就像影子从这栋屋子里飘过，一连串似有若无的飘忽耳语与脚步声，然后是轻轻的关门声响。还有，比罗丝离开这栋屋子的预定时间提早十分钟左右，楼梯上和门厅那里总是会传出极其轻微模糊的有人走过的窸窣响动。这一个行为过程中还搭配着固定的前奏：波弗里夫人将茶水放在托盘中送到窗旁那张浅色桃花心木的桌面上，她离开房间之后，那一身的脂粉香仍然逗留在空气中，以及她眼中的躁动不安。但罗丝起初并未完全猜测到那每周一次聚首活动的实质，直到有一天下午，她去门厅那里从挂在衣帽架上的外套口袋里拿一条手帕，看到一个面色黯淡灰黄的男人正在关前厅大门；那人明显心急气慌，但压抑着声响，手里还拿着一把门钥匙。转身看到她之后，那人微微一笑；机灵欢快的、诡秘的微笑。

"比她年轻？"罗丝的朋友卡罗琳好奇问道——她对细节有着敏锐的关注。罗丝说不是，谈不上年轻多少，但是身穿棕色的亚麻套装，挺拔合体，栗色的头发，有点优雅风度。"不会是到家里来修什么东西的吧？"黛茜插口提示说——只要是别人占据了众人瞩目的中心地位，她就忍不住表现出怀疑的态度。不过，她的否定意见立刻被安吉拉和莉丝嗤之以鼻，因为黛茜的话显然很蠢：上门来修洗衣机或者修电视的怎么会有大门钥匙？怎么会穿西服套装？为什么要来得这么勤快？为什么还要对罗丝诡秘地微笑？

这间名为"黄杨树"的餐吧,是五个女孩子时不时在一起说长道短、八卦闲聊、发发小牢骚和怨气的地方,是她们谈论性爱话题和其他个人隐私的场所,也是黛茜和卡罗琳吸烟的据点;现在,波弗里夫人的周四情郎成了她们强烈关注和具体讨论的特定主题。

他一定已婚了,卡罗琳说,这就是他为什么要来她家的原因:不正当的男女关系,总是要面临这样一个麻烦,就是要找到一个合适的偷情去处。他周四来,是因为罗丝是波弗里先生的最后一个学生,一周其余的日子里波弗里先生就不会这样脱不开身;当然了,过去的年头里,波弗里先生辅导其他学生时,那家伙也应该同样有机会来幽会。"做那种事,而且她都五十了?"黛茜边说边皱着眉头,但安吉拉回应说五十岁又怎样,那没什么。"将来我可不想有意背叛婚姻。"莉丝带着浪漫梦幻的神态宣告道,不过其他人对她说的这话不感兴趣,她们倒是宁愿就波弗里夫人五十岁还偷情是否太老多议论一会儿。让她们都惊奇入迷、欲罢不能的——连黛茜最终也被吸引进去了——是罗丝给她们描述过的那些情节:当罗丝坐在楼下时——那是一间窄长的客厅,天花板低矮,曾经被分隔成两个房间,厅里放着沙发、扶手椅,壁炉台上方的墙上挂有一面圆形的镜子——楼上的一个房间里,一男一女却一起钻进了被窝!"我倒是很想见见这个男的,"卡罗琳说,"即使匆匆瞥一眼也行。"那是不是就像——"黄杨树"餐吧的这五个女生每人都在猜想——你在电视上或者在电影里看到的那种做爱场面?或者,出于某种莫名的原因,也许真实的情形大为不同?她们为此而各抒己见、相互争论。

"如果情况变糟了,两人的感情枯竭了,"卡罗琳态度鲜明,

"我会毫不犹豫地出轨。"卡罗琳就是这样的个性,她那就事论事、客观冷静的言辞有时候听上去不免强硬无情。安吉拉,长长的黑发,棕色的眼睛,因为有矫正齿形的钢丝线缚在牙齿上很少露出笑容,看起来像弱小的受害者,似乎很容易遭遇意外不幸。莉丝则常常付出太多,而慷慨大方是她浪漫天性中的一部分。一头红发、戴着眼镜的黛茜则对这个世界抱着不信任的猜疑态度。莉丝是五个女孩子中最漂亮的,五官干净整齐,亚麻色的浅金发扎成马尾辫,嘴型很好看,像个女影星;除了一双深蓝色的大眼睛,她的相貌也并不是特别出众,但依旧是五人当中最漂亮的。至于罗丝,她自认是相貌平平、身无长物,而且太文静沉默,太害羞和胆小;波弗里夫人与她的周四情郎简直就是天赐之物,让她在和朋友的关系平衡中得到了一个砝码。

"这一切真是太好了!"达金夫人又开始她第二轮的惊叹抒情,因为后窗车贴的话题已经进行完毕,"波弗里先生,我们对您的感激之情真是无以言表!"

罗丝看到他摇头,听到他说成绩应该完全归功于她自己。

"不,波弗里先生,我们真诚地感激你。"罗丝的父亲以庄重的语调坚称功劳应归于波弗里。

"她还年轻,未来生活都铺展在她面前。"罗丝的母亲插进一句。

罗丝没告诉他们,也没告诉她哥哥。事情跟在这个家里讲到的那些风马牛不相及。如果家里人知道事情的真相,她将会非常难堪,而且会引起很大的尴尬——但在"黄杨树"餐吧里,在那些绿色桌面的餐台旁,当她把讯息传递给朋友们时,所引起的反馈是完全不同的;跟在家里说出来根本不是一码事。自从第一次透露出这件事,她的朋友们就一直期待着后续情节。"我们当中随便哪个的妈妈也可能会这样。"莉丝有一次这样小声说道——此语一出,让其他四个人都竦然起敬。她们坐在餐吧里,咖啡已经喝完,卡罗琳和黛茜吸着烟;五人都在对这件事沉思默想,想象着那个肤色灰黄的家伙悄悄进入罗丝已经向她们描述过的波弗里家的室内场景。"他的亚麻西服,熨烫得挺精致,"罗丝说,"纯色的绿衬衫也整齐挺括。"

餐桌边的谈话还是由达金夫人发动,这会儿再一次变了主题。"最体贴的发廊——温柔一刀",她现在说着这个,引导波弗里先生去注意一下发型师们滑稽逗趣的幽默感;这种幽默感体现在他们捣鼓出的那些搞笑的发廊名称上。"另外有一次,我还看到了一间疯子发廊!"

这个晚上是他最后一次去那里。波弗里先生一般不会出去吃晚饭;他刚进罗丝家门,加入这个欢庆场合时,就已经客套地说明了这个情况。自从罗丝不再去他家补习,也就不会再有茶水盘盏被送到窗边的桌子上。对苗条婀娜的波弗里夫人而言,今晚赴宴的这个邀请肯定看起来像一份礼物,一份无意中被包装得带有色情下流意味的礼物。"那是个名叫阿扎姆的男人,"在结束补习的倒数第二个周四,她的丈夫说出了那个情夫的名字,"你或许对那人叫什么感兴趣吧。"

达金先生再一次为客人斟酒。他说这些酒杯是结婚时收到的礼物,总共只剩下四个,所以不便于经常拿出来用。

"是米塔吉夫妇送的。"达金夫人柔声低语地说道,一直贯穿在她嗓音中的那种高亢尖细现在消失了,因为米塔吉老两口已经过世了,她生机勃勃的高音在这里会显得不合时宜。她暂时放下了手中的餐具,头略略低下,向着左边微微倾侧,进入了回忆;一丝追念怀想的微笑让她那抹了口红的嘴唇更显生动鲜活。达金先生在一旁叹息;然后死亡的脚步便走远了,达金夫人重新拿起了刀叉,而新换上的一瓶红酒已经放到了小银托盘上;托盘也是结婚时的礼物,不过他们没有提起这茬。

"绿帽王八。"在"黄杨树"餐吧,卡罗琳第一个说出了这个丑陋的指称词,但这个词实际上之前已经浮现在她们的意识中;现在,这个词不仅有了声音,还有了形状和颜色。五人当中,只有罗丝知道波弗里先生长什么样,但他基本上没有进入她们的话题——确实也该如此:一个曾经打算在毛绒业谋求未来,最终却是以家庭教师的身份为人生画上句点的老头,怎么会引起她们谈论的兴趣?跟曾经分隔为两个房间的那间客厅楼上的帘幕低垂的昏暗卧室相比,或者跟波弗里夫人那缭绕不绝的脂粉香相比,或者跟她情郎放在椅子上、拖挂垂地的西服相比,或者跟留在情郎苍黄肌肤上的口红唇印相比,这个老人的重要性或吸引力当然就不足道了。

每次罗丝讲述又一个周四的最新收获,为她的朋友们带来同谋共犯般的欣快愉悦时,她们都侧耳倾听,绝不会贸然打断她的话头。有一次,听到轻柔的歌声,是《烟雾弥漫你的眼》。另一次,电话铃响了,但波弗里先生没去接,虽然话机离他和罗丝坐着的地方只有两三米远;他看似要起身去接的时候,铃声停止了——楼上的人在床边接听了电话。虽然并不总是如此,但时不时地,当罗丝在门厅衣帽架那里穿外套准备离开之际,波弗里夫人会出现在楼梯上;或者在夏季——那时不用穿什么外套,波弗里夫人听到她丈夫和学生道别的声音,偶尔也会从楼上打个招呼说声再见。"恶毒,"莉丝说,"这是个下贱的坏女人。"但罗丝说不是,你也不至于要把波弗里夫人说成是恶毒;她的样子留给你的印象并不是那样。"更关键的一点是她没有孩子,"黛茜提醒道,"或者说至少有可能是这样。"卡罗琳在一旁表示异议,她认为这并不构成偷情的理由。

"啊,天哪天哪!"奶油拌鹅莓放到他面前时,罗丝的父亲大声赞叹起来,声音里带着拍卖师那种职业化的欢快口吻。达金夫人说鹅莓也是从自家的园子里摘下来的。

"非常美味。"波弗里先生第二次评价食物;谈话于是围绕鹅莓持续了一会儿,聊到了鹅莓的不同变种,某一个品种最适合用来做什么食物,另一个品种又怎样吃最好,诸如此类。

"阿扎姆。"罗丝在"黄杨树"餐吧说出了这个名字,黛茜立即跑去翻开店里的电话号码本查找起来。"有几百个哎,"她说,一边走回到同伴身边,"几百个人都叫阿扎姆。"在她离开的当儿,其他四个人的交谈已经推进到另一个方向;她们一致认为那是个外来移民的名字,随后便放弃了这个讨论主题。"如果一个丈夫知道妻子有外遇,"卡罗琳说,"那他就不算是个典型的绿帽王八,而是过于宽容和礼貌了。"她们于是探讨起这样一个事实,那就是,波弗里先生在辅导他最后的一名学生时,明明知道身边正发生着什么勾当——楼梯上有人走过发出的吱咯声和关门声,那并非是他妻子的轻微脚步声,那模糊缥缈的音乐声;他清楚这些声音背后的实质。"告诉你那人的名字时,他看起来有什么异常吗?"卡罗琳尖锐地提问;罗丝回答说没有。

罗丝的哥哥杰森到家了。他遗传了父母的基因,高高壮壮,下巴和面颊简直与他爸爸如出一辙,手则像他妈妈的,小而肥。他的性情仪态显得温和恬淡。正是由于杰森,波弗里先生才与他们家相识,因为杰森以前在学业上也是举步维艰。他与波弗里相互致意,握手,询问彼此的健康与生活状态。

"今天情况怎么样?"与波弗里先生寒暄完毕,杰森问他的父亲。

"哦,足够满意。那件奇蓬代尔式家具①卖出了一个不错的价钱。今天的成交很好。"达金先生微笑地回答道。

"真是太美妙了!"达金夫人的目光绕着餐桌扫视了一圈,显然是想与别人来分享这精彩一天的成功和快乐。"亲爱的,你没事吧?"她的目光停在女儿身上,关切地问道,"觉得还好吧,罗丝?"

罗丝点头,撒谎说没事。

"实事求是地说,我确实介意。"有一次他说道,仿佛他已经了解"黄杨树"餐吧的所有闲言碎语,已经知道那五个挤在餐厅角落里一张绿色桌面餐台周围的女生是这一场通奸丑剧的观众,仿佛他已经听到她们说出的每一个字。愧悔就是在那一刻到来的,就是开

---

① 奇蓬代尔是十八世纪英国著名的家具设计师。

始于那个时候。那时他的眼镜滑落倾斜到了一边,他一说完那句话就重新扶正了。他那斜纹呢料蓝色夹克的袖口是皮革的镶边。"是的。"她当时的回应便是如此,因为除此之外她不知道该说什么;一浪接一浪的愧疚感已经让她心虚气短,胃里感到翻腾恶心。"是的。"这听起来仿佛是他和她在已经过去的所有那些日子里也一起参与和保守了一桩秘密,这秘密就是明明完全知晓正在发生的一切却只字不提。当她周四的上门补习宣告终结,对他来说,一种生活方式也将结束,因为罗丝知道,当这个戴绿帽子的老头坐在家中哀叹,即使睁一眼闭一眼地回避真相,那位阿扎姆先生也不会再来到这栋房子,悄悄走上楼梯。不再会有以前的幽会了,因为这一切不得不涉及一些虚假的借口和伪称的理由,还有某种类型的欺骗和自欺。"我很抱歉。"她之前想这样说的,而且并不知道自己为什么有了这样的念头——只要能收回她在"黄杨树"餐吧里脱口而出的那些话,任何代价她都愿意付出。她此前一直希望能与他分享他的生活秘密,但在他尚未表达信任和透露秘密之前,她就已经出卖了他。

罗丝看到,在那间奸夫与情妇偷欢的卧室里,波弗里夫人在销魂的狂喜中闭上了双眼;而此时的餐桌上,奶油拌鹅莓已经吃完了,杰森谈起他参加的一次业务酒会,描述有个人是如何滔滔不绝、说了又说。煮好的咖啡端到了桌上,往每个人的杯里都倒上了。"别走。哦,心肝,你别走。"波弗里夫人在恳求;阿扎姆先生回答说他也不想走。

在桌子对面,内心所有的秘密都写在波弗里先生的脸上,就像他之前说出那人的名字,以及后来说他确实介意时的神情一样。他的秘密就在那里,在眼镜片后面,在颧骨上方沾染了两小点深红色酒液的苍老衰竭的皮肤里。她和他分享了这个秘密,但同时他们又没有做到真正分享。这种分享对他来说是种安慰,但这安慰同时又像他妻子在楼上跟罗丝打招呼的声音一样虚假。

"你没事吧,宝贝?"她的母亲又问了一遍。作为回答和反馈,罗丝伸手去端咖啡杯。

达金先生开始眉头紧锁。杰森咳嗽起来,拿出一条手帕掩口又擦擦脸,然后将手帕折叠放进上衣的胸袋,接着又开始讲起了他参加的那次酒会,指出他以前提过的一个商业机会。他的父亲点头赞许,为儿子帮他从女儿身上转移了注意力而感到欣慰。达金夫人整理收拾起桌面,一边对波弗里先生低声透露说,他可能根本想不到,她自己像罗丝这般大的时候也很腼腆怕羞。

"我有信心我们能抓住这个机会,付诸实践。"杰森说,"明天我要写个计划书,看看我们能不能敲定这件事。"

波弗里夫人紧靠在情郎身上,喃喃自语:不,这怎么可以是最后一次。她伏在他的胸口呜咽抽泣,动情地大声吵嚷起来,说他们应该得到更好的结局。但阿扎姆先生只是摇头。他不是那种男人——那种男人愿意让一位已经为他生了孩子的妻子去经受痛苦折磨。"我们要保持各自的尊严,你和我都要顾及各自的体面,"他说,"我们得到的已经这么多了,这么多曾经的美好。"他穿起那件绿衬衫,用梳妆台上的一把梳子梳头,注意看脸上和颈间是否留有口红印迹。"我碰到过那学生一次。"他说,但作为他说话对象的那个女人已经转过身去面对墙壁。

"听起来大有希望啊,"达金先生夸奖杰森,"我要说,那肯定行得通的。"

达金夫人为在座的人又加了一轮咖啡。她说起一些人名,说当天下午她是如何偶然想到人们的名字也可能激发这些人去追求其名字所指涉的那种品质。她描述起她在罗丝那么大的时候认识的两个人,一个叫"普鲁登斯",另一个叫"维里蒂"①。"你还记得欧内斯特·卡拉沃吗?"她提示达金先生想一下这个人,他回答说欧内斯特确实人如其名。苦苦的纯巧克力放在一只扁扁的红色小盒子里在桌上传递。罗丝不想吃,便将巧克力递给桌子对面的波弗里先生。

"谢谢你,罗丝。"

情郎的脚步落在了楼梯台阶上,然后传来楼下大门关上的声音;他走了。

"你们今天太盛情了,"波弗里先生说道,"请我来就已经很好了,还招待得这么周到。"

"希望您太太身体早日好转。"达金夫人表示关切。

"今晚没能来,她也很抱歉很遗憾。"

"以后还有机会的。我们多保持联系吧。"

"我们一直都很期待能见到您,"达金先生插话道,"您的到来让我们非常高兴。"

---

① 普鲁登斯原文为 Prudence,意为"审慎,谨慎",通常用作女子名;维里蒂原文为 Verity,意为"真",男女皆通用。

起身离去之前，这位老人显得犹豫不决。如果他没有这样做，罗丝兴许就不会哭出来。但波弗里先生犹豫了，罗丝于是哭了；哭声引得家里人大呼小叫，他们过来对罗丝问长问短，一边表示着惊诧莫名与尴尬，而波弗里先生则在那里手足无措地站着。罗丝为他默默忍受的屈辱煎熬而哭，为他不得不接受这次令人苦恼的晚宴邀约——这完全是因为她的母亲不知情，执意坚持邀请，好心办了坏事——而哭。这次晚宴为另外两个人，为那个由于淫逸偷欢的罪责而最终面对墙壁自我忏悔的女人，为那个无法摆脱对妻子的责任、婚姻的束缚的男人，提供了最后一次幽会的黄金机遇——她为此而哭泣。她为那栋屋子里所留存的苟且妥协的生活方式而哭泣，再也没有学生或情人去那里；她为自己所曾亲历的偶然一瞥而哭泣，那一次与那个情郎的碰巧面对已经足以让她忍不住要泄密。她为自己的朋友而哭泣——为情感转淡时决意劈腿的卡罗琳，为易受不幸伤害的安吉拉，为浪漫多情、惯于付出的莉丝，为猜忌多疑的黛茜而哭泣。她为母亲那善意笑声中尖锐刺耳、洋洋自得的粗俗和父亲的喜悦自足以及哥哥终于摸到了在商业上钻营的门道而哭泣。她为铺展在自己年轻生命中的未来前景而哭泣，为将来其他场合更多真相的意外发现、为未来潜在的不忠背叛而哭泣。

大票子

菲娜在码头上等候,看着那四个男人把船拖到卵石海滩上。她一直等着,看着他们将捕捞而得的收获从渔网中清理出来,看着他们检查渔网的破损情况。他们走到码头台阶的最高处靠近她站着的地方,然后各自分头散去;她走向约翰·迈克尔。

"你妈妈。"菲娜说,一边看着约翰——他大概猜到妈妈已经死了。"我很难过,约翰,"她说,"我和你一样难过。"

他点点头,一言不发;她就知道他会这样。天气挺冷,两人一起走向他妈妈居住的那栋小屋时,天色也越来越暗了。灰色的云团在空中快速涌动,翻来卷去,预示着要下雨。他们现在可以远走高飞了,菲娜萌生这样的念头;他们可以为自己赢得一种新生活了。

"克莱利神父在那里。"她说。

"你有什么计划吗?"葬礼之后,约翰·迈克尔的舅舅问他。计划是有必要的:约翰还是个婴儿的时候,他父亲便在海上淹死了;约翰的母亲沦为寡妇,很自然就继承了那栋渔民小屋,直至在小屋中离世。按照他父亲在世时的想法——尤其是约翰本人也成为一名渔夫之后——他到时候自然也会有自己的一栋渔民小屋。但是,等一等,现在事情没这么简单:他是一帮渔夫中最年轻的,一帮较为年长的渔夫中唯一的小年轻。

"我要走。"他这样回答舅舅的提问。

菲娜听到他说了这话;这个回复像是明确了这一点:他之前只是迫不得已,必须等到母亲死后才能走。远走高飞是一个传统,一个由来已久的传统;离开的时机多种多样,但离去的决定在付诸实践之前都经过长期酝酿和反复思虑。巴特·奎恩是留守渔村的人;他常遗憾地指向远方两块大石头——那是海湾中的小岛——背后水天相接的海平线,满脸的懊悔不迭。"去那边挣大票子!"他会这样说,接着列举出他那一代中离开故土去寻求财富的人:唐纳休和阿尔蒂·西涅,米格尔和弗林,还有大个子莱利和马特·克雷迪。也有其他人去了爱尔兰内陆或者跑到英国,但混得都没到大洋那一边的人好。

"有一件事情我要告诉你,"约翰的舅舅又说了,"就是对农场的考虑。"

"农场?"

"将来,等我自己也入土了。"

"那跟农场有什么关系?"

"我说的是农场要留下来。"

菲娜仍然在一旁听着,听出了舅舅话里没有直接说出的明确意思:农场将会被传给约翰·迈克尔,因为没有别的人可以继承这份产业。

"这些天我总是觉得累。"约翰的舅舅说道。他那老迈的眼睛有些充血红肿,五官也呈现出被岁月消耗磨损的样子——这证实了他所透露的身体状况。他两年之前丧偶;那场婚姻没能带来一儿半女,他只有孤身鳏居。

"你还有大把日子好过的。"约翰安慰他。

"那些田地我都弄不动啦。"

舅舅是在暗示约翰和菲娜现在已经可以住到农场上去了,收拾收拾那个地方,打理打理农田,让一切正常运转起来也不会有多大困难。农场位于内陆地区,远离大海;那里的风是温和的——在那里,没有飓风大浪,你不必心怀忧惧,担心狂暴的大海会剥夺你的一切;约翰和菲娜可以在那里安居乐业。舅舅已经步入老年,没有了雄心壮志;但他并非一个难以相处的人,在他余生的岁月中,他也不会成为一个负担。

"哎,舅舅,那不行的,你没问题。"约翰摇头;不管从哪方面看,他的拒绝都不是对舅舅的提议的感激或接纳。美国才是他和菲娜要去的地方,才是他们此前一直在谈论的未来梦想。那天晚上,约翰说他的盘缠已经存够了。

母亲在世时约翰·迈克尔无法实践的计划现在可以付诸实施了。他很快就要动身。五月份的时候,他会回来举办婚礼,并把菲娜一起带走。他并不清楚自己能找到什么样的工作,但根据巴特·奎恩的说法,之前走掉的那些人原先也是除了打鱼一无所知,所以没关系。"小伙子,先别管这个,到了那里再说。"巴特建议道——这同样的建议他已经说了四十年。马特·克雷迪回到了老家，他也是走掉的那些人中唯一一个这么做的；他每天晚上在村里那间半是杂货店半是啤酒屋的小酒吧里花起大票子来眼都不眨，仿佛花的是毛票。"小家伙，看看这个。"巴特·奎恩向约翰展示装在他上衣内袋里的一张美元钞票。奎恩有个外甥女在特拉华州，是个修女；他的姐姐，也就是修女的妈妈，以前住在芝加哥，只是两年前去世了。奎恩经常懒洋洋地趴坐在菲娜家人经营的这间小酒馆的吧台上，大肚子把衣服绷得紧紧的；他的小眼睛因为酒喝得太多总是潮乎乎的，时刻要流出眼泪来。他动不动就拿出那张美元钞票给别人看，给所有人看。"我会送给你另外一张美钞的。"约翰经常这样对奎恩承诺；而菲娜听到他们说这些，总是在一旁咯咯直笑。

他们彼此很熟悉，曾经一起去上学，每天早上在海边码头那里等校车，当时渔村里的学龄儿童只有他们两个。菲娜的父亲对约翰即将展开的人生冒险很是焦虑，已经不止一次反对说约翰和菲娜还只是不谙世事的小孩子。"嗯，我倒觉得约翰这孩子是能站住脚的。"菲娜的母亲喜欢约翰；她站在未来女婿的这一边，给出了乐观预测。"我们欢迎他搬过来跟我们一起住的，那不也一样好吗？"约翰的母亲去世时，菲娜的父亲就已提出了这样的建议；菲娜把父亲的意见也传达给了约翰，不过她很清楚约翰不会考虑的，不会考虑在这间半吊子的小店里消耗一生：天天忙于为老主顾斟上一品脱一大杯的啤酒，或者检查货架上的杂货看看哪些东西已经卖光了需要补货。

"想都不用想，我们肯定要走的。"约翰自己的说法总是这样。

菲娜的两个哥哥也早就离开了渔村，一个去了都柏林，另一个去了英国。两兄弟中的任何一个本来都有权继承那间杂货店兼小酒馆，但他们对此都懒得理睬。

约翰和菲娜即将分离；有几天的傍晚，他们在薄暮微光中走在海滨，聊着两人都决意永远放弃的东西：大海和渔夫生活，或者一辈子困居于小酒馆里或他舅舅的农场上。那农场地处偏僻，离金纳德城镇还有十一英里的距离；那座城镇其实也只有一处小型市场、一家布匹服装店、五间小酒馆、一个五金工具店，还有一所"神明威力医疗中心"。根据约翰的说法，农场屋舍偏居一隅，建的时候都没有打根基。农庄的房子是石板瓦屋顶，墙刷成了白色，孤寂地兀立在农场上，四周的场院上只有两三间小棚屋，除此之外就是田地，一直铺展延伸到远处小山脚下；山体斜坡边也是大片泥沼地开始的地方。那座山没有名字，约翰说，也许有过名字但现在没人记得了。农场上没有哪扇场院大门是可以正常开关的；灌木围成的树篱间，哪里有空隙了，就用废弃的床架挡一挡；那里的水喝起来有一股泥炭的味道。由于潮湿气重，农庄房间里到处都是霉斑。

"即使你把那地方收拾妥当了，"约翰说，"那也不是我们想要的生活。"

"当然不是。"菲娜意志坚决地摇头，动作很大；她眼中闪闪发亮，对约翰表示确定和同意。"绝对不是。"她重复了一遍。

从体型样貌上来看，两人有点相似，都偏于单薄细瘦；约翰比菲娜高，但高不到一个头。两人都是黑头发，五官表情显得质朴谦恭，行为举止间也透露出这种气质。两人在一起时，看上去比各自单独出现时反倒要更柔弱，更易受伤害。

"菲娜，你想过这个没有？想清楚了没有？我们要走自己的路了？"

她的手被握在他的手里，暖暖的；她感到他的手挺有力，虽然她也清楚那手的主人并不是特别强壮。从孩童时代开始，他们就互为陪伴，成了一对。两年前，也是在这同一处海滨，也是在某天傍晚的薄暮微光中，他们第一次互诉衷肠，说到了爱。

"我真希望能跟你一起走。"她如今说道。

"哦，那是肯定的，不用多久。"

他走了，显得相当突然。他们要分开二百零一天——菲娜已经数过了。她起初设想在最后一刻他会被拦下来，香侬机场的出入境管理员会拒绝让约翰登机，因为他没有美国的工作签证。但约翰说过他已经对此做好了准备，而且他必须准备好。你有时不得不耍点小花招，他说。

没有约翰的第一天过去了；第二天的晚上，奎恩又谈起了发大财挣大钱；他的小眼睛从脸上红通通的肥肉之间斜斜地看着菲娜。只有詹姆西·奥康纳被拦下来过，他说，那是因为詹姆西有条腿废了。"别担心，姑娘。"奎恩这样安慰菲娜，接着便又开始讲撞在海中礁石上的一艘纵帆船；那年他才五岁，看到十二个外国人的尸体被从帆船残骸那里冲到岸边，然后给埋了。"约翰·迈克尔留在这里能有什么呢？难道也要等着有一天被人从海上捞回来？当然不。有我万能的大票子护佑他，他难道还能有危险？"比起来过小酒馆的任何人，奎恩的话都要多。如果不谈论那些从渔村走出去闯天下的好汉，如果不讲述海上沉船的故事，他的话头就会是他童年时步行二十三英里去金纳德镇看到的基督圣体节，看完之后他还是同样走二十三英里回到渔村；要么就是讲一位老神父过去是如何为他最喜欢的一支曲棍球队的球棒祷告祈福，要么就是说起多年前让利斯雷宅邸化为灰烬的那场大火。奎恩自己也是个渔夫，跟随捕捞船出海已经有五十多年了。有生以来，他从未穿过有衬衫式衣领的衣服，也未系过领带；他每周剃一次胡子，从来都没觉得有娶个老婆的必要；实在脏到不行时，他的衣服才洗一洗。无论奎恩跟你讲到什么话题，那个故事的大部分他之前肯定都已经跟你讲过了。他那一辈中，很多人都远走高飞了，而他却留守乡里，但即便如此，他还是有板有眼地坚持说，当傍晚的阳光斜斜地挥洒下来，波士顿那长长直直的街道看上去就像梦幻奇景——似乎他曾身临其境。他还说如果你走进麦克戴德酒吧，将会看到陶罐里插着三叶草，墙上挂着克里斯迪·雷恩[①]的照片。他还直接把他臆想中的事情当作事实来讲述，说唐纳休已经成了糖果大亨，死的时候将被装在顶盖上饰有绿色软衬布的棺材中送去墓地下葬；说阿尔蒂·西涅在堪萨斯州广袤的麦田间堆起高高的粮垛，也累积起大量的财富；说大个子莱利在旧金山警察局中升任高位，并最终成为统领全市警力的一把手。

[①] 克里斯迪·雷恩（1920—1979），爱尔兰著名的棒球运动员，棒球运动史上最伟大的投手之一，甚至被誉为有史以来最出色的球员。

"离家的那一刻起我便思念着你。"约翰在信中写道。这是他寄来的第一封信,说有很多的话要告诉菲娜,但这封信写得相当简短。走之前他说过,他不习惯写信,但他会尽力多写信回来。"我现在跟一帮家伙一起做事。"三周之后他的来信这样说道;菲娜读到这里,情不自禁地想到了黑帮流氓。她笑起来,仿佛约翰就在她身边,在跟着她一起笑。

村里上周来了一些游客,她在回信中写道,那是些意大利人。他们那天问玛丽·多琳会不会有新捕到的鱼卖。他们来到店里时,我们还以为他们是德国人,但他们说的是意大利语。他们说,第二天上午会回来买鱼,但后来根本就没来。巴特·奎恩跑去码头上等他们,想问问他们是不是从罗马来的。这里以前从没来过意大利人,他说,那次海难沉船时被冲到岸边来的是西班牙人。随后的几天上午,他也去码头那边了,但那些意大利人一直没回来。

约翰的回复直接关联了这一点,说他现在就是在跟一个意大利人一起干,但不知道那人的名字。干的是体力活,他写道。"姑娘,你得给他一点时间。"奎恩对菲娜建议道;但又有几周过去了,约翰新写来的信中仍未提到波士顿的街道或者堪萨斯州的麦田。然后又有一封信寄来,叫菲娜暂时别给他写信了,因为将要有一段时间他不会有一个固定的地址可以收信。约翰说,再有固定的地址时会尽快告诉她。

就这样,菲娜与约翰开始中断了联系。约翰解释说,你能寄住在哪里就不得不先寄住在那里；如果租个地方，定时付房租，那就连一分钱也存不下来。菲娜对此并不是完全理解。她不明白一个人怎么可以不付房租而能在什么地方住下来，但现在再问已经太迟了。约翰不得不随遇而安，能有什么零碎活都只好先干着——这一点她当然想象得到。如果那是目前唯一的出路，他也就不得不到处迁徙，换地方干活；如果他这样说了，那他的做法就肯定是对的。

十一月到来了，天气晴朗，但是很冷，每天的生活图景本身也没多大变化。菲娜在店里忙碌，在切片机旁将大块咸火腿切成薄肉片，计算那些账单的金额，将送到杂货店的货物拆包上架——有果酱、肉糜和罐装食品，有方便装的麦片粥和干货，还有粗大纸箱装着的、用于糕饼烘焙的各种原材料。每周二和周五，奥布莱恩店里运面包的小货车从金纳德送来面包；牛奶则是每隔一天送货，万一有延迟了——偶尔确实会这样——店里还备有长保质期的高温灭菌奶来应急。经验已经教会了这家人怎么去经营这桩杂货店兼小酒吧的生意：要订购什么货，什么时候和哪些东西应该在店里和小酒吧里都有现货库存。如果你不知道要干什么，你就会缺这个少那个的，生意会一筹莫展，菲娜的母亲曾经这样告诫她。如果你一点预见性也没有，就可能会错误地购进一些货品，结果这些玩意放在货架上十年八年也无人问津；你也可能会发现有些东西卖起来很快，却没有备货了。母亲白天照管店面，晚上休息；那时客人们开始光顾小酒吧，菲娜的父亲就负责照料生意。母亲与菲娜的身材差不多，也是单薄柔弱的那种类型；她是个忙碌操劳的小个子女人，拥挤的杂货架上，哪个东西放在什么地方，她都有着清晰的概念。对于钱款数字，她心算起来非常快；她的眼镜用一根细链子系住两条镜腿，不戴的时候就挂在胸前。菲娜的父亲——菲娜在酒吧里给他打下手，正如白天在杂货店里协助母亲——身材高大，动作和思维都相对迟缓。他头发银灰色，总是穿着长袖衬衫，但袖子总是翻卷上去。去参加弥撒时，他会穿起黑色的西服套装，系上领带，别上领带夹，戴上一顶礼帽，不急不慢地走过村里的那段路。菲娜的母亲也会仔细打扮，穿戴上平时其他场合不会用到的外套和帽子。一家三口周日一起去做礼拜，其他的时候则各自去教堂，去找神父告解或者出席宗教团体活动。

没有固定住址的那段时间，约翰·迈克尔也停止了来信，菲娜便只有去寻求想象和回忆的慰藉。美国这个梦想世界，是她和约翰长期讨论、向往和好奇的一片新天地；巴特·奎恩那些信口道来的故事更是把美国说得天花乱坠。不过，奎恩的夸大其词和随意假想现在被菲娜记得的那些地理常识取代了——那是当年上学时霍伦先生教的。霍伦老师打开美洲大陆的地图，从黑板上方挂下来；那平滑反光的美国版图上，不同的州用棕、绿和黄色间隔着呈现出来，五大湖区则是蓝色。钢铁产自明尼苏达、密歇根和宾夕法尼亚这三个州，铀来自科罗拉多州，棉花和烟草则是南方的土产。

霍伦先生教鞭的尖头端以笔直的线条移动，一会儿是水平横向，一会儿又是上下纵向，指点着将内布拉斯加与南达科他州区分开，把俄勒冈与爱达荷州区分开。教鞭轻轻划出一个个州的区域，一边指明它们加入美利坚联邦的日期；教鞭沿着密西西比河移动，演示出其长长的流程；教鞭然后又指点着落基山脉。你听着老师的讲述，是因为不得不听；课堂沉闷单调，让你不禁想打哈欠，但你还得压抑着困倦情绪；你忘记了从法国手中购买的路易斯安那包括了哪些地方，但你完全不以为意。尾巴呈剪刀状的捕蝇鹟鸟是俄克拉荷马的州鸟，芍药是印第安纳的州花。唐纳休成为糖果大亨的地方是威斯康星州的密尔沃基。

磨损破旧的教鞭所指点出的那些地理事实并不能构成具体可感的现实。巴特·奎恩那道听途说的二手信息也没能让菲娜满怀憧憬，但对约翰的蛊惑是巨大的。不过，对两位年轻人来说，美国是活生生存在着的，就在菲娜家店里吧台上方高高悬挂着的电视屏幕上，也在约翰家厨房里的那台电视机屏幕上。约翰的母亲在去世前的两年间，连上床都需要有人扶持，而菲娜一有空就会去照料。安顿好老人，她和约翰就坐在厨房里，喝茶，吃一点粉色的"日本天皇"牌小饼干，看电视，但把声音调低了很多。他们一起看电视上的美国，听到美国的声音。美国的橄榄球运动明星们在全力作战，身穿鼓囊囊的衬垫防护服、戴着头盔的球员们看上去呆巴巴硬僵僵的。夜间的城市街道上，白色气雾在暖气隔栅的上方回旋升腾。那些帮派恶战中负伤的黑道混混，在自己的地盘上张开手指扶着墙壁，双腿叉开，两眼中一片漠然的死寂。

在电视上看到门童迎接乘坐黄色出租车到来的客人，看到摩天大楼电梯中人们在快速地交谈，看到商店里圣诞购物季的欢庆场景，菲娜都挺喜欢的。她也喜欢看寂寞的司机在高速公路上长途行驶，车载电台上播放着音乐；车子然后开进路边的加油站，油站便利店的服务员在打苍蝇，忙得不亦乐乎。她还喜欢看在离旧时牧场很近的地方钻探石油的年轻人；这世上的一切都在变化，因为汩汩涌出的石油如今成了很关键的东西，而那位钻油郎最终成了风光无限、一时无双的超级富豪。还有大学宣传日的活动、感恩节、罗伯特·李将军——这些她都喜欢看。"你想去美国吧？"两人看电视时，约翰会小声问她，而菲娜每次总是点头，毫不犹豫。

"我在一家洗衣房找到了工作。"仿佛过了很久，另一封信终于寄到了。听到信里说的新情况，巴特·奎恩摇晃着脑袋表示赞赏。洗衣行业可有大钱赚了，这是毋庸置疑的。总统的衬衫也要送去洗衣房；奎恩粗肥的身躯在吧台凳子上扭来扭去，大声惊叹说约翰·迈克尔·加拉格尔要负责清洗打理美利坚合众国总统的衬衫了。"丫头，我要告诉你一声，你跟约翰·迈克尔·加拉格尔相好可算是交上大运啦！"

在回信中，菲娜把奎恩的话也说给约翰听了，还就此开了个玩笑，就像他们以前常做的那样。这封信写得挺长，将他们中断联系期间的鸡毛蒜皮都包括进去了：奥布莱恩面包店的小货车抛锚了；村里的渔船有四天都无法出海；马丁·肖尔的守灵夜，死者的寡妇跳起了舞。她猜想约翰现在是不是有了美国口音，就像奎恩说的那样——马特·克雷迪回到渔村后讲起话来像美国人。

一月份，菲娜收到了一张圣诞卡。两周之后又是一封信；这次信中有了个固定地址：河狸街2a号。那里的房间也足够大，住得下他们两个。"我把房间里外刷了一遍，"约翰写道，"还清洗了窗户。"从他离开起，九十一天已经过去了；现在的每一天似乎都拉长了，感觉过起来很慢。一周前，菲娜在金纳德挑选了做婚纱的面料。她在心里不断地对自己说,不用等很久了,第一次婚礼预告①很快就会在教堂门口公示出来。

那封提到房间的信寄到菲娜手上的那天,空气中有点砭肌入骨的寒意;她上午在海边散步,一边想着结婚公告,还想到了河狸街。她想象着一栋公寓楼的外墙边竖着之字形的消防求生通道;那是她在一部电影中看到过的一种大大的金属步行梯构造,公寓房间的窗子打开,就能爬到这梯子上。她想象中的那栋公寓位于一个贫穷的街区,因为那是约翰暂时支付得起的住房;河狸街的人行道旁,瘦巴巴的细长树木在勉力生长。住在一个贫困街区,她并不会反对和不满;她知道他已经尽力而为了。

那天上午,海滨空无一人。渔船都已出海;她经过码头时,那里一艘船也没有。她走过的地方,有新的贝壳嵌入了干净、潮湿的沙子当中——那是被海浪冲到沙滩上的;现在浪小了,轻柔地涌上来,拍击洗刷着这些贝壳。从前,渔村里有个故事是这样讲的,说有位女士一路走到了戈尔韦,为的是去追寻她爱着的那个男人。虽然随着一天天过去,需要等待的时间也逐渐缩短,但菲娜对约翰的想念之情越来越强烈——她现在理解了那个女人的举动。她慢吞吞地向着村庄走回去;在她的脑海里,约翰已经租下的那栋房子鲜明生动地浮现出来,比她一路所见的任何东西都更清晰。

---

① 西方基督教国家的风俗,结婚公告会在婚礼举办前三周起的每个礼拜日在教堂张贴,也即连续公告三次。

父亲喊她时她已经知道了是谁。她听到了电话铃响,铃声压倒了酒馆里嘈杂的人声;她也听出了父亲接电话时的惊讶语气:"嗯?天哪天哪!你情况到底怎么样啊?"她把刚刚斟满的杯子快速推到吧台对面的客人面前。"等一下,我这就喊菲娜来。"她听见父亲这样说道;等她接过听筒,约翰的声音随即出现在电话中。

"菲娜,你好。"

他的声音听起来并不遥远,只是感觉有些异样,因为两人在维持友情与爱情的这么多年来,还从来没有在电话上通过话。

"是你,约翰!"

"收到我的信了吗,菲娜?关于那个房间的?"

"昨天收到的。"

"菲娜,你还好吧?"

"哦,我没事,我很好。你呢,你自己呢?"他动身之前说过,不会打电话回来,她也表示同意:他挣的钱不该花在昂贵的电话费上。但是能听到他的声音,损失掉那些钱也完全值得。

"我也好,菲娜。"

"听到你说话真是太好了。"

"菲娜,听着,有件事我们不得不考虑一下。"他停顿了一秒或两秒。"五月份,菲娜,五月会有困难。"

"困难?"

"是说回来有困难。"

他又一次顿住了,然后在通话中不得不把说过的有些话再重复一遍,因为她有些转不过弯来。他打电话回来就是因为这个,因为他知道这听上去会比较复杂，但实际上并不很复杂：他五月份最好还是别回来结婚。因为像他这样费事跑这么远到了如今所在的地方，现在又开始干一份稳定一些的工作，那就不好随便停下，来来去去的就不容易了。他根本就不该在这样的状态下工作，他说。就像夜猫子那样①，他说他们就是这个样子。

"你明白了吗，菲娜？"

在电话放置的地方，店铺中这一块昏暗的区域，她点了点头。有培根的香味、黑啤酒和高度酒的味道从店里酒吧区的那一边飘过来。冷冻柜发出了响声，表明制冷装置开始周期性的运行，耗费着电能。"大厨汤品"，一张厂商配给销售代理点的广告招贴上印着这几个字；招贴离她很近，因此可以看清这几个字，那上面小字印出的其他信息便隐没于黑暗之中。

"如果去了你那边，我也不打算再回来了。"

在美国结婚也许会更好。如果她过去那边，而约翰还是在当地继续工作，那将会是更好的安排。他问她是否明白了时，她感觉自己仿佛是在跌跌撞撞地走，是在某种梦境中艰难踽踽，同时又意识到她并未置身梦境；尽管如此，她还是说她明白了。

"我一直都在想你，约翰。我爱你。"

"我也一样。我们能想出办法的。只不过跟我们之前想到的有点不同。"

---

① 原文为 like hawks，这里指约翰因为是非法务工，不得不昼伏夜出，躲躲藏藏，因此说像夜鹰。

"不同？"

"以前你一直担心的是你会不会被拦住，被遣返回去。"

"那我们在美国结婚，约翰。"

"菲娜，我也想你。我也爱你。"

他们能想出办法的，他又说了一遍，然后传来话机挂上的咔嗒声。菲娜想象着他在什么地方，在一个什么样的房间里，还有，他现在是不是也像她一样，还站在电话机旁。两人通话的时候，曾经有别人的说话声从电话那头的背景音中传过来。那里现在应该是下午四点半，还是白天；她想知道他是不是在洗衣房上班，另外他是不是冒了一点风险，违规使用了店里的电话。

"约翰情况怎么样啊？"奎恩问道。他还是弓腰趴在吧台的一个角落处，那是他的老位置；屁股下的那张凳子，这么多年来都是他坐着，已经成为他专用的了。在酒吧昏黄的光线中，他脸上的表情模糊不清，就像那张"大厨"牌产品招贴画上的字一样无法辨识，不过菲娜能猜到是什么样子：他的小眼睛会由于兴奋而闪闪发亮——只因他"慧眼识人"，约翰·迈克尔·加拉格尔在千里迢迢之外已经摸到了成功的门道。

"丫头，他干得不错吧。对你们小两口来说，这不是很棒吗？"

紧靠酒馆门口的桌子上，打牌的人在玩二十一点。曾经和约翰一起打鱼的那些同伴都沉默不语，就像他们惯常表现的那样。菲娜的父亲在水池旁洗杯子。

"他不能回来结婚了。"菲娜对奎恩说。她向奎恩更靠近一点；因为他看来对美国有一定的了解，应该知道让约翰感到困扰焦灼的是什么，所以菲娜情不自禁地要向他征求意见。

"那是可以理解的。"奎恩说。

他将杯中的波特黑啤酒一饮而尽，然后把杯子顺着吧台那有着很多擦洗和磨损痕迹的台面朝菲娜这边推移过来。菲娜在杯中斟好酒，又将奎恩数出来买酒的零碎硬币扒拉到手上，放进钱柜收好。

"事情从来不会像人们认为的那样容易。"奎恩又说道。

从年代久远的大饥荒到现在，从第一次大规模的逃难出走、背井离乡开始，运气就始终扮演着一个重要角色——过去装着人们远航外地的船甚至被叫作棺材船。命运中是有好的一面，但同时常常也伴随着不幸、绝望和失败。

"从来都没那么容易的，姑娘，也永远不会那么容易。"

"他们会接受退货吗？"菲娜的母亲考虑的是婚纱面料。布料几乎还原封未动，只是有大概一码的地方被她剪过，裁出来的是胳膊的位置。斯考利的布匹服装店里不会全额退款的，因为那块面料剩下的部分只能被当作零头布去卖。像斯考利这样的人，你别指望能退回全款，但她们家与约翰这里还是有可能另行安排，以弥补这次婚期推迟造成的不便。听说约翰不能回来完婚时，菲娜的母亲先是坐在那里不动，有一会儿都一言不发，然后长吁短叹了几声便又振作起来——她的为人处事就是这种风格。她先是假定不用退货，还是把这件婚纱做好，因为菲娜跟约翰在美国结婚时也需要礼服，就可以穿这件。但菲娜跟她说今后的婚礼不会是那样的了。

"前一阵子，对非法移民有过一次大赦。"菲娜的父亲说道。他回想起一个数字，纽约大约是有十二万的爱尔兰裔非正规移民获得了身份。但下一次再有大赦,估计要等一段时间了。"菲娜,如今待在那边会容易些了。"他向女儿建议道,但并未就此进行详细探讨。"约翰会干出一点名堂来的。"菲娜的母亲依然抱有信心。

十天之后,约翰又打来电话。他已经进一步考虑过了,他说。听着他讲的当儿,菲娜意识到他说的不仅仅是不能回来完婚这件事。

"你不要我了?"她问,同时还想着多加上一两句,问他是不是已经改变主意,不想让她过去了;但她说出口的就只有前面这个简短疑问,后面的没说。约翰让她不要乱想。他只是疑惑这一切对他们来说是不是有点难以承受,因为未来还有那么多的不确定,他们暂时能过上的只是不受人待见的卑微生活;他恐怕这样会让一个新婚妻子太委屈,会受不了。对一个独自闯荡的年轻单身汉来说,这一切倒是不算什么,他可以东一榔头西一棒槌地先干着,有麻烦了就赶紧换个地儿。如果她现在也在那里,跟他在一起,就能明白他说的意思。菲娜当然也想象过这个,但想到的是与约翰在那个房间里——窗户擦洗得干干净净,墙壁新近粉刷过,一切就绪,只等着她去。

"我打算回来。"约翰说。

"但你说了——"

"我干脆回来算了。回来之后我们就还待在老地方。"

她无法说出什么话来。她试图对电话那头做出回应,但嘴里的那些语词还没说出来就一下子都混乱模糊了。约翰又说道:

"我爱你,菲娜。这才是紧要的事,我们两个彼此相爱才最重要,不是吗?"

是这样,她表示认同。当然是这样。

"我会去查一下看雇佣期是到什么时候为止。"

他们接着相互说了声再见。这一定让她觉得很是意外,他说,他表示抱歉。但那样会更好,没有别的做法会更好。他再次说了他爱她,然后线路那头就没声音了。

老地方应该是指他舅舅的农场。她猜测是这样,尽管电话里没说。他们会一起整理那个地方;舅舅将跟他们住在一起,直到终老去世。约翰情愿去那里,而不会继续去捕鱼;跟守着杂货店兼酒吧的生意相比,他大概更愿意去当农夫。

"也有少数人出去又回来了,那也没什么。"巴特·奎恩又开口了;他一直听着电话这头菲娜的言语反应。

菲娜只是点点头,什么都没说;就在那同一周,她去了农场。她搭乘的是去金纳德的班车,在最靠近农场的地方下车,步行走过剩下的两英里路。从小路上拐进场院时,牧羊犬在一旁对着她吠叫;但约翰的舅舅并未搭理狗叫声,好像有什么人来都跟他全无关系;对于农场访客,他似乎连看一眼的好奇心都久已不存。卵石铺的地面上,缝隙之间长满了草;一只孤零零的母鸡在一小堆粪肥边缘啄食。

"我来看看您过得可好。"菲娜走进厨房后说道。那张被农场四季风霜击溃了的、憔悴苍老的面孔这时才抬起来望向她;舅舅此前在埋头细读一份《我们的爱尔兰》家庭周刊。煮好的熟土豆三三两两地散放在一张报纸上,那些已经吃掉的、剥下的皮被堆在一起;

还有些青豆剩着,装在一只敞口罐头里。上面放有一副刀叉的盘子被推到了桌子一侧。

"菲娜,你坐,"老人邀请道,"你稍等下,我去弄杯茶。"

他将一只水壶装上半壶水,放到双位电炉灶的一个火力环圈上去烧;这时,生命热力看似回到了他身上。他用勺子撮了茶叶放进一把未加热的茶壶,拿出茶杯与杯托,又从一个挤鲜奶后直接储存的罐子中倒好牛奶。他请菲娜吃点面包,但菲娜摇头了。他然后从餐具柜内嵌的一个冷藏箱中拿出剩余的一点牛油。

"约翰·迈克尔走了吧。"他说。

"是的。已经有一段时间了。"

"那他安顿下来了。"

"他没有合法的工作许可文件。"菲娜说。

老人将牛油抹上一片面包,又在上面撒上糖;她在一旁看着。把这间厨房整理到位,并不需要花多长的时间。重新粉刷脏兮兮的天花板,把地板上的油毡布地毯揭掉烧了,清洗所有的杯盘刀叉,将木桌面上的油脂污垢擦洗清理掉,更换和修理装在墙壁内藏水管上的水龙头,将又脏又破的扶手椅换成新的,这一切都不会耗用多长的时间。

"你以前可没来过这里。"老人说着,一边领着她上楼去看卧室。几间卧室的潮气都挺大,每张床对面的墙上都挂着一幅圣母像。一只被冷落和遗忘的猫从面前猛地窜过,蹲在窗台边虎视眈眈,一边发出咝咝的示威声。电灯线从向下坍陷的吊顶上歪歪扭扭地垂挂下来;花卉图案的墙纸褪色了,上面是斑驳的灰色霉点。楼下外墙边，常春藤爬满了玻璃窗格。

可以找台挖掘机把那些石头挖走，粗略查看外面的田地时，菲娜想道。有台挖掘机，半天也就差不多了。约翰的舅舅说，如果他们觉得这里可以考虑，那他欢迎他们来。等婚礼办好了，他说，等他们所有事都处理妥当，就可以来农庄，重整旗鼓。

"如今人们远离家乡的理由跟以前不同喽，"奎恩在小酒馆中说道，"你可以用不同的态度来对待这件事啦。"

现在你可以按自己的想法做出选择了。这个国家的情况如今还不错，你可以留在本地继续生活，你也可以离开，远走他乡。跟老早以前已经完全不是一码事了；那时候你根本没有什么选择。

"是这样吧。"菲娜回应道。

"我去农场那里看了，"她写道，"我们要把那地方收拾好，让农场正常运转起来，也并非是办不到的事。你舅舅也不会带来什么负担。"她妈妈还是把那件婚纱做好了。菲娜想象着约翰随时都有可能出现在门口，提着一只红色的行李箱走进来；那箱子是他们在金纳德一起买的。他们当时也买了菲娜要用的行李箱，同样的颜色，同样的大小。她想象着跟他一起来到镇上，去到斯考利的店里，对斯考利解释说菲娜的那个行李箱用不到了，要退掉。处理这样的事，约翰会比她做得好一些。

菲娜的情绪感受让她觉得困惑迷乱。她还保留着一份希望，想着电话会突然响起来，约翰会在电话里说现在一切都搞定了，他设法弄到了一张工作许可证，雇用他的那位老板也为他作证推荐了，又将会有一次对非法移民的大赦。不过，过不了多久，她又会改变想法，那份期待也就完全消失了。约翰·迈克尔会走进家门，她见到他会感到有所顾虑和不适应，而这是她从未有过的经验。她设想自己住到了那座农场上——就像她曾想象自己待在约翰所描述过的那个房间里一样——田野中的一片寂静代替了美国街道上的嘈杂噪音和快速开过的黄色出租车。她不禁自问她是不是还爱着约翰，然后随即又告诉自己别犯傻。约翰说彼此相爱才是最关键的，他说得没错。但是，过一会儿，困惑迷茫的心绪又卷土重来。

没有电话打过来。"等我回来我们会把事情理清头绪，"新收到的一封信中这样说，"婚礼之前我们会把一切都处理好。"结婚预告早已公开张贴出去了。杂货店兼酒馆到时会歇业一天。已经邀请亲友们当天来家中参加欢庆。如果有号码，她就自己打电话过去，菲娜想道，不过不会对约翰说她的情绪感受，一点也不会说。有一天半夜，她从睡梦中醒来，感到惶恐害怕。一片黑暗之中，她清醒地意识到自己并不爱约翰。

"非常对不起，我可能会把所有事情都搞砸，"估算着在他动身回来之前还勉强有一点时间可以收到信，菲娜写道，"约翰，这件事在我心中放不下。"独自走在海滨，她已经想好了用这番措辞来跟约翰坦白。五天之后，离他预定回来的日期还有两天，约翰打来了电话。已经收到她的信了，他说，接着又说他爱她。

"我一直都会爱你，菲娜。"

他已经明白出了什么问题——她从他的声音中能听出来。他的领悟力很强，总是能很快理解，对她的情绪总是能及时感受到；即便是在一封信里,即便是在长途电话的通话中,他所能觉察到的总是比她对自己的了解更多。

"我不知道这是怎么回事。"她说。

"你不能确定自己的选择。"

她想说不是这么回事,她实际上也张口了,但结结巴巴,犹豫不决,难以启齿。她想哭。

"菲娜,你只有听从你自己内心的引导了。你对结婚的事还拿不定主意。"

她把在信里写过的话又重复了一遍,说她把他的人生计划给毁了。"要是等你回来再说,那就更是错上加错了。"

"最好还是等我回来再决定吧,"他说,"已经没两天要等了。"

"我不要你来。"

"菲娜,你不爱我了?"

见她没回答,他又问了一遍。

"我不知道。"她说。

约翰·迈克尔没回来。对菲娜来说,婚礼预定日期之后那空落落的几周,痛苦的情绪一直徘徊不去,然后又延续了一整个夏天。清凉的九月给人带来慰藉,三十天都是高爽的蔚蓝晴空;日子温柔无声地流淌而过,而白昼也逐渐变短了。到了十月,离约翰母亲去世已经过去了一整年。月底的时候,约翰那原已日渐稀松的来信干脆就彻底终止了。

"我想说,将来的某一天他会回来,会走进这个房间的。"有一天晚上,巴特·奎恩说道;他这天喝的酒已经超出了他允许自己喝的量。他目光迷蒙地斜看着菲娜,又加上一句:"丫头,你手脚麻利的灵巧劲头到哪里去啦?今天怎么这样倒啤酒啊?"——这么说着的时候,仿佛他对约翰的评论与对菲娜的意见是彼此关联、互为一体的。

"哦,没事,我会稳当一点的。"

奎恩是对的。非常有可能,将来的某一天,约翰发了财,他会回来的,会四处看看,见见亲朋故旧。

"哪次大赦之后,他拿到身份了就会回来,"奎恩边说边一扭身从吧凳上下来,在即将离开的一群客人中带头走出小酒馆,"再见啦姑娘,晚安。"

斟起啤酒来她现在是比父亲还熟练了,尽管父亲干这个比她要久。倒酒时,她的手更稳了,好在还并未变得粗糙生硬。她通情达理,在年轻人中算是细致周到的了,当约翰没能回来,这桩婚事告吹的事实众所周知之后,她曾听到自己的母亲这样说过。

"晚安,菲娜。"在离去之前,人们一个接一个地跟她打招呼。最后一个人走掉之后,她拴上了大门,催父亲早点上楼去睡觉休息。她整理那些酒杯,把烟灰缸里烟头之类的倒进垃圾桶。她想到人们,奎恩,还有曾经和约翰一起打鱼的那些人,以及她的父母,是不是为她感到遗憾惋惜。他们是否觉得她被困在了这里,困在了一群中老年人中,被机缘造化的无情浪潮甩在这里搁浅了?他们是否认为她误解了那份爱情的本质,因而落得个形单影只?

他们不可能知道,她意识到自己现在反倒比跟约翰在一起时更少些孤独感。过去多年来的相随相伴，计划好的未来，两人之间的热烈爱恋和拥抱，在回忆中更觉尖锐和深切，而内心那懊恼的刺痛便是来自这份辛酸而鲜明的记忆。给两人的爱情憧憬带来活力生机的是那个美国梦，是美国让她和他分享与丰富了彼此的快乐。当他如愿挣了大钱，如果衣锦还乡的话，他应该也会同意她的看法的。他们将会再次一起走在海滨，谁也不会去说起爱情的脆弱与盲目，也不会提起当年她和他正年轻时，在最后关头得以避免的那场情感灾难。

在街头

阔步街的一间餐厅。阿瑟斯点了小牛肝配青豆和土豆泥。菜上来时,牛肝尝起来味道不好,一层油脂已经开始凝结在肉汁的上面;土豆没能把那块地方的肉汁给吸收掉。鲜绿的青豆倒还多少说得过去。

他五十五六岁,黑头发,脸型瘦削,有点枯干憔悴,一副独居鳏夫的样貌,恰好与他那瘦长的体型相配;已经磨损毛边的白袖口这里,突出来的是两只瘦骨嶙峋的手腕。他上身里面穿了黑背心,下身一条黑裤子——这样的衣着打扮,外加一件平整服帖的白色短上装,是一个早餐侍应生的必备行头。

"你要不要来壶茶配着那个吃?"给他上菜的那位年老妇人询问道。问这个时,她特地走回到他的桌子旁;这时是下午,他是店里唯一的客人。

阿瑟斯回说要。这位妇人不是个像样的服务员,连正规的制服都没有,只用一件印着大花图案的罩衫裹在身上,在腰和肚子这里绷得紧紧的。几乎快七十了吧,他如此估测,这样年龄的老妇人应该是坐在什么地方的壁炉旁悠闲烤火的,热量让她大腿的肥肉间显出一圈圈深红的褶痕。他能感觉到她内心的疲惫和体能的衰竭,于是琢磨着如果试着跟她开始一段对话,她会不会说起这个,说起她的疲乏与倦怠。

"就快下班了吧?"她端来茶时他开口道,听起来就像他对她很了解似的;他的语气仿佛暗示他们关系不一般,曾经有过一段过去——从未有过的一段过去。

"我三点半就走。"

"今晚待在家里,是不是?"

"嗯?"她看着阿瑟斯,疲倦的目光中透出一点类似警觉的意思。她的头发染成了浅黄色,脖颈间堆积着鼓凸的赘肉。是个寡居的老妇人,他设想。

"预计今晚我会待在家里,"他说,"如果你觉得闷了,无聊了,那就可以考虑。"

那妇人没有应答。他想着她这天的工作结束后是不是要跟踪她。现在已经是三点二十分,到三点半的时候他也就吃完可以走了。他掰开跟茶一起送来的一块果酱夹心饼干。从童年起,他就经常在街头跟踪陌生人,探明他们家在哪里,并且记下住址,再写上三两个细节;这些信息有助于他回想起这个具体的人。如今,这一强迫性冲动有时候依旧让他无法抗拒,不过,他自己清楚,今天不会这样了。

"当然了,可以看看电视,"他继续说道,"如果你感觉没多大兴致。"

"这些扯淡废话现在没意思了。"那妇人回道;这是她愿意给出的唯一评价。

"那可以让你早点入睡，不是吗？"

老妇人的眼中再次闪现出不安和焦躁。她用舌尖舔了舔下嘴唇，然后拿手帕将舌头在唇边留下的一点口水擦掉。一句话也没说，她脚步笨重地走开了。

她拿来了账单，一共是一镑多点，零头部分只是几个便士；忙碌的午餐高峰期过后，这里的菜会便宜卖。他之前就知道会便宜点的——阿瑟斯这样提醒自己。

沃克里先生走进来，说不用开始做下一批货，否则发货间那里就塞满了。谢丽尔于是关掉了机器。她看到沃克里先生瞄了一眼挂钟，在他的便签本上记下了时间。提早一刻钟结束工作，每周末计算工时时，沃克里当然要把这个扣除掉。

沃克里夫妇做的是小生意，风景卡片的零售供货，三年前在地下室里开始经营。谢丽尔的职责就是操作机器，用强力塑料将六张不同的卡片封装成一组，每组当中还包括一张封面卡片，以缩微图的形式展示出六张卡片上的风景。这是一份兼职性质的零时工作，每周三天，每天只干两个小时。除此之外，她上午还在"惠买购"超市做收银，晚上还做办公室清洁。

沃克里夫妇没再雇其他人：沃克里太太负责接单和客户服务，将送货地址写在标签上贴好，还包办业务通信与信息沟通；沃克里先生则将封装好的卡片装进纸板箱，开着一台车厢上印着"WPW贺卡"的小货车去送货。所谓的发货间也是沃克里夫妇晚上看电视的地方，两口子的晚餐就放在两只托盘中在电视前打发掉；周围的墙边都堆着一摞摞的卡片，那是他们营生行当的见证。

"周四见。"谢丽尔走之前说道。沃克里太太回了一声，但看不到她人在哪里。沃克里先生则含糊地嘟囔了一下，因为他嘴里正衔着一支圆珠笔。"谢谢了。"谢丽尔又说道；这是她每次离开地下室时都说的话。她不知道自己为什么要这样说，只是莫名地觉得这一表达感激之情的词要比只说"再见"两个字能更为圆满地结束这两个小时的零工。

她用力地关上门，身后随之传出砰的一声闷响。她顺着台阶往上走，来到了街道上。她是个瘦瘦的小个子，头发有些灰白了，眼角和唇边也出现了不少皱纹。她曾是个美人，如今虽已五十有一，但面容上依旧保留了不少痕迹，让人可以看到她年轻时的漂亮容颜。她穿着一件绛紫色的旧外套——以前刚买下来时她挺满意的，但现在不喜欢了——样子显得有点寒酸。脚上的高跟鞋有些不舒服，但她在街上走得挺快，好像很匆忙。并没有理由需要这么匆忙。她也知道没理由，但她仍旧匆匆向前；她走路的样子看上去就挺匆忙。

"你情况还好吗？"声音从她身后传来。这声问候来自她曾经嫁过的那个男人；她从那以后一直认为这人是她生活中的一个错误。每次他突然出现在街上她的近旁时，总是这样的一句问话。她转过身来。

"你是想要什么东西？"她厉声说道，而他随即便走开了，因为她的语调带有攻击性，明显让他不悦。她知道结果就会是这样，因为同样的事情此前也经常发生。她从未向他透露过她在沃克里家上班的时间，但他一清二楚。他还知道她在哪里做清洁，也知道她在哪家"惠买购"超市收银。她和他的婚姻只维系了五个月，然后她就收拾起自己的东西离开了，同时还放弃了在伍尔沃斯百货公司一家分店的全职工作——她认为搬到另外一个城区去会更好。

她站在他刚才遭冷脸后走开的地方，看着他走向远处，直到他转过一个街角后身影消失。"我想我们不该结婚的。"她曾经对他说过；这多多少少也是达芙在他们结婚之后反复说过多次的意见。达芙是她在伍尔沃斯上班时同柜台的工友；她并未向达芙承认过她的这次婚姻不对头，而且也不想透露什么，但达芙已经自行给出了这样冷静无情的判断。

站在人行道上，她意识到自己挡住了两位老妇人前行的道路。"对不起。"她赶紧道歉；两位老妇人回说没关系。

她继续往前走，比之前的速度慢了很多。结婚时，她已经搬到了楼上一层他的两居室里；厨房与洗澡间开始了正常使用，为了对两人生活中的这一变化表示重视，他把房间重新粉刷了一遍，地板上破旧的油毡布也换成了地毯。她离开时，墙上的油漆还是崭新的，地毯也干干净净，还没沾上任何污渍脏物；她都还没在任何场合下有意识地自称过阿瑟斯太太。

虽然是不喝酒的人，那天下午稍晚些时，阿瑟斯还是走进了一家酒吧。跟刚才吃午饭的那间小餐馆一样，这家酒吧也是他第一次进来；他喜欢新地方。

他要了杯啤酒，然后拿着杯子坐到了角落的一个位置上。酒吧大堂里几乎空无一人，老虎机关掉了电源，静静蹲伏在一旁，店里的音乐也停了。这个地方飘荡着一股败落凄凉的味道；即便有灯光，那光照也是惨淡的，无法驱散其中的幽暗与沮丧氛围。吧台前的高凳上，两个孤独的男人郁郁寡欢地坐着，没有说话。身穿长袖衬衫的酒保在翻看一份《星报》。

阿瑟斯在小餐馆里提到的无聊烦闷之感此刻完全控制了他，感觉几乎就像是感染了某种强大的病毒，在他身上聚集和纠缠，导致一种病态的稍微发热的症状。他呷了一口啤酒，一边疑惑自己为什么来这里，疑惑自己为何要跑到这里浪费金钱。以前这么无聊时，他会去看比赛，温布尔顿或者白城①的一场灰狗猎犬比赛。在人群中，可以让他的心思聚焦于另外的事情，他便能够摆脱掉那种郁闷情绪。或者他也可以去跟一个妓女调笑一番，以此来甩掉这种无聊感。但也不是说跟个年轻妓女说笑就会有多好，实际上可能并不比跟那个年老的女招待说话更好。他闭上眼睛，仿佛受了强迫似的又回想起那失望的一幕：他所想表示的只是善意的问候，而她却质问他是不是想要什么。他们原本可以在哪里坐下来谈谈的，比如在公园的长凳上，花坛里刚刚开始有了点姹紫嫣红的意思，水禽在湖面上自在浮游。她知道那是怎么回事；她知道他已经去过那里，就在今天，最终还是去了。短暂的相遇中，她已经猜到了。

有客人开始进入这家酒吧，又是一个孤寂的男人，接着还有

① 温布尔顿与白城都是大伦敦市的区域。

成对进来的。阿瑟斯观察着他们，识别出那些他一见之下就讨厌的人。他琢磨着是不是要打电话到马斯汀酒店去，说他早上不能去上班了。是肠胃不舒服，他打算提出这么个借口。但多出来的那几个小时将显得漫长而沉闷，难以打发，因为他还是会在清晨五点二十分就醒来——这已经变成他的固定习惯。也没有别的什么东西可以替代他走去地铁站的那段路，以及地铁上的旅程本身，还有出站之后到酒店之间要走的那最后一点距离；也没有别的什么东西可以替代他在酒店餐厅当班的那三个半小时，要直到上午十点半，他才可以脱下白色的短上衣制服挂起来，再解开黑色的领结收好。他在马斯汀上班的工时已经减少了，因此仅仅作为早餐侍应生的收入不够维持他的生活，但他有别的方法来补贴日常开支。从童年起，他就已开始小偷小摸。

他坐的地方靠近吧台，吧台的对面，有一部电话；那里也是通往女卫生间的入口，有帘子垂挂着，话机被半挡住了。注意到电话，他又一次有了打电话的念头。但在马斯汀的前台，不管是谁接听电话，估计都只会嘟囔着含糊其辞，然后说等到明早看他情况怎样了再说。他和前台的通话将会是无效的，他要那人传达给餐厅的任何信息很可能转眼就被遗忘；如果他到时不出现在餐厅，就会受到埋怨和责难，哪怕他已经按要求把该做的都做了。餐厅的事没一件是值得做的。

她为什么像那样对他说话？她的声音为什么那么尖利刺耳，还质问他是不是想要什么？他从未向她要过钱，一次都没有过，但她说话的样子会让你以为他一直在提出这样的暗示。酒吧里的音乐开始了，声音调得挺低，但依旧吵闹，因为那音乐本身就是那样的，更多是一种噪音而不是别的任何东西。刚进来的两个人也很吵闹，他们的说笑完全可以小点声的；两人还都戴着深色太阳镜，虽然这一整天都没有阳光照耀。他想对她说他们也许可以去一间小餐馆谈几分钟。只要耽误她十分钟就可以了，仅此而已。

阿瑟斯盯着他还没喝完的啤酒，看着杯中的泡沫逐渐化为乌有。她所能唤起他共鸣的，是她身上那种深刻的洞察和理解力；这对一个谈不上多聪明的女人来说令人惊讶。他和她第一次在楼梯上讲话的那天——当时他正好从她旁边经过——他就意识到了这一点。"要么进来喝杯茶什么的吧?"她在门口表示客套，钥匙已经插进了锁孔里。进了她的房间后，他说喝茶就行，要两块方糖。他对她讲了马斯汀餐厅里午餐时客人挑剔的事情，因为聊到这个也是很自然的；她说她不懂他干吗看上去那么不安，接着又说谁都可能有这样的反应的，因为担心会有糟糕甚至可怕的事发生。他复述了客人说的话，又讲他如何不得不站在那里听着那些抱怨，那个男的又如何要求经理来解决问题，以及西蒙尼先生到了之后，那个男的又如何说什么"有劳您的大驾，我们真的很抱歉"。西蒙尼先生伸出了手，但那一对男女拒绝握手。

阿瑟斯琢磨了一会儿，想着那第一次交谈或者后来，他是否把这一点也告诉了她：客人对西蒙尼先生伸出的手视而不见。他不记得说过这个。那个男的打着有圆点图案的领结，是红底白点，穿着白细条纹的深底色衬衫。胡椒被弄到她的意大利烩饭上了，那女的咕哝着投诉说，语气听上去傲慢冷漠；咖啡也是冷的。"嗯，这样吧，咖啡直接免费。"西蒙尼先生立即做出反应。这顿午餐本来是精心安排的，有着特别的意义，那男的说。那女的则说这次午餐经历让她感到痛苦，然后将手中抓着的餐巾布甩到桌面上。他们随后就一走了之，完全不知道在身后留下了什么。"从此以后你只负责早餐的服务，"西蒙尼先生低声说道，一边双脚拖地后退着离开餐厅，一边向其他桌上无声旁观的客人鞠躬致歉，"你愿意做就做。"那女人扔下的餐巾布下面有一页信纸，信写了一半便放弃了；信上列有一份购物清单，货品项目是用铅笔写在页面剩余的空间。尊敬的先生，我在你们那里购买的一个电暖器是坏的，这句话被整个画了条波浪线；同样的笔迹还在信中写了个日期，信纸的最上端有一处地址，是用蓝颜色浮凸压印出来的。

　　阿瑟斯把手伸进衣服内侧的一个口袋里，拿出了这同一张信纸；现在这页信纸已经被对折过两次，只有原来的四分之一大小。纸张的边缘处磨损起毛了，页角也折卷起来，上面还有些污渍，有一个对折处都开始沿着折痕断开了。担心会进一步损坏信纸，他没有把它展开来。只要在拇指与食指间拈着这张纸，只要那么一会儿，就足以让他明了这是什么东西，一个他知道它意味着什么的东西；他也因此一直保存着它。一年前，他走进一间"印快可"①店面，将信纸复印了两份；他担心说不定哪天原件会莫名其妙就不见了；他不确信，从来就不确信，那件事在某个时刻一定会到来，或

---

① Kall-Kwik，英国知名的印刷与设计服务连锁店，一直发展到今天，已有三十多年历史，为企业与商务机构以及个人提供设计、推广和印刷等项目的综合性全方位服务。

者那件事实施的进程当中会发生什么。他在心里记住了那个地址，甚至是在睡眠中，在梦中都记住了；但谁能保证记忆不会有任何问题呢？当然了，现在这已经无关紧要了。

他将那张折叠着的信纸放回口袋，接着站起身。她七点结束办公室的清理打扫，十分钟后会再次回到街道上。现在是六点差五分，他又多坐了一会儿，想着她的事情。那天她请他进房间坐坐之前，他注意到她在楼里进进出出已经有很长一段时间了。他们经常在楼梯上擦肩而过；他自己的两居室——因为长久缺乏修整，显得尤为破败，所以租金比楼里其他的房间更便宜一些——就在她房间的楼上。从她搬进这栋楼开始，大概有一年的时间，他都不知道她是个寡妇，以为她只是一直单身。后来认识了才了解到她结过婚；她死去的丈夫显然曾是一名地铁售票员。

剩下的啤酒他不喝了，将杯子推到桌上远一点的地方，以防他穿长外套时酒杯被衣袖甩到。与他的裤子和背心套装一样，外套也是黑色的。他慢慢地扣上外套的纽扣，穿过酒吧大堂，走到外面；熹微的暮色正逐渐暗沉下去。那张折叠起来的信纸已经不用保存了，不再需要了，但即便如此，他知道自己还是不能把它撕掉。还是要留着，这个也要告诉她：那份购物清单将永远都是一个纪念品。

与前夫的这次遭遇并未让谢丽尔感到特别的不安；对于他的突然出现，她早已经见惯不惊了。倒干净了废纸篓，收拾掉那些塑料杯，拉开吸尘器上长长的电线线卷，开始清理地板，她这时又一次责备起自己来。她犯了个愚蠢的错误。她猜想自己是因为孤独，是因为思念死亡从自己身边剥夺而去的夫妻生活，才会对那个男人另眼相看；说愿意，答应嫁给他，那时也觉得挺自然。在婚姻登记处，达芙充当了见证人，同时参与见证的还有一个他们从街头随便拉来的男人。登记之后，他们与达芙一起坐在"女王步兵团"酒吧店堂后区的一张桌子旁消磨时间，等着住在同一栋楼的几位邻居到来，然后一群人去到"布鲁斯大拼盘"餐厅；餐厅就在保诚［保险集团］办公室的楼上。人们不断地叫她，称她为阿瑟斯太太，每次举杯敬酒时都拿这个新身份起哄打趣。但他一直都很安静，沉默不语，直到她听到他对达芙说起午餐时的客人投诉事件，而达芙每隔几分钟——多喝了三五杯之后她立马变得直言不讳、口无遮拦——就说一句像那样的人根本就该死，不配活着。"你听到了吧？"他事后说道，"听到你朋友怎么说的吧？"

那时候，这看上去再正常不过了，他对另外一个人说起在餐厅遭投诉的事，反反复复、喋喋不休地说起那次可恶的午餐经历，因为羞辱的创痛需要慢慢愈合。她也曾劝他离开马斯汀酒店，去一间餐馆或者另一家酒店找份工作，但他无论如何也不肯，忍辱负重、不动声色地坚持说做个低微的早餐侍应生是他眼前所愿意继续下去的状态。她无法理解他的想法，但还是接受了这个现实。嫁给一个人，你就得接纳他的那些条条框框或者习性；总有一天，他会完全走出那次创痛的阴影。

但这第二次婚姻的洞房之夜，她原本已打算好照单接收的他的那套习性突然间显得更为复杂古怪了。从"女王步兵团"和"布鲁斯大拼盘"庆贺回来之后，她那才有了半天名分的丈夫却不想同床共枕。他说那几乎不值得再费事了，因为这一夜很快就过去了，早上五点之后他就得起床。但他那样说的时候才十一点都不到。

谢丽尔拖着吸尘器清洁办公室的地面，一边回想起他做出上面这一解释时那波澜不惊、心安理得的声音；猝不及防地，那种就事论事的平静语气让她觉得如陷冰窟。她记得自己打开了那只有一根加热片的取暖器——是她从她那已经不复占有的租住房间中拿到楼上来的。她记得自己躺在那里，难以入睡，猜想着卧室中的一团漆黑是否会让他最终靠到她身边来，疑惑着他根本上就是那样一种人，而不仅仅是她以前曾听闻过的像那样一种人而已。结果什么也没发生，除了在她脑海中发生的一切；她意识到自己犯了一个错误。

她继续打扫，将吸尘器吸嘴伸到房间角落和桌子下面，所有那些思绪再一次卷土重来，就像她经常遭遇到的一样——在街上，她的这位前夫又一次试图进入她的生活。在他们刚开始认识和相互了解的那段时间，他看上去并无多大异样，只是一个曾经受过命运伤害的男人罢了。她对他讲自己童年时的事情，讲她的婚姻，还有丧偶守寡所带来的打击。他则对她说起他总是感到自己遭到莫名指责，还不得不忍气吞声——这种日常倾诉在那次令他耿耿于怀的午餐投诉事件中达到了顶点。轻微的责怪、非难、种种责备以不同的形式影响到了他——她确信如此——而且比它们本应该带来的影响更大：从一开始，当他把内心那日积月累的痛苦的每个细小变化都透露给她时，她便看出了这一点。后来，她跟他还在一起时，他内心的痛苦看似缓解减弱，而她竟也相信了会如此变化。但在她还未收拾起自己的个人物品离开他之前，达芙便已经说了："你那个男人是神经病。"

谢丽尔关掉了吸尘器，将拖着的电线绕圈整理归位。她把之前打扫时挪到一边的椅子又搬回原位，整齐地摆好，就这样逐一清理完每间办公室，再在身后关上门。她从过道里的墙壁挂钩上取下外套和围巾，又把装满了废纸的黑色大塑料袋提到楼下。她重新设置好楼里的夜晚防盗报警铃。她关好身后的大门，开始步行离去。

"他们对西蒙尼先生视而不见，"在空荡荡的黑暗中，他说道，"西蒙尼先生想要跟他们握手，但实际上他根本不用费这个事。"

她看着他，眼中一片茫然空洞。没有一丝情绪的波动闪光表示他们曾是妻子和丈夫，似乎她已忘了还有过这段往事。她曾经是他的一切，从他与她在一起时的状态她能感觉到这个。当他们一起去散步——他们的第二次散步——时，她把手搭在了他的胳膊上。那是一个周日，一个寒冷的下午；她当时戴着手套，红蓝两色的手套。只是从她的手指上传递了些微的重力触感到他的胳膊上，仅此而已，没有更进一步的举动，但他感受到了这一小动作中所包含的理解。一个当侍应生的人能够告诉你人是怎样的一种德行，另外有一次，他这样向她解释。她对此并不理解；她不明白一个服务生怎么会觉得受了侮辱，就因为客人在盘子边留下的小费数额的多寡？这倒不是说一个早餐侍者真的能够拿到多少小费。

"我不想站在这里听你说来说去。"她说，然后又说他应该去见别人；她说她已经对他讲过请他不要再来烦她。

"只是，我只是不确定有没有告诉过你这个，西蒙尼先生是怎样对着客人伸出手去。"

"请你让我清净点。"她说道，接着继续向前走。

她每次的请求都是在重复，在说出来之前就已然寡淡无味，而这同样的话语说出口之际听上去则显得倦怠乏力。她搬到另外一个城区之后便与达芙失去了联络，但达芙此前已经做出承诺，说如果她受到恐吓和人身威胁，她就会去报警。

"你能看出来的，那女的就是那种会挑三拣四、会投诉的人。"他说道。他此前已经把咖啡在桌上放好了，任由那对男女取用，但当他走开时，那女的在他身后喊住了他，说咖啡是冷的。这样一间餐厅，为你服务的侍者，袖口上竟然有污渍脏斑，这可不是你所期待的，西蒙尼先生来到时，她如此说道。

他将手深深地探进口袋里去摸索钱包；她努力让自己对此视而不见。这是每次与他相遇的过程中最糟糕的部分：那张脏乎乎的卑污信纸被他从钱包里拿出来，小心翼翼地展开；连同那破烂起毛的折痕与纸页边缘，还有那蓝色字体的地址，这张纸被呈示在她面前，似乎是给她的一份礼物。尊敬的先生，我在你们那里购买的一个电暖器……黑暗之中，她看不清什么，但知道这行字还在那张纸上，就像那张购物清单曾写在那里一样——但铅笔写出的物品项目如今已经模糊不见。

"请你放过我，别再烦我。"她说。

他跟着她一起走,说洗衣店旁边的小咖啡屋无论何时都开着的,人们在那里消磨时间,等着衣服洗好。"是个安静的地方,"他说,"从来都不会吵闹,那家咖啡屋。"

根据他在她身边的动作,她就能知道他在重新折叠起那张信纸,然后又放回钱包里那个专用的夹层中。他的钱包尺寸不大,是黑色的,表层的塑料皮磨损得斑斑驳驳,有些地方已经剥落。

"那里跟你回去的地方基本上是顺路。"他说。

街道上只有他们孤零零的两个人;从听到他的声音在她身后响起,说什么那两个投诉的客人对西蒙尼先生想跟他们握手致歉的良好意愿视若无睹开始,街上就已经只是她和他形单影只的两个。无论是在哪一处的街头,他总是从她的身后蓦然冒出,然后对着她的背影说起话来;他的脚步悄无声息。

"我之前想过今天可能会在路上碰到你。"他说,"她也许会想要知道一点今天上午的情况,我是这样想的。"

他提到了去喝杯茶,她说这么个时辰她不想喝茶。然后她想到,在咖啡屋里,她可以提高说话的音量,让别人注意到他在骚扰她。但她没有愿望跟他一起去咖啡屋。以前发现他偷回来的赃物时,他只是一言不发,甚至连头都不摇一下。当她收拾好东西要离开时,他也还是沉默无语,仿佛并不指望着能有什么更好的局面——这样的结果对他而言迟早要面对,只不过是意料中的羞辱如今自动兑现了而已。

"在酒店当班一结束,我就去了那里,"他说,"就在今天上午。"

他对她说起餐厅里用早餐的客人;这是个人气清淡、索然寡味的早上，大概是因为周一吧。他还记得他经手的那些菜单；事后他总是能记得，即便那一天餐厅很忙——这是一个侍应生的职业技能，他如此解释道。他告诉她他乘坐的那趟公车，经过了"牧人丛林"购物区和"打铁匠"镇区，然后"新城堡"①路被抛在了身后，由树木和草地构成的大片绿地也随即开始出现。有人在路边大声高叫"红罗孚"，意思是要拦车搭乘，司机回喊说"红罗孚"观光漫游车多年前就玩完了。在上里奇蒙路遇上了交通阻塞，他就下了车，又走了一小段距离。他之前已经去过那里，他说：先走"小修道院巷"，接着是在一个邮筒旁左转。十多次了，他说，他已经反复考察过那里。

他们拐过一个街角，她能看到洗衣房灯火通明的窗户。她随后想起了他说过的那家小咖啡屋，就在洗衣房前面一点点远，咖啡屋窗户上有个七喜汽水的标志。

"我有样东西要洗一洗。"他说。

她没跟着他进洗衣房。他去那里的时候，她原本可以加快脚步，从咖啡屋旁跑过，跑到有公车可乘的地方。任何一辆公车都可以，即使是跟她要回去的方向相反的公车也一样行。不过，到了咖啡屋里，店里的顾客只有一个老人与独坐一隅的另外两位女士，她便改了主意，从吧台那里要了一壶茶，拿了两只玻璃杯和茶碟，接着又回去取牛奶。

---

① 这里意译的连续三个伦敦大区地名原文分别是 Shepherd's Bush、Hammersmith 和 Castelnau。

她然后在桌边等着,茫然空洞地盯着她倒好的茶水,稍稍抿了第一口,却没感觉到任何滋味。她脑中一片空白,无思无虑。她并不觉得是置身于一家咖啡屋中,只感到自己是全然孤独的,身处哪里都一样,与是否在咖啡屋并无关系;然后她的思绪又重新开始活动。她多少还是被他吸引了;她内心回响着这样的暗示,除此以外也没有别的可以讲得通了。

她看着他走进来,大门在他身后滑动着关起来。他转头往店堂里四下看了看;他知道她会在那里,知道她不至于已经消失不见。

他在桌子上放下了手中的东西,那是他把夹克扔进洗衣机之前从夹克口袋中掏出来的:钥匙、他的钱包、一支圆珠笔。他以为她会问到他的夹克,在哪里,他为什么没穿着,诸如此类的,但她没问。她已经为他倒好了茶,他用勺子搅动着。她不问并没有什么关系:他的长外套敞着怀,她可以看到里面没穿夹克。

"三个小时前,他应该已经发现她了。"他说,"每天晚上七点一刻他就回到那栋房子里。"

谢丽尔一边听着他对她说话,一边盯着桌面上烟缸里燃烧着的一支香烟。他按响了门铃,他说,那女的打开门时没认出他来。他说他是来抄表的,但没说抄哪个表。煤气公司的已经来过了,不到一周之前来的,那女的说道。他于是表示道歉,说自己的工作牌没有亮出来。他把长外套门襟往边上一拉,露出左胸袋上的电力公司工作牌。他走进门厅时,那女的没有关上外面的大门。足足有十分钟，大门都是敞开的，然后他的双手才解放出来，得以去关上那扇门。

"我为此而责备自己，"他说，"竟然犯下这么愚蠢的失误。"他又加上几句说他并不为别的任何原因而责备自己：他当时站在那里，并不自责，想到的是那个女的说过他的袖口太脏，还抱怨咖啡是冷的。他站在那里，听着她的声音，听到门厅衣帽架近旁一张小桌子上的电话铃声响起。铃声停止之后，他找到楼下的那个洗手间去洗手，那里墙上的钩子上挂着外套与那男人的礼帽，还有一顶便帽。返回门厅，他用一张纸巾裹在弹簧门锁上，然后才转动门锁开门；随后，揉成一团的纸巾被扔进了挂在路灯电线杆旁的一个垃圾箱里。

谢丽尔什么都没说；她一直没吭声。她看到他没穿夹克之后，他又把长外套的扣子重新扣了起来，她就在一边那么看着。那女人嘴角淌出的一抹血迹沾染了他的衣袖，他说，这种痕迹在显微镜下是可以看出来的，但很容易被忽略。

他曾经给她看过一根手指上的擦伤，那是他在实施一桩偷盗行径时发生的；另外一次，他给她看过用来包裹门锁的一张纸巾，放在口袋里被他忘了，放了一整天。还有一次，他说他到达现场时，那天的第二波邮件已经送到了，大部分是棕色的牛皮纸信封，被哗啦哗啦地塞进了信箱。那女的倒在地板上之后，外面传来了邮递员的口哨声，随后那邮差的脚步声远去了。

"出来后我没乘公车。"他说，"我不想那样，不想坐在公车上。事后我吃的第一样东西是小牛肝配青豆。"

上一次完事后他吃的是一包薯片；另外有一次，是一个鸡肉汉堡。他的声音在继续，谢丽尔只是在一旁听着，依旧静默不语；他解释说从这天早上起，他就一直觉得她是他唯一的朋友，从他洗手开始——在洗手间里，那男人的外套挂在衣钩上，香皂放在一个特地安装的小小的专用陶瓷搁架上——他就有这种想法。有一只猫跳到了房子外侧的窗台上，开始喵喵地叫唤，仿佛它知道发生了什么事。他想过要把后门打开，放猫进来，那个男人晚上回来之后，就会发现猫在屋内，会看到沾了血迹的猫的脚印遍布了整栋房子。

她从未告诉过达芙，她跟他在一起时，体验到的并不是恐惧，甚至也不是不安。她从未说过她知道他解说和夸耀那未发生之事时有狡猾诡诈的成分在里面；那看起来毕竟不像是什么狡诈圈套，他也几乎没有向她索要过什么。她从未说过她知道这是由于她的天性，让她被吸引过去，跟他一起走在街头，接受他缄默的、有所顾虑的拥抱，她的怜悯同情是他的给养来源。她从未想过要跟达芙谈论他这个人。沃克里夫妇则根本不知道他的存在。

他端起茶杯送到唇边。她依旧没有开口。并没有必要说话，只需要多待上一会儿；跟他在一起时，沉默就是伴随两人的一个根本要素。她走出咖啡屋时，他没有再尾随跟着她。

他会把茶喝完，然后再倒上一杯，又回到街上后，她这样想象着。在洗衣房，他会打开一台洗衣机的盖板门，将缠绕在滚筒上的湿漉漉的夹克取出来。他将铺展开衣服的袖子，将衣料拉伸整理成原先的状态，然后开始上路，回到她曾与他极为短暂地共住过的那套公寓房间。今夜，他将不会受到霓虹闪烁炫光的袭扰；现在，她正走在这霓虹之下。那些游荡逡巡的车辆，在搜寻着这个夜晚所能提供的什么馈赠；它们也不会搅扰到他。她身边偶尔有相互紧靠的男女结伴走过，他们说话的声音也不会打扰到他。她的泪水，今夜，让他得以平静。

舞蹈教师的音乐

布里吉德的职守领地是杯盘碗碟洗涤间；假如你是个女孩子，就从这里开始做起；假如不是，那就从安放刀叉的餐具室和鞋靴存放室做起。布里吉德十四岁开始来当女佣，当她听人说起舞蹈教师时，她的十四岁还没过完。是克罗姆先生最早说到了舞蹈教师；他那郁郁寡欢、慢慢吞吞的语音从厨房那边传过来，穿过刀叉餐具室打开的门传过来。莉莉·吉奥戈根说，只要克罗姆先生开口了，他总是给你来一通说教训诫。

"是个意大利人，我们猜测是这样。来自意大利城市那不勒斯。是个走东闯西的人。"

"唉，我可从没出过远门。"奥布莱恩大妈插嘴道。布里吉德能听出来她正忙着别的什么事情。

洗涤间的天花板不高，炖锅和水壶挂在墙上的钩子上，碗和碟子，还有不经常用的果冻模子一起挤挤挨挨地放在长架子上；延展的架子将一个餐具柜与另一个餐具柜连接起来，尽管两个储存柜之间还有一道门框。门框上原本是装了门的，但很多年前便拆了，因为有门扇在那里反而碍手碍脚，不过门框上的铰链还照样留着，现在已经与螺钉锈蚀在一起,没法再拧开了。洗涤间的窗户外面装着条形挡板,窗下四个石板材质的洗涤槽顺次排开,水槽两侧配有宽大的沥水板;玻璃窗格上没有朦胧水雾的时候,布里吉德能看到外面院子里的棚屋和水井的抽水泵。每隔一段日子,负责照管园林的男孩子中,就有一个来井边打出一桶桶水,浸泡冲洗院中的卵石地面,再用笤帚清扫干净。

"哦,是的,"克罗姆先生继续说着,"哦,没错,真的。在寓言传说中,那个城市挺有名。"

"他是来教他们跳意大利舞吗,克罗姆先生?"

"我们首先得认定这一点,奥地利才是这些舞蹈的发源地。我听到他们提过维也纳。又一个著名的城市。"

然后,克罗姆先生的说教就开始了,讲起华尔兹舞步的历史,但布里吉德没在听。从调节炉子风门大小、炉门挡板被打开又关上的声音来判断,她就知道奥布莱恩大妈也没有听。

克罗姆先生长篇大论时,没人听他的,听到了也不会往耳朵里去——只要他没发火,只要他说到的不是楼梯扶手栏杆之间有灰尘要擦掉,或者壁炉炉火有问题,或者玻璃水壶中的水已经变味了之类的。如果说的是后面这些事情,那你就要好好听着,不管你是谁。

每天上午,一大早,布里吉德便从格仑摩尔步行出发,翻过斯肯纳基拉小山,来到斯肯纳基拉宅邸。她在后门旁等着,直到约翰或者托马斯随后来打开门。如果克罗姆先生继续留用她,如果她自觉尽职,表现令人满意,如果让她进杯盘洗涤间被证明是正确和恰当的安排，那么她就要进入庄宅常住。克罗姆先生已经对此做出了解释，当时用的就是这些词语和表述。不用立即住进庄宅，她反而感到高兴。

在她那样的年龄，布里吉德的个子算是挺高的；她告诉克罗姆先生自己多大时，让对方颇为惊讶。她发色浅淡，脸上长着雀斑，是来自山那边的一个乡村小姑娘，是她家五个孩子中最年长的大姐。"从长相来说，没什么出奇的。"对她面试之后，克罗姆先生在厨房里透露出这样的心里话。他对布里吉德的妈妈还记得很清楚，因为她也曾在洗涤间干过，本来有提升机会的，但遗憾的是，她没有继续做下去，而是嫁给了雷纳汉，现在已经——克罗姆先生是这样对奥布莱恩大妈说的——因为贫困和生养孩子而"沦落"了。雷纳汉是个酒鬼，从来都是醉醺醺的。

在洗涤间，布里吉德起初很害羞。其他人经过洗涤间时都会往里面瞄上一眼，或者在他们不忙时，干脆就进来专门看看她。他们对她说话时，她能感觉到体内有一股热流涌到脸上；她越是感觉到这一点，脸上就越是发热。这让她颇为困惑，有时候这种局促燥热感会让她身不由己，冒出几句与她的本意偏差很大的话。不过，几周干下来之后，这一切都变得容易应对了；当舞蹈教师来到田庄时，连晚餐时分也不再像她最初感受到的那样是一种煎熬了。

"克罗姆先生，那不勒斯是在哪里？"克罗姆先生第一次谈起意大利的那天，托马斯在仆役就餐专用的饭厅里问道，"它是在地图上的哪个位置呢，克罗姆先生？"

他是在试探，想找出克罗姆先生的破绽。布里吉德可以看出，安妮-凯特听到托马斯提问后几乎要咯咯地笑出声来了，所以她的目光望向别处，好忍住不笑。而约翰则用胳膊肘尖偷偷捅了捅莉莉·吉奥戈根的胳膊肘。老玛丽只顾着吃东西，在咽下满嘴食物的间隙才抬眼点一下头或者微微一笑表示参与，而她对大家所说的实际上充耳不闻。她曾是个美人，五官间还是不时有着昔日芳华的闪现。她坐在长餐桌的另一头，而占据这张桌子主人席位的自然就是克罗姆先生。奥布莱恩大妈坐在克罗姆先生旁边，以保证随时为他的餐盘里加上土豆泥；那是用特别手法做出的一种土豆泥，如果是用其他方式烹饪的土豆，克罗姆先生就根本不吃。寡妇吉娜薇都是周一和周四来庄园做工，负责浆洗衣物；布里吉德早上来庄宅，有时候会在房子后面的便道上看到她；吃饭时，她就坐在紧邻布里吉德的位置上。而管园林的杰瑞第则坐在桌子的另一侧，他两边坐着的都是负责打理花园的男孩子。

"那不勒斯在海边，海浪冲刷着这座城市。"克罗姆先生说。

"我想说的是，克罗姆先生，我听人家提到过一条河。冲刷那不勒斯的不会是一条河吧?"

"小家伙，你听说过的，是多瑙河。根本不靠近那里。"克罗姆先生接着就讲起这条大河的流程路线，在这趟顺流而下的多瑙河之旅中，他不免在这里那里地添油加醋，随兴发挥。有一支华尔兹舞曲就是以这条河来命名的，托马斯听到有人提起这条河，原因就在于此。

"哇，乖乖隆的咚①！"奥布莱恩大妈脱口而出。

奥布莱恩大妈经常会说这么一句。在紧靠厨房的这间饭厅中，话题通常都围绕庄宅中发生的那些事，说的是什么人到访了，哪些人又辞别了，再有就是听到的传闻、那些已经公布的声明，以及大家预期中的消息；桌边闲聊时，奥布莱恩大妈那句招牌性的惊奇感叹也经常会重复出现。宅邸里的客厅会谈或主人餐厅里的言语交流之后，或者任意场合的唠叨闲话之后，约翰和托马斯，或者负责整理卧室的那两个女佣，或者克罗姆先生本人，都会将从这些日常听闻中"耙来的零碎"由主人起居的上房带回到下人房来。"耙来的零碎"也是奥布莱恩大妈的专用词，以此表示仆役们也能分享或截获宅邸中的闲言碎语。

布里吉德开始在洗涤间干活的当儿也是舞蹈教师到来的时候，那会儿是冬季。每天晚上，她都要在黑暗中翻过小山回家，但最初的几个来回之后，她对路已经很熟悉了，只要一直沿着石头铺的小道走就行；遇到月光朗照的夜晚，当然就更好走了。每四周一次，她把克罗姆先生发给她的那一小笔工资带回家；要等到她经过一定时段的训练，把这个行当做熟了，才能指望加工资。遇上下雨天，

---

① that beats Banagher！现代英语中常作（to）beat the band，表示惊异感叹，源起于 that beats/bangs Banagher。爱尔兰 Banagher 镇的豪绅家族势力曾非常强大，完全操纵了当地的议员选举结果，因此国会中议及反民主的政治做派时，便有人说 that beats Banagher，即言"那比 Banagher 还更烂"。这个习语后来转用为对所有异常或令人惊讶之物的慨叹，中文中无理想的对应语汇，故借用扬州方言中的这一典型表达。

她只有尽量让自己不要淋得太湿，到家之后在炉台边把衣服烤干；炉台里的火在雨天会一直烧着，为的就是烘干衣服。如果是早上淋了雨，那她在庄宅里一整天都会感到身上一片湿冷。

关于斯肯纳基拉宅邸，布里吉德所了解的只是那里的用人。她听人说过艾弗拉德先生和太太以及主人的家人，听说过[家庭教师]忒尔苹小姐和罗琪小姐的事情，也听说过主人居室家具和房间的金碧辉煌、富丽奢华。她想象过主人一家的模样，但从未见过她们。仆人们坐在一起吃饭时各自的样子，她会把那些场景带回到小山另一边的家，讲给家里人听：长脸的托马斯；矮壮的约翰；老玛丽说起一个话题，但没人搭理，没人跟她接续下去；莉莉·吉奥戈根和安妮-凯特吃东西的时候还咯咯直笑；克罗姆先生常常闷闷不乐、一脸苦相；忙碌的时候，奥布莱恩大妈会情绪激动、风风火火、粗手粗脚。她会跟家里人说起吉娜薇的沮丧落寞，那正表明了吉娜薇在守寡独居；说起杰瑞第在就餐时总是一言不发，他手下照管园林的那些男孩子也沉默不语。

"哎呀，他简直是个影子，瘦得跟刀片似的，"舞蹈教师到达时，布里吉德带回到斯肯纳基拉小山另一边的传言便是如此，"黑头发，就跟一般意大利人的黑头发一样。头发很有光泽，大概打了发蜡。"

他一边弹钢琴，同时还一边教练舞步，克罗姆先生说道，随即又回想起另一名舞蹈教师；那是来自附近城市的一个当地人，带了一个女的来专门弹钢琴，还有一个小提琴手跟她搭配成二重奏。那男的名字被叫作巴克雷，每天上午来的时候就从他那辆小马车里下来，带着他的随从人员走进宅邸。

"尽管排场不小,"克罗姆先生说,"我还是怀疑巴克雷并没有意大利人的那种舞蹈风格。我觉得他没有那种风度。"

布里吉德有一次听到了音乐声,钢琴琴键上飘出的叮咚声只持续了短短的片刻,而当时厨房走道尽头那扇蒙着厚毛呢的绿色木门恰好敞开着。约翰端着一大托盘的杯子和碟子穿过时,他的肩膀把门顶开了。那时,安妮-凯特正在给布里吉德演示怎么给走道上的油灯上油;如果克罗姆先生认定布里吉德做得不错,那将很快成为她的职责之一。直到那天上午为止,她还从未在走道上停留过,因为她之前干活的洗涤间是在厨房侧翼排屋的另一头。"还是那同一首老曲子,"安妮-凯特说道,"他从来没弹过什么新鲜的。"绿色的门扇关上之后,音乐声也随之消失,布里吉德感到颇为失望,因为她原想多听一会儿的。这是她有生以来第一次听到有人弹奏钢琴。

三天后,在就餐时,克罗姆先生说道:

"意大利人已经搞定了。周五,他将收拾行囊,到斯基柏林继续教学。"

"她们现在会跳那些舞步了吗,克罗姆先生?"安妮-凯特问道;她问话的样子显得唐突无礼,就像她偶尔忘乎所以、不知分寸,在就餐时所表现的那样。布里吉德有一次听到奥布莱恩大妈骂安妮-凯特冒失粗鲁,在厨房里直截了当地教训她,然后她走进洗涤间,满脸通红,眼泪簌簌而下,一边用围裙抹着脸颊上的泪水,并不介意被布里吉德看到,而她这副样子是不愿被其他人瞧见的。

"那不是我们管得着的事情。"奥布莱恩大妈又一次训斥安妮-凯特,而克罗姆先生则在思索着她提出的问题。也许我们可以有把握地推断——他最终自圆其说般地提示道——舞蹈教师这次造访的目标应该是已经完成了,否则他怎么会走呢。关于这个话题,约翰想发表意见,但被打断了话头,克罗姆先生又加上一句:

"我说意大利人要走,可不是随便讲讲的;这跟我们还有关系。周四的晚上,他要给我们演奏音乐。"

"克罗姆先生,你说的是什么意思?"这个消息显然让奥布莱恩大妈吃惊不小。布里吉德记得听到莉莉·吉奥戈根跟安妮-凯特嘀咕过,说克罗姆先生公布的消息中,如果有什么重要的内容没有在私下里事先向奥布莱恩大妈透露,奥布莱恩大妈就会感到受了冷落,会生气。

"让我来告诉你我说的是什么意思,奥布莱恩夫人。那就是说,我们每一个人都将在楼上房间里坐下,约翰和托马斯会把我们那时要坐的椅子都搬到客厅去,在我的亲自指挥下把椅子摆放布置好,音乐是弹奏给我们听的。"

"为什么要这样,克罗姆先生?"安妮-凯特问道。

"安妮,事情就是这样安排的。周四的晚上,我们将接受的款待就是这个。"

"我们还从来没有跟主人艾弗拉德和太太一起坐下过哩,对吧?跟那几位千金,跟忒尔苹小姐还有罗琪小姐也没一起坐过吧?克罗姆先生,你可是吊起了我们的胃口啊,是在戏弄我们吧!"安妮-凯特笑出声来,莉莉·吉奥戈根也笑了,约翰和托马斯也笑出了声。连老玛丽也加入进来了。

但是，在克罗姆先生的一生中，他从未捉弄过任何人。他解释道，为了让舞蹈教师进行独奏演出，主人一家将把会客厅整理清空。那同一天下午晚些时候，主人一家将先听完音乐演奏。舞蹈教师能有机会进行第二次演出，是主人家想借此对他的尽心努力聊表谢忱。

"我们要听的音乐就是他一直苦心卖力地弹着的那些玩意儿吗？"安妮-凯特问道，"是华尔兹舞曲吗，克罗姆先生？"

克罗姆先生摇摇头。他个人已经当面从忒尔苹小姐那里了解到，舞蹈教师为演奏会选的是跟舞曲完全不同的曲目。那些音乐与他在钢琴弹奏方面拥有的技巧正好相称；这些曲子不是他自己谱写的，但他对每一个音符都了然于心，根本不需要去看乐谱。

"哇，我可从没指望过这个！"奥布莱恩大妈又大声惊叹起来。她的不悦之情得到了缓解和抚慰，因为她觉得，不管刚才的询问来自哪里，由谁提出，克罗姆先生进行这番解释时全部话都是直接讲给她的。

周四那天的晚上，尽管布里吉德没见到艾弗拉德先生和太太，也没见到主人家的几位千金，也没见到忒尔苹小姐或罗琪小姐，但她看到了会客厅。在一排座位的远端，紧邻着寡妇吉娜薇，她在一张圆形座面的扶手椅上——这些椅子是按照克罗姆先生的吩咐布置好的——坐下来，然后向四周张望。长长的、光影暗淡的房间两头各有一座壁炉生着火，深红色的墙纸，墙上挂着镀金的画框，里面装裱着肖像画，一面墙壁上有五幅，另一面挂了四幅。壁炉台上和桌子上都放有灯盏，在一处墙角安置着一尊大理石人体雕像；主人一家坐过的椅子和沙发现在全都空着。一架大钢琴占据了客厅中尊贵显要的位置。

布里吉德此前从未见过肖像画。她没见过这样的家具，也没想过一个房间里会有两座壁炉。她也从未见过钢琴，不管是大三角的还是别的钢琴。客厅地面那宽宽的木板上铺着地毯。寡妇吉娜薇对着她小声耳语，让她注意看天花板；天花板上镶嵌着叶子和花朵的图案，纯白色。

舞蹈教师个子小小的，瘦得像刀片，正如布里吉德自己根据道听途说对他所描绘过的那样。他进来时也带来了一阵香膏味，一种类似柠檬的气味，其中还多了一份怡人的甜香。他走进客厅，把门在身后关上，接着快速走到钢琴边；走路的时候目光直向前，没有丝毫的左顾右盼。他没说话，而是立刻就坐下了，双手合在胸前，十指扣在一起又伸展打开，如是重复了几遍；这是在弹奏之前的预备活动。在他演奏音乐的时间里，那种香膏味一直延宕在那里，似有若无地浮动在客厅温暖的空气中。

布里吉德的祖母去世时，家里守灵的那天雇请过一个小提琴手。那是个老人，冻得哆哆嗦嗦的，所以紧靠炉膛的炉火坐着；他拉起一首大家很熟悉的安魂送葬歌，然后又拉一首，接着又是一首。亲人们哭丧哀悼之后，那不成调的琴声便又继续响下去。老琴师弯腰弓背，看似趴伏在泥炭炉火之上，而布里吉德的祖母就停放在旁边的一个房间里，身上穿好了殓衣，双手交叠放在上面。现在这里有着闪烁摇曳的灯光，还有两堆炉火暖暖地燃烧着，舞蹈教师的音乐听上去就大为迥异，跟那老琴师的安魂曲处处都不一样。这音乐时而急促仓皇，如疾风骤雨，时而又从容缓和起来，沉静优柔，如絮语慢吟。乐音在深红色的墙面上跳动，在肖像人物那凝视的目光间飘舞。乐音悬荡停留在空着的座椅上方，游走徘徊在花瓶和装饰摆件之间。乐音向上飞升，触摸到造型天花板上的白色花朵。布里吉德闭上了眼睛，舞蹈教师的音乐在她周遭的黑暗中蜿蜒攀爬，让她的身体和心里都麻酥酥的；那旋律时而倏然远去，变得依稀渺茫，时而又卷土重来，浩荡而至，听上去就显得变幻多姿，跌宕起伏。这里有画眉鸟的婉转鸣唱；这里有远远传来的隐约飘忽的雷声，有她翻越斯肯纳基拉小山时路边溪涧的水流声，先是欢快的奔涌翻腾，而后是气定神闲的潺湲琮琤。音乐停止时，连客厅中的无声静默也与此前有了不同，似乎音乐已经悄然改变了这份岑寂。

  舞蹈教师站起身来，朝着聚拢在一起的仆役们鞠躬致意，而大家也随即向他鞠躬回礼，因为除此之外，他们也不知道该怎么做。他离开了客厅，依旧是一句话都没说，然后那些圆形座面的椅子也被一一放回了它们原来所在的地方。布里吉德准备动身穿越小山回家的那一刻，偶然瞥见莉莉·吉奥戈根和约翰在一旁接吻。"嗯，我要说，这里头可是有硬货的，手法技巧可真高妙。"对于舞蹈教师的独奏演出，克罗姆先生做出如此的定论，但托马斯说他原本还期待会弹奏几首吉格舞曲的，安妮-凯特则抱怨说，在那张硬邦邦的大椅子上坐上一个半小时，她都快要累死了。寡妇吉娜薇也发表意见，说能在这样一个房间里看到这么多的东西真是太棒了：她数过了，一共有二十三件瓷器。老玛丽什么都没听进去，但仍然声称这是她度过的最美好的一个夜晚。"那男的到底是什么人？"她问奥布莱恩大妈。听演奏的过程中，奥布莱恩大妈的眼睛也闭上了一两次，只不过和布里吉德做的不一样。

这个二月的夜晚，布里吉德走在石头铺的山坡小道上。空气中悬浮着霜冻冷雾，天空中寒星点点，闪耀着明净冷冽的光芒；在布里吉德看来，这是对她刚听过的绝妙音乐的进一步礼赞，这是上苍在对美和她自己内心的一种感动表示庆祝。她试图回想和记住的那些旋律好似在躲避她，但它们回避她，某种意义上或许是应该的，也是对的，没有道理让你一伸手就可以抓住它们。那曲调中轻重徐急、来往动静的变换，那她现在正从一旁经过的淙淙山溪所谱写出的音乐，也并非完美，就如她在客厅里闭上眼睛聆听时感受到的那样。但是，翻越斯肯纳基拉小山，布里吉德带回家的好心情已经足够多了，那都是在演奏会上涌现的；当她第二天早晨醒来，那种愉悦感还是很丰足；当她回到洗涤间开始又一天的工作时，那感觉也并未有什么衰减。

就餐的时候，克罗姆先生说舞蹈教师吃完早餐就离开宅邸了。他还抓住最后时机教主人们温习了一遍华尔兹舞步。然后他就去了斯基柏林。

随后，一周又一周过去了，一个月又一个月的时光也流逝而去；这期间，意大利舞蹈教师重又进入大家的谈话仅仅只有一次。

奥布莱恩大妈无意间提到，不知道那人的漫游旅程把他带到哪里去了；这就导致克罗姆先生提起了他与忒尔苹小姐和罗琪小姐之间的交谈。舞蹈教师，千真万确的，是个顽固的流浪者，还是个不吭声的闷壶。很有可能的是，他跑到了英国或者法国；西班牙和印度作为备选去向也被提到了。可以很有把握地加以确定的一个事实是，克罗姆先生向手下这帮用人保证：很久之前，舞蹈教师就甩掉了脚后跟上黏着的斯基柏林的尘土。"那是他的自由，谁能管着他啊？"托马斯咕哝了一句，一边还用力咀嚼着嘴里的一块筋骨肉，直到嚼不动了才神不知鬼不觉地把软骨吐出来。

在靠近厨房的下人餐厅里，或者仆役们聚在一起说话的其他任何地方，这是舞蹈教师到访斯肯纳基拉宅邸这件事最后一次被谈起。这件往事不久便退隐到用人们那朦胧晦暗的记忆深处，他们聚集在客厅里听音乐的场景也只是在个别人的回忆中偶有触及，而且这回忆已沾染上沉闷倦怠的色彩。其他更现实的事务很快占据了人们的注意力：炎日热浪和暴风雨，冬夜的严寒让园子里的水泵冻住了，有两棵樱桃树需要搭建支架。

但对布里吉德来说，那音乐依旧跟她不离不弃，她也追随着那音乐。客厅里两堆炉火烧得暖洋洋的，舞蹈教师在舒展弹动他的手指，墙上肖像的目光俯视着眼前的一切。在洗涤间，没有一个男人来爱她，就像约翰爱莉莉·吉奥戈根那样，但那音乐会不期而至，渐强渐近，然后稳定下来，在她耳边萦回低唱。她把这音乐带回到卧室，那是她后来住进庄宅与莉莉·吉奥戈根和安妮-凯特三人同住的房间。她把这音乐带到园子里，在那里，她每天的职责是采割厨房要用到的调味香草。周日的傍晚，当她穿越静寂的斯肯纳基拉小山，走向格仑摩尔时，曾照亮二月份那个夜空的星星，仍然闪现出礼赞和祝福的星芒。

随着被雇用资历的增进，布里吉德得以去更多地了解这栋宅邸和主人一家；在别的单独房间里无论做着什么，一旦钢琴的乐音在她脑中和耳畔响起，她总是会停下手中的事情。她满心愉悦地听着这音乐，但其中并没有什么会在事后来搅扰她，会阴魂不散般地来纠缠她，连一丝模糊的或飘忽的鬼影都没有。起初，她还希望客厅里的那同一台钢琴有一天能响起那舞蹈教师演奏过的曲调，如同往日重现，但最终，并没有其他人在那钢琴上弹奏过同样的音乐——她反倒为此而高兴了。

那音乐只属于那漫游漂泊的舞蹈教师。布里吉德想象着英国和法国的气派大宅，清晰得简直历历在目，就像看着书上的插画那样。在印度，炽热明亮的灼人烈日下，灰皮肤的大象步态悠然，缓缓走过；在西班牙，落寞而纯粹的白色宫殿屋宇间回响着舞蹈教师的钢琴声。还有舞蹈教师故乡的城市，那里的教堂恢宏庄严，神父们备好圣餐在等待［他归来］。

斗转星移，布里吉德不再有理由在周日傍晚时分走去格仑摩尔了，因为那里已经没有亲人需要她去探访。同样是在那一年，克罗姆先生的职位被转交给一个新来的人；不久之后，管理园林的男孩子之一接替了杰瑞第的位置。老玛丽很久以前就走掉了；一天早晨，人们发现奥布莱恩大妈死在了床上。

又过了一些年月，主人家的光景日渐衰落。树被砍掉卖作了木材。石板瓦被从屋顶上吹落下来也没人管，落在哪里就留在哪里。那些久未有人进入的房间里，蜘蛛网已经越来越多。一些门扇长期关着，生满了霉斑和霉点。仆役的专用餐厅也被废弃了，因为已经没有足够数量的用人来坐满那张餐桌。

怀着深切的悲戚感，布里吉德目睹着宅邸的衰落，那渐次扩散的颓败凋敝景象；房子在困顿苦难中变得悄无声息，家世破落，主人一家也分崩离析。不过，就像什么都没发生似的，就像什么也未曾改变一般，舞蹈教师的音乐一直都没停止过。音乐还在那里，在客厅里，那里的花瓶中早已不见了花的踪影，天花板已被烟雾熏黑，沙发座套已被日光照晒得破旧褪色，斑驳陆离。仿佛完好无损，未曾受到丝毫的触碰和影响，那音乐一如既往地流动着，让洗涤间、厨房和庭园都洋溢着快乐生机。乐音在萧条朽败的门厅和过道的灰尘之上旋舞，在楼道平台和楼梯上旋舞。音乐还在那里，陪伴着香草菜地间的芬芳气息，陪伴着那枯萎半死的龙蒿草和百里香。

布里吉德已经不再有气力到斯肯纳基拉小山上散步，她从庄宅的窗子望出去，望向小山，那里只剩下一根根光秃秃的树桩，是此前山坡间葱郁树林的遗留物。她现在已经跟她记忆中的老玛丽那般老了，要在远处山间辨认出从前的那条溪流和石头小路，已然相当困难，那得耗费她很多的眼力，但每次从窗子向外远眺，她的目光最后总是能设法找出溪流和小路。她的本能确定无疑地告诉她，舞蹈教师的音乐也同样还在那里，在溪流旁，在山间小路上。她知道，等她离开人世了，这音乐还将驻留在那里；这是她一生中曾惊叹过的奇迹，是一缕不死的幽魂，飘荡徘徊在那最初的地方。

出　轨

在那间日式小餐馆里，他帮她脱下外套，再拿到墙边去挂好；那里一排挂钩的上方贴着一小块告示牌，意思是挂在那里的物品餐馆不保证安全，如有遗失，店方免责。他们不是店里最早的客人，尽管时间确实很早，才八点十分。那个几乎每天上午都会光顾这里的出租车司机，坐在他常坐的店堂角落里，读着一份《每日邮报》。有两个学音乐的学生也比他们来得早。

他把外套挂上去，那外套上还带有一缕淡弱的香水味。外套很轻薄，黑色的，面料最外层经过防水处理，今天可以提供足够的保护，因为天气预报，他们两人都听过的——她是一小时前在厨房听的，他是在位于多利斯山的家中剃胡子时听的——那个天气预报，明确无误地说本地的好天气还将持续几天。他自己没有随身带防雨外套，另外，因为是夏天，他也没戴帽子。

在他们每次来都一直坐的固定桌位旁——他和她并肩坐着，因此可以看到街道，街上的白领上班族们现在已经开始快步赶路了——她看着他轻轻拍了拍夹克口袋；他这是在证实香烟和打火机是否已经带在身上了。今天早上情况有点异样；在从奇尔特恩街走来的路上,她已经感觉到——虽然仅仅是很短暂的一瞬——他们之间的这种关系跟昨天不一样了。他和她几乎总是在奇尔特恩街碰头,那是两人交通线路的汇聚点。但他们从来不在那里相互等着对方:一方或者另一方来迟了,他们就径直在小餐馆里会面。

"还好吧?"她问,"没事吧?"她将焦灼挂念隐藏在自己的语气之下;没有必要那样,干吗要有什么焦虑呢?她知道爱情是敏感脆弱的;几乎总是如此,人们搞错对象,将爱的希望寄托在不合时宜的人身上。

"非常好。"他说。然后他们的咖啡到了,还有他的一只羊角面包;日本裔的女招待笑眯眯的。"当然没问题。"他又将这肯定的回应重复了一遍,一边将羊角面包掰成两半。

另一个学音乐的学生进来了,这个学生提着装单簧管的小乐器盒。然后是从乔治街上那家酒店走过来的一对男女;应该是美国人,他们坐到了那幅画着海浪的浮世绘风景画下,两人的口音——点了炒蛋和火腿——透露出他们的地理方位。这些外国游客在小餐馆里不时出现,说明了附近那家酒店的早餐比这间日式餐馆的要贵。

今天,他们在奇尔特恩街碰头后一起来到这里;这一对情人有点心神不宁,尽管双方都做出了努力来平复情绪。当被问到情况是否都好时,他的眉宇间闪过一丝狼狈尴尬的神情;现在,至少是现在,那神情没有流露出来。他对她反复确定没什么问题,但她并未被说服,并未放下心来;很快地,几乎是与他告慰她同时,她自我宽解的努力也没收到什么成效:这一点,相应地,她也掩饰住了。

她伸手去弹掉他下巴上的一片面包碎屑。这是她和他——情人之间——常做的事,外套衣领位置不对了,他就给她翻好衣领,她呢,偶尔就给他拉整好领带。这些小动作,他们各自做出的这些小动作,同时也是一种姿态和方式,表明两人彼此占有,融为一体,但这并不表示他和她曾经把这层意思明确说出来。

"我只是想……"她开口道,随即便看到他在摇头。

"你看上去可真漂亮!"他柔声低语。他用指尖轻轻叩打她的手背,只触击一次;这是他常有的举动,同样属于那些简短亲昵的小动作。

"我一直都在想你。"她说。

她三十九,他四十五六。他们的地下关系从办公室恋情开始;那时,电脑和各种软件程序还没有偷走她谋生的那份工作。随着职场环境的改变,必然地,她离职另谋他就了;同样也是必然地,他合乎逻辑地保住了原职;他要养活自己在多利斯山的一家人。这段时间,他们都按照今天早上这样的方式约会,中午则转移到帕丁顿街心花园再度相见;如果遇上下雨天,就去附近的一家美术馆,在那里幽会,顺便悄悄吃掉带去的三明治午餐;下班后,五点四十分左右,他们去到"跑堂的男仆"餐厅,那是一天中的第三次碰面。

他是这样一个男人,从他的穿衣打扮来看,本应该是不修边幅的。他那随意自在、因为懒散而显得不加考究、坦白直率的动作姿态,他那粗犷健朗、经常被阳光晒伤的五官,他那无视他的意愿、固执地兀自成型的浅淡金发,还有他那看来体重将略有增加的身材,这一切都暗示他天性里有种倾向,对着装和形象修饰之类的

235

要求置之不理。但实际上,他的穿着相当得体入时;这个上午,他身穿面料轻薄的浅色裤子和夹克,伊顿宽硬领的蓝色衬衫,领带是红蓝间色的条纹。他身上的这种对立矛盾感,她总是觉得挺有吸引力。

至于她自己今天的打扮,除了防雨布外套是黑色的,一身衣饰都是蓝和绿的搭配,这两个色彩在她那薄如蝉翼的丝绸围巾上得到了呼应。她那顺滑的黑发已经沾染上灰白的丝缕,但她并未试图去掩饰,而是宁愿让这一中年来临的痕迹自然呈现,来增添她的成熟韵致。如果体重增加了哪怕是几十克,她也会感到如临大敌;不过,她自有一套保养策略来防止自己发福。眼睛、鼻子、嘴巴、脸颊、洁白无瑕的脖颈:没有哪一处是与她的面貌不协调的;这些局部恰到好处地组合在一起,构成她的美丽容颜,简洁清爽,天然去雕饰。精致的耳坠——通常只是耳钉而已,但从来不会不戴——是一个画龙点睛的小首饰,让原有的优雅风姿更显得尽善尽美。

"别犯傻了,抽你的烟吧。"她说。

他把一盒万宝路上的封塑膜撕开,拉掉。他们聊起了这新的一天,预想着将会有什么事发生。她眼下做的是一份秘书职务,为一家时装进口公司的常务董事工作,而他是一名会计师。有一批托运来的女衫裤套装,是意大利那边供货的,没能按时运抵东伦敦肖尔迪奇的仓库,直至前一天晚上还是查不到踪迹。她说到了这个;他则说起一个名叫班尼斯特的家伙,是做露台和庭院修造生意的,这人总是把营业利润报得过低,这就意味着他们事务所不得不回绝掉这位客户。事务所昨天已经致信通知了这家伙;作为回应,今天上午肯定会有一通怒气冲天的电话打过来。

出租车司机离开了餐馆，因为现在已经差不多八点半了，首轮值班的街边停车位管理员很快就要到了。从坐着的地方，他们看到司机走到停在街对面的出租车旁，打开了车门。车顶上橙红色的标志灯闪亮着，他把车开远了。

"你有心事。"她说道，虽然并不想说这个；她感觉到最好还是别提这件事，但不由得又来追问。

他摇头。班尼斯特是他的客户，一直是由他对口服务的，他解释说，他早就应该觉察到班尼斯特的问题了。但她说的不是这个，她也知道那不关这个班尼斯特的事。他们在对彼此说谎，她突然这样想到，沉默的谎言，或者不管用哪种措辞，反正就是谎言。她感觉到了他们之间的谎言，但几乎不清楚自己这一方的谎言是什么；某种意义上来说，她的不诚实仅仅在于她的掩饰，她试图隐藏起自己的紧张不安。

"那跟你很衬，"他说，"你的西班牙鞋子。"

鞋子是他们一起买的，就在两天前。她问了售货员，那导购的姑娘说鞋子是西班牙产的。今天早上在奇尔特恩街他已经注意到了鞋子，这是她第一次穿这双鞋。他本来那时就想说她穿这双鞋很好看的，但不巧的是，那个长期在奇尔特恩街逗留的女乞丐正好慢吞吞地朝他们走过来了，他于是打住话头去摸索口袋，翻出二十便士给那女的，就像他以前施舍她一样。

"鞋子挺舒服的，"她说，"有些意外。"

"你还认为可能会不合脚的。"

"是啊,我以为会那样的。"

就是在这里,在这同一张桌子边,她透露了自己离婚的消息,但那是在直到婚姻解体的全部程序都完结后才告诉他的——此前甚至根本没对他委婉地提过她有离婚的想法。一场静悄悄的离婚,她是这样说的;她向丈夫提出离婚的唯一理由只是说他们的婚姻已经破裂了,丈夫表示反对,跟她抗辩,但她没有把这些复述给他听。"不是的,没有第三者。"面对质问,她机敏地搪塞丈夫;关于这一点,她也没有向他转告。"不过,我无意中或许已经告诉过他这些事情了。"单独在小餐馆的时候,她曾坚持这样想过,虽然她清楚自己不太可能那样做。离婚后,她更快乐了,这也是她坚持的一个看法。她觉得她的世界清净了,卸下了责任的重负,心理上的羁绊束缚从她身上解除了。她之前就想要这个。

"要装金属丝网,我觉着。"他说道;话题现在转到了一只讨厌的猫身上,猫爬到他家卧室的窗台上。

虽然有时候会谈到生活中的这些琐屑细节——他的房子、他的花园、多利斯山的左邻右舍,但他从没描述过或提及他的家庭和妻子儿女,她对那些信息还是保持着未知。离婚之后,他去过那间她丈夫已经搬出去的公寓房,帮她做一些原本应由男人来干的居家琐事;这样也算是融入了她生活的另一个领地。但在她的公寓里,感觉总是不太对头,因为他们的情人关系此前一直都是以不同的方式在别的地方发展和维持的;对那样的状态,他们已经非常习惯了。

他买单,留下一点小费。他提起靠放在脚边一条桌腿上的公文包;那包已经很旧,磨损毛边了。他把她的防雨布外套搭在手臂上。外面，才刚刚被阳光照晒得暖和了一点。他们从玛瑞伯恩商业街转入乔治街，她挽着他的胳膊。这几条街道，还有其他类似的街道，他们的婚外情属于这里，这是他们婚外情的领地；日式餐馆和帕丁顿街心花园、美术馆和"跑堂的男仆"，则是更隐私亲密的地方。伦敦这一块的街区，对他们两个而言，感觉就像是家里一样，虽然她的公寓离这里还有几英里的距离，而多利斯山还要更远一点。

他们继续走着，经过天主教堂，那座墙体灰白的庞然大物，转入曼彻斯特绿化广场，再走过菲兹哈丁街，然后到了她乘公车的站台。车子靠站了，他们轻轻地拥抱告别。在车窗边坐稳后，她向他挥手。

顺着他们来时的线路往回走，他不急不忙；破旧的公文包提在右手上，没什么重量，那里面只装着他用来当午餐的一个三明治。他又一次经过了那家美术馆；正面墙上搭起了施工的脚手架，很丑。酒店大门口，一个行李工在擦着门上的铜把手；教堂那边，参加过早弥撒的人们正鱼贯而出。

还是不紧不慢地，他走向多塞特街；他的办公室就在那里。当她还在那里上班时，所有人都已经怀疑到了他们，然后也就都知道了：有时候，一早，不，比那还要早很多，是一大清早，他们一起从窄窄的楼梯悄悄爬上去，穿过楼道里那潮湿的气味，进入办公室；用挡板隔断成多个格子间的办公室里还没有人，但还是显得凌乱拥塞；他们在此偷情，而这个空间里关了一夜的陈腐空气还未开始流动通风。办公室的垃圾桶废纸筐通常在前一晚就被清空了,例行公事的吸尘打扫也马马虎虎地做过了;但如果清洁工前一晚没来,而是决定一大早来打扫,并且没干完活还在那里,那对他和她就肯定是一个悲剧了。

现在,那一切看来都很遥远了,不过,记忆依旧生动而清晰:地板上那狭小局促的空间;那份手忙脚乱的迫切饥渴;突然听到楼梯上响起的脚步声;为她掸掉衣服上的灰尘,然后再处理自己的衣裤。即使是她离职之后,有两三次他们还曾在一大早利用过这间办公室,但她一直都不愿意在这种场合云雨,于是此后就没有再来过。她的公寓太远了点,午餐时间赶过去根本来不及,所以在她离婚后,那地方从未成为他们风流偷欢的首选场所。偶尔地,但不是经常有机会,他设法在那里停留一夜;也就是在这样的夜晚,她会有很多天累积下来的一些居家琐事要他去干;第二天早上,他们一起离开公寓前,这些事情当然也早就干完了。

他想着她:她还在公车上,坐在双层巴士的下层,一个靠后的座位上,小巧的长条形黑色手袋搁在大腿上,穿着那双西班牙产的鞋子。她觉察到了什么呢?她为什么问"还好吧"?还接着问"没事吧"?等于是连问了两次。虽然他不想那样,而且努力了不那样,但他还是把一种在他体内开始滋生的情绪,那种如同被细小兽齿追着你不断咬啮的、恼人的焦虑不安传递给了她;这种情绪他不想去解释,因为他没法解释,因为他自己也搞不明白。当她说她一直都在想他时,他应该回说他也一样地想她,因为他确实真的想她,因为他一直想她,要她。

他在办公室里分配给他的那一小块格子间里坐定，打开窗子，将文件分门别类地在桌上码成几摞——这是他计划上午要处理的全部工作，这时，电话铃响了。

"喂!"班尼斯特，这个修建露台和庭院的小工头，用他那蛮不讲理的粗犷声音抗议起来，骂骂咧咧地嚷道，"该死的! 这么一惊一乍、小题大做的，你们他娘的是为了什么嘛?"

"本来应该是星期二到的，"她说，"是上周的星期二，二十四号。"

一片沉默，然后是声音模糊的焦急忙乱的一阵闷响，一只手盖在了电话话筒上。

"我们等一下给你回电，"一个她之前在电话上没有联系过的人承诺道，"五分钟之后。"

托运的衫裤套装被运到约克去了，她再打电话时，另一个人的声音告诉她这个信息。十有八九是运去约克了。一批萨瓦托·菲拉格慕品牌的裙子正在运往约克的途中；衫裤套装肯定也莫名其妙地被发到那里去了。

几个小时后，上午的办公时间结束了，已经来回打过更多的电话，传真也发了也收了，去向不明的衫裤套装最终也找到了下落，确定是在约克，装车之后将尽速发运到伦敦来；件公司业务上的危机小插曲在帕丁顿街心花园中被原样讲述了一遍。露台和庭院修造工班尼斯特在暴怒之下大放厥词，他威胁要采取法律行动，既然解除会计服务合约了，他要求事务所将所收取的和他已支付的费用

241

悉数奉还,这个故事也同样在两人的午间闲谈中再次上演。

"你觉得他会去打官司吗?"不仅仅是出于礼貌敷衍地问一句,她是真的有一定的兴趣,想象着那小工头在电话上虚张声势的怒气,还有电话这头那公事公办的、简略的回应,因为,本来,在这件事上,并没有必要对他表达什么关切同情。

一边听着他说话,她一边打开了沙拉的塑料包装盒;沙拉是她在来的路上,从果园街的一间"即买即食"快餐连锁店买来的。他已经从包里拿出三明治,打开了,有一点点的酸制酵母酱料流到了三明治外面。白面包夹层之间,有生菜叶的边缘冒出来。那没多少营养,第一次看到他拿出的三明治时,她是这样想的,但并没说出口。他带来的午餐中通常还会有鸡蛋或者番茄,那样就好一些;这些吃的都是早上在多利斯山,有人,给他做好的。

花园小巧而安静,也禁止在草地上穿越走动;这里曾经是一处墓园,对来到花园的知情者而言,这个信息就给静谧的氛围增添了一丝惊悚战栗。但今天阳光明媚,玫瑰绽放,在不知情的人看来,这里没有任何的恐怖凄凉。暂时逃离了沉闷的室内环境,姑娘们享受着日光浴,男人们脱掉了夹克,悠闲地四处漫步。一个小伙子,棒球帽帽檐朝后扣在脑袋上,启动了一台割草机。有个人的随身听里传出了爵士乐,打破了这花园的宁静秩序,但那不谐和音很快便陷于沉默,消失了。

她不想再吃那份沙拉了。她想把那透明塑料盖重新盖上,把整个沙拉盒扔进附近的某个黑色垃圾桶,然后再回到他身边坐下,拉着他的手,什么也不说,就坐着。她希望就那么陪他坐着,听他在耳边絮叨，告诉她办公室有什么麻烦；所有的上班族都走光之后，当花园里空空荡荡，除了他们两个和远处游戏运动场上陪着孩子的年轻妈妈们，再无他人，她希望他们就那么坐着。她希望在那儿接着坐下去，对这个不属于他们的中午，还有下午，不闻不问；对眼前的一切，两人都视若无睹。但她还是慢慢地继续吃起了沙拉，他也继续吃着三明治；大约一码开外，鸽子们在徘徊觅食，飞起又落下。

是因为离婚的事，她如此推测；对于她所做的事，在表示是否接受时，他最终还是支支吾吾，犹豫退缩了。不难想象，他夜里躺在床上，难以入睡；随着一天天过去，他夜里醒转过来的频率越来越高，每次醒着发呆的时间也越来越长；他感到她的离婚像一张网，已经困住了他。他听到妻子的呼吸声；那女人在睡梦中发出轻微的一两声呓语，一只手无意识地、自然而然地伸向他这边。他看着黎明的天光打破黑暗，最初是细长条的零碎光线，从窗帘的边缘渗进来，而潜伏在那里伺机而动的猫便是从窗帘缝隙间进出的。他试着去想一些别的事情，强行往自己的意识中插入一生中不同时段的记忆，比如说童年、入职第一天，以及曾经有过的种种陌生情境下的初体验。但是，这些努力都是徒劳，那些念头和思绪还是在那里。

"我们的事要了断了，对吧？"她说。

他将包三明治的锡箔纸揉成一团，抛进离他们坐着的长椅最近的垃圾桶里。他几乎从未失误过。这次也没有。

"我耗费了你的大把好时光。"他说。

她那没吃完的沙拉放在他们之间的一个空位上,他的公文包也放在那里。他们在同一间办公室上班时,碰上下雨的日子,就不必去到那家美术馆,面对那里无所事事、恹恹欲睡的值班接待员,在一旁悄悄地吃完各自的午餐,因为办公室里有他的格子间,挡板的包围之下,他和她也能得到一点私密空间;中午时段,那栋写字楼里通常都很安静,有时候,从某一扇关着的门后面,会传出收音机播放的节目,只开到柔和的低音量,但更多情况下,连收音机的声音也没有。不过,他们一直更喜欢在午休时出来,来到花园里,享受两个人的简易野餐。

"这是我自愿的。"她回道。

"你本应该得到更多、更好的生活。"

"是因为离婚?"她问道,同样还是那种平淡单一的语气,"但那也是出于我自愿,你知道的。离婚也是为了我自己。"

他摇头。"不,不是因为离婚。"他说。

"这高温天没完没了了,都看不到哪天会结束。"办公室里管茶水勤务的内尔评说着天气,一边从一个硕大的金属茶壶里给他倒茶;牛奶已经先在杯里放好了,茶碟上还有两块方糖。内尔是个小个子的妇人,身形苗条硬朗,快到退休年龄了;她离去之后,办公室里大概会添加一台饮料机来代替她。

"谢谢你,内尔。"他说道。

跟离婚没有关系。他已然经受住了离婚带给他的震动和冲击,并钦慕——在听到她如此波澜不惊、不动声色地完成这重大的人生决定，因而感到愕然和措手不及之后——她冷静果断的勇气。他最初感到紧张不安和惊惶忧虑，担心她的离婚是把事情复杂化了，担心那可能会被证明是他们双方在感情上都难以承受的一种局面；不过，她的冷静已经消解了他的顾虑。

抿了两口奶茶，他突然感觉到一阵欲望的刺痛，就像碎玻璃扎进肉体那般尖锐疼痛；这强烈的欲望冲击和袭扰着他的理智与内心，让他想现在就去找她，想跌跌撞撞、砰里咣啷地跑下那未铺地毯的楼梯，跑到外面清新的夏日空气中，拦下一辆出租车——他从未搭乘过出租车——去到她公司的楼下，按对讲门铃要她下来，要她马上走出那远比他供职的事务所更为时髦现代的办公室，当她一出现在电梯口，就立刻告诉她，他和她不能分开，少了谁都没法活。

他心烦意乱地快速翻看桌上的文件；那是今天下午要处理的工作。我注意到你们对于《税收管理法案》（一九七〇年版）部分条款的评论意见——他浏览着——征税政策规定，在此援引第八十八项的条款并不适用，除非纳税时已经严重延期和滞后；不过，若继续延迟，直至超出下一年的四月五日，那么这些条款就可适用。不论是何种情况，我均建议发布一项估算性税收评价，那样可向当局和王室做出补偿，修复因拖延缴纳这一到期应付税款所造成的明显损失。

他潦草地写下对这封公函的抗辩意见，放进那一堆等待打印的文稿中。她是他们两人中更强大的一方，坚忍而果决，默默地承受痛苦，这种斯多葛式的个性是他一直都欣赏爱慕的。被剥夺了他们共有的一切之后,她也会过得很好,甚至是更好,即使周遭的境况为难她,跟她作对。

她到的时候,他不在"跑堂的男仆"。他通常会在那里的;不管怎样,她知道他肯定会来的。他果然出现了,在吧台点了酒水饮料——今晚轮到他买单。她预先为他占好了位置,他端着杯子走过来。给她点的是雪利白葡萄酒,半干型。他自己喝的是本周的特推红酒,波兰产的。店堂里播放着背景音乐,曲风花哨雕琢、柔情缱绻。

"我对不起你。"没有任何别的言语,他一开口先说了这个。

"我并没有难过,你知道的。"她原本打算多说几句的。整个下午,她都在思前想后,要说的话已经构思好了,就等着对他讲出来。但跟他在一起坐下后,她意识到自己准备好的一切都不需要了:迫切想说话的人是他,而不是她。他又一次说道,她应该得到更多的关爱,而且又说了一遍,他耗费了她大把的好时光。

然后,在那各自回家之前属于他们的四十分钟里,他们谈到了爱情:他们曾经的痴缠相恋,现在仍然维持的情感牵连。他们讲到了爱情的限制和约束——那是必然会有的,也讲到了爱情的深挚与热烈、爱的痛苦、恋爱中时常感觉到的笨拙可笑和徒劳;讲到了他们怎么去看电影、怎么相顾无言地坐在黑暗中,还有那屈指可数的几个夜晚,他在她的公寓中度过,一起睡到天亮,而那并不是对爱情岁月的浪费。情人间的口角分歧,或者是言语争执,也不是对恋爱时光的浪费。他们现在说着的这些,也不是浪费。

"那又怎样呢?"她喃喃低语;这时,他们杯中的酒差不多已经见底,店堂里也比之前更热闹嘈杂了,结束了一天的忙碌,周边写字楼的上班族们陆续到来,犒劳自己,小酌怡情。"你说说看。"

他没有当即回答,然后才费力地慢慢说出他的想法。旁人会有看法,他说。在奇尔特恩街,是那个他经常施舍的女乞丐看在眼里;在日式餐馆里,是那个出租车司机,还有为他们服务的那个女招待;在美术馆,是那些无精打采的值班接待员;街心花园那里,瞥视打量过他们的人也都看在眼里。他们婚外幽会逗留过的所有地方——也包括这里——人们都会看在眼里。她是他的情妇,小姘头。

"他们这样想,我受不了。"

"别人怎么想没关系。现在去我那里吧。"

他摇头。她知道他会摇头;即兴的冲动愿望总是无法实现。他所说的那些,算不了什么;那些当然都没关系。她又说了一遍,随后一种如释重负的解脱感涌上心头。比以往他们相恋期间的任何时刻都更强烈,这一瞬间,她只想跟他在一起,除此之外别的都不想;她只想看着他去买地铁票,跟他一起走过印度街拐角那灰不溜秋、门面昏暗的"国王与女王"小酒馆,一起经过路边的赛马投注站,还有自助洗衣房。她的公寓,他只去过四次:大概借口说是要出短差之类的,去利物浦或者诺里奇,两天才能办完事。她从未想过要知道他在多利斯山的家里是怎么说的。

"我一点都不在乎,"她说,"随别人怎么想去吧。真的,我不介意。"她微笑着,手伸过桌面搭在他的手臂上,手指稍稍用力按了按他。"我当然不必在乎的。"

他把目光移向别处，而她，也发觉自己是在注视着吧台后面被灯光照得亮晶晶的那些酒瓶。"但是，我在乎，"他仿佛自言自语，"上天作证，我介意的。"

"而且，你也知道的，别人的看法跟我们的实情不是一码事。"

"你对我意味着一切。这世上的一切。"

"打个电话吧，"她说，声音也放得低低的，之前体验到的轻松解脱感已经渐渐消退了，"就说临时有急事要办。"去她的公寓，以前一直是他主动提出来，而且总是在他筹划中的那一夜的几周前便预先安排。"不，不，"她说，"不，还是算了。我不该说这个。"

她从未问过，她也不清楚，他为什么不能放弃他的婚姻。他的理由，她曾经设想过，无非是那些早已有之的常规老套吧。今天晚上，他们将不再一起经过那灰不溜秋、灯光朦胧的小酒馆，也不会顺道光顾那家有外卖执照的酒廊买酒了。她将不会以一种与往日不同的目光看到他出现在公寓里，那里原本已经成为他的"家"，虽然他在那里还没有很熟悉很自在。就因为一个轻微的小问题，两人共同经历的朝云暮雨，一起携手度过的花晨月夕，却要宣告终结。她无法想象那将会是怎样的感受：午夜梦回，怔忡惝恍，一时间不知是什么让自己惊魂起坐，然后在蓦然闪现的意识中爬梳搜罗、寻寻觅觅，却只发现那荒寂空无的真相，怅惘茫然之际，沦陷于无能为力的绝望。

"我只是随口说说罢了。"她说。

他知道她懂了，尽管她表示了反对或异议；正如得知她解除了婚姻时，他同样也明白她的心思。嫁给了另外一个人，而不是他，这曾让她烦乱纠结，但他从来都不介意她已嫁作人妇。对一桩已经名存实亡的婚姻心存芥蒂，还有，困扰于旁人怎么看待你自己所爱的人，对此耿耿于怀、惴惴不安，这两者都远离了爱情本身的核心本质。虽然不再相伴于左右，但他们将一起变老，皱纹会在她的容颜间肆虐蔓延；由于命运的戏弄，内心的愿望期许落空，他们的眼神将变得呆滞晦暗。眼下这繁花似锦、风姿绰约的盛年时刻将被老迈岁月的残山剩水覆盖湮没，那时，当他们难得一见，再度聚首，风烛残年的他们将会回眸这韶华往昔，并从中得到温暖和慰藉。而他们的这段情史，在那女乞丐的眼中，还有，对于那些逍遥信步、一瞥而过的路人，在他们无关痛痒、漫不经心的事后回味或沉思中，难道也会带来愉悦和欣慰吗？

"我还没能把这个解释清楚。"他说，然后就听到她回应说明天还有时间。他摇了摇头。不，不要等到明天，他说。

不仅仅是今天，而是远比这一天更长的一段时期内，她已经准备好面对这样的结局，因为，毫无疑问地，你不得不准备好。从最初开始开始，她就已经准备好了；从一开始起，她就有了明确坚定的决断，绝不试图去从感情废墟中刨回任何的断壁残璋。他说错了：他已经把事情解释清楚了。

当他再一次说他爱她，她听着；当他伸手去拿公文包，她看着——有好多次她都想给他把包换成新的，但终于没有换成。她微微笑了笑，站起身离开。

外面，酒客们聚集在人行道的露天座上，挽留也是送别当天最后的一点阳光。他们从这些人当中穿过；他手臂上搭着她的外套，她刚才把外套挂在她座位的椅背上，是他从那里把衣服拿出来的。他把外套递给她；她穿起来，扣上扣子，随意地系好外套搭配的腰带，他在一旁等着。

他们拥抱时，百货公司橱窗的一块玻璃映照出他们的身姿。他们没注意到，玻璃中的这个影像在那短暂的瞬间记录下一种潇洒新潮的形象风貌；如果他们看到了，他和她多半会否认那是他们所呈示出的时尚风度，或者，他们也可能会猜测，在这场已成往事的婚外情缘中，他们确曾有过如此的刹那风华。不必说出口，却已了然于心，收场——来终结两人间那尚未终结而且也永不会终结的一切——固然令人黯然销魂、肝肠寸断，但他们那爱的规则却并未因此被打破。今天，他们的爱没有遭到任何破坏，毫发无损——两人道别分头走远时，在心里都认同了这样的一个结局；但他们没有意识到，未来其实也并不会像现在看上去的那样凄凉惨淡，未来仍然会有由于他们之间的寡言默契所带来的那份美好、满足和感激，未来仍然会有他们自己——是这一段曾经沧海的爱恋，把她和他变成了各自的样子。

译后记

《格来利斯的遗产》中,主理小镇图书馆的馆员,获赠的遗产来自二十多年前的女读者,而这个短篇集,某种意义上也算"遗产"——来自二〇一五年二月出版的中译首版,只是现在由于时代原因用了另一个书名。

就本书作者威廉·特雷弗(1928—2016)而言,用"遗产"为主题来命名这一短篇集,大概也不会带来不必要的误导或曲解。特雷弗笔下呈现的,正是一个失落的世界。他的故事,是来自旧时代的遗赠,但又与当代人类孤立茫然、无所寄托的粒子式生存微妙共鸣。

威廉·特雷弗是有史以来在《纽约客》杂志发表短篇小说最多的作家,生前曾被《纽约客》尊为"在世的英语短篇小说作家中最伟大者"。由于其短篇创作的成就,特雷弗还有一个名号:"爱尔兰的契诃夫"。这一美誉固然无可厚非,但也未免有点过于地顺水推舟,有点敷衍偷懒了,就像把澳门称为"东方蒙特卡罗"一样。

契诃夫的短篇,早期以幽默讽刺见长,后期则流露出明确的批判现实主义倾向；而特雷弗的作品，几乎完全拒绝沾染上意识形态的任何色彩，对其笔下的人物，也根本无意做出道德评价或价值判断。

《坐对死人》中的丈夫，一个失败者，临终之际还怀揣着在赛马场上功成名就的可怜梦想，对妻子常年施以冷暴力，将婚姻变成一场黑暗幽闭的荒凉噩梦，连这样的虐待狂角色都在死亡的温柔帷幕下得到了庇护和谅解。布莱达是叛逆的"小镇之花"，"散布起流言或说起怪话来很会拿捏分寸，也懂得所有那些不用说出声的花招手段，以此来表达她对老规矩的轻蔑和挑衅。长大一些之后，她开始涂用口红；到了最后，她更是肆无忌惮，常常身穿印有扎眼粗口的T恤"（见《贾斯蒂娜的牧师》）；这位小太妹最终实践了她T恤上的那两个脏字"操我"，跑去都柏林为男人们的下半身提供福利，在丽翡河畔水岸码头这一传统的站街胜地站稳了脚跟；出于对童年小姐妹的"友情"，她还打算把轻微智障的贾斯蒂娜也带去入行。对于这样的"失足女青年"，故事中的小镇居民们，尤其是那位踽踽独行、忧伤和感慨于宗教对世俗生活的影响力日渐式微的神父，并未表现出太多的焦虑不安或戒备紧张；布莱达的T恤，更大程度上是体现出了一种象征意义，表明循古不变、宁静但不免沉闷的乡居生活形态已经受到了冲击、动摇，乃至四分五裂。

类似的"畸零异类"，却免于道德谴责或价值尺度衡量的，也包括《在外一晚》中的杰弗里，这个四十多岁的商业摄影师寂寂无名，梦想出一本伦敦街拍画册，在婚介所登记参加约会的目的只是想找个不要钱的车夫兼打杂的下手，甚至还时不时把女方诓进高档饭馆蹭顿晚餐；还有因婚外情导致年幼女儿有意无意间杀人的富婆（见《孤独》），拿辅导老师的绿帽子来为同学小女生之间充满偷窥欲的八卦闲扯推波助澜的罗丝（见《罗丝哭了》），以及那个"神经病"的餐馆老侍应生——这个偏执狂对自己轻贱卑微的命运耿耿于怀，跟踪与其只有着极短暂婚姻的前妻，反复唠叨生活对他的伤害，以臆想中的复仇来证明他存在的合理性，或者，仅仅是证明他的存在（见《在街头》）。

相比之下，契诃夫的小说文本中所承载的政治、道德关怀与生活理想诉求显然要强烈得多。毕竟，特雷弗与这位俄国短篇巨匠所处的时代情境已经完全不同，社会生态的组织与运行模式也截然迥异。况且，个人生活方式的选择——只要是与法律无涉，而仅限于道义伦理范畴的，英语世界，尤其是大家风范的不列颠子民，对此抱有的宽容度从来都鲜有能出其右者，因此，特雷弗显得超然于道德焦虑之外，便是顺理成章的了。

再来简要谈谈特雷弗小说叙事的形式或技术问题。

在经历了二十世纪前七十年现代主义与后现代派异彩纷呈、各显神通的狼奔豕突之后，文学天地似乎又进入了秩序整合的阶段；过往时代的一些传统，同时也包括现代与后现代运动中积淀下来的诸多优良基因，被重新捡拾起来。全知全能的叙述视角在特雷弗这里得到了恢复——但与观察对象有意无意地保持了疏离，时有悬念的碎片。场景、情节、故事和人物这些理性的小说美学要素也大致得到了必要的尊重。就叙事展开和推进的方式、人物构建和呈现的策略，或者整体文本的风格调性而言，特雷弗体现出相当比例的亨利·詹姆斯心理分析小说的特色，故事中随时都会转入对人物"最幽微、最朦胧"的内心闪念和情绪真相的提示、描摹与发掘，将人类的隐秘"激情和那些良知的微妙波动尽展无遗"（普里切特）。此外，其同胞乔伊斯的意识流笔法一定程度上也是特雷弗所接纳的文学遗传因子，不过，后者对于人物潜意识或无意识的捕捉及刻绘从未打算要像乔伊斯那样直接、深入、彻底、稠密集中和穷追不舍。

而契诃夫的小说创作中则没有任何现代主义的成分，还是依赖对话、人物形神动态的白描、矛盾冲突的设计与发展，以及戏剧化高潮片段这些最经典的元素来完成他的文字建构。

前文提到，出现在特雷弗笔下的是一个失落的世界，那依据何在？

仅从特雷弗小说的选材来看，他便一直停留于二十世纪九十年代以前。如果要说得确切一点，那就是在二战之后到以电脑手机为代表的电子数码社会之前的这么个历史时段。而且，虽然有小部分篇目以伦敦都市生活为背景，但其作品中的大多数还是流连于爱尔兰乡村小镇的老街和周围延续了千百年的田园风情之间。即便是在那些一开篇便透露出浓郁爱尔兰传统民俗气息——特雷弗那通篇运用的爱尔兰英语典型的倒装句法更强化了这种泥炭与青草的混合气息——的故事中，我们也能感觉到他笔下的人物依旧还是摆脱不了淡淡的迷惘与失落，连乡居生活秩序中那最温和的渐进变化都会在这些保守而敏感的心灵小池塘的水面上激起微微涟漪。他们甚至在留恋和追怀另一个更古老的爱尔兰。

特雷弗呈献在读者面前的人生短章，关注的大多是时代的落伍者、小人物、失意者、边缘人。这些人往往游离于现当代社会进程的主流之外。比如原本可以按部就班过上小银行家生活的格来利斯，人到中年时却逆潮流而动，去接手管理一座小镇图书馆（见《格来利斯的遗产》）。比如婚姻失败后与行为异常、不时短暂失踪的儿子相依为命，同时因忧惧和焦虑近乎崩溃的"吉尔伯特的母亲"（同题短篇见《雨后》）。还有谜一般的那"姑娘"——《传统》中的学校餐厅女工，因美丽芳华成为当地男人心中的女神，却拒绝常规婚姻，任由容颜老去。又比如《圣像》中饱受贫困煎熬的乡村雕刻家柯利，"是为别的时代而生的"，他身上暗藏的"神性灵光"已经成为谋生的累赘，因为"在圣洁的爱尔兰，一切都已变了"。再比如只剩下一个智障少女作为信众的"贾斯蒂娜的牧师"——柯罗赫西神父，以及散布于爱尔兰城乡各地、与他处境类似的神职同行们，"他们独居禁欲的生存、他们袍服那哀丧的黑色，都让他们显得格格不入"，因为"宗教的威权已经被连根拔起、化为乌有，过去的秩序也被放弃，人们情愿生活在困惑混乱之中"。

特雷弗的短篇，所追求的并非什么引人入胜、环环相扣的精彩情节，而是人间戏剧场面的幽暗背景中与被主流叙事遗忘的隐蔽角落里"那些令人玩味的情感私密或愚蠢坚守的梦幻"（《周日邮报》）。他以收放自如、犀利敏锐的精微笔触来呈现人物所处小世界中琐碎的细枝末节，来传递他们的悲戚、痛苦、理智与情感的纠缠、心灵肌理的颤动与起伏。而他所构建完成的这一切文字形态，无论是枯槁沮丧的人生小悲剧，或是孤绝无依的命运困境，还是愚钝荒诞的生活小插曲，其中流露出的氛围主调都是一种温和的哀婉，一抹素净、寂寥、无以倾诉的忧伤。这样的一个结果无疑是缘于特雷弗对人性、人的境遇、人的性格及其命运，对人类的希望、贪欲、荒谬、笨拙、狡黠、罪恶、失败与无助，都报以理解和宽容，表达了他的轸恤与悲悯——虽然同时也伴以睿智的省察与不动声色的哂笑。大概也正因为如此，在这个喧嚣躁动、物质第一、娱乐至死、政商强权、张狂迷乱的世代，特雷弗才能数十年如一日地保持他的风格，并以其特质鲜明的小说出品让众多读者沉静下来，去回顾审视那个失落的世界，进而咀嚼当下的社会人生况味。

如果从讲故事的角度来要求特雷弗，他当然也为读者提供故事，只是这些故事的结局通常在开篇就已写定——"在我的开始中是我的结束"。以《坐对死人》为例，这个故事始于艾米莉的新寡守灵，也同样以她的通宵守夜为终结。他的故事完全不像欧·亨利那样，要进行诱导铺陈，来逐渐推导出一个意外的结局；对特雷弗而言，既然他的目光是停驻于一个已然失落的世界，那他便是背对着现时，背对着当代在写作，因此结局也就早早落定，但在他以顺时或散点回溯的叙事形式展开故事的过程中，则经常有令人讶异的隐晦细节浮现出来。也是因为这一背对当下的写作朝向，他笔下的人物性格或状态在最初登场时便已定型。比如这个集子中出现的女性形象通常都是如此：

"往昔美貌的遗痕照亮了她的五官，依旧惊艳，而且看似比她生命中早先年代的漂亮容颜更少了一些偶然草率，多出了一份沉静雅致。秀丽的金发间也冒出了少少的灰白丝缕，这与时光流逝所雕琢而成的其他变化一起，让她的容貌更增添了一种出众的独特气质。"——《在外一晚》

特雷弗的不少篇章都是借用女性视角来叙事，但倘若以此为契机，去对他的作品进行所谓"女权主义"的分析探讨，那就是牵强附会了。特雷弗的文字整体上呈现为一种哀而不伤的忧郁，一种节制清淡的惆怅古典气质，有着纯白大理石浮雕那般的微凉与光洁。对于那些以新潮眩惑的概念术语来操作的当代文学批评来说，特雷弗的文本显然不是理想的标的物；学院派文学批评的解剖对象阵列中因而也不常有特雷弗的出现。

相形之下，和特雷弗同时代的安吉拉·卡特，也是以短篇著称，但个人色彩极为强烈；凭借她那奇诡的哥特式黑暗想象、血之火焰般浓艳逼人的瑰丽文辞、自我放纵的洛可可式叙事与对经典母题的暴烈篡改和寓言式鬼魅变奏，这朵已逝的"性格派"文坛奇葩已经成为英国各大学文学研究领域中最炙手可热的当代作家之一。如此反差，文本类型使然，不足为怪。

特雷弗恋恋难忘的纯正古朴而又不时奇情隐现的爱尔兰，当然已经飘零于二十世纪的云烟之外，但记忆中的人文乡土、宽厚仁德、宗教情怀、人性微芒，在回望中却显得益发动人。动人，抑或是因为温暖，抑或是因为凄清，抑或是因为孤独无告，抑或是因为一切都木已成舟，无法弥补，无法挽救。

行文至此，这位爱尔兰老人笔下的孤男寡女、寂寂游魂还在脑海中萦回不去，而我们活着的所谓情绪或况味，几乎无一不是既有经历的遗赠。而感伤，即便不免老套或流于浅薄，也是这遗赠中温柔良善的那部分。也正因为此，这个"西方"短篇集的翻译过程，无意中还催生了以下"东方"式旧文体的感念——面对前尘往事，人类的软肋是相似的：

曾携风月揽红妆，酒微狂，少年郎。
一朝春尽，可怜陌上桑。
夜雨芭蕉意踟蹰，人未语，鬓先霜。

幸得山水尚苍茫，有莽荒，任炎凉。
万籁齐寂，惟雁过西窗。
长河落日天尽处，白沙渚，浴星光。

二〇一三年八月原稿，二〇二二年再版修订微调

短经典精选系列

走在蓝色的田野上
〔爱尔兰〕克莱尔·吉根 著 马爱农 译

爱,始于冬季
〔英〕西蒙·范·布伊 著 刘文韵 译

爱情半夜餐
〔法〕米歇尔·图尼埃 著 姚梦颖 译

隐秘的幸福
〔巴西〕克拉丽丝·李斯佩克朵 著 闵雪飞 译

雨后
〔爱尔兰〕威廉·特雷弗 著 管舒宁 译

闯入者
〔日〕安部公房 著 伏怡琳 译

星期天
〔法〕伊莱娜·内米洛夫斯基 著 黄荭 译

二十一个故事
〔英〕格雷厄姆·格林 著 李晨 张颖 译

我们飞
〔瑞士〕彼得·施塔姆 著 苏晓琴 译

时光匆匆老去
〔意〕安东尼奥·塔布齐 著 沈萼梅 译

不中用的狗
〔德〕海因里希·伯尔 著 刁承俊 译

俄罗斯套娃
〔阿根廷〕比奥伊·卡萨雷斯 著 魏然 译

避暑
〔智利〕何塞·多诺索 著 赵德明 译

四先生
〔葡〕贡萨洛·曼努埃尔·塔瓦雷斯 著 金文彪 译

房间里的阿尔及尔女人
〔阿尔及利亚〕阿西娅·吉巴尔 著 黄旭颖 译

拳头
〔意〕彼得罗·格罗西 著 陈英 译

烧船
〔日〕宫本辉 著 信誉 译

吃鸟的女孩
〔阿根廷〕萨曼塔·施维伯林 著 姚云青 译

幻之光
〔日〕宫本辉 著 林青华 译

家庭纽带
〔巴西〕克拉丽丝·李斯佩克朵 著 闵雪飞 译

绕颈之物
〔尼日利亚〕奇玛曼达·恩戈兹·阿迪契 著 文敏 译

迷宫
〔俄罗斯〕柳德米拉·彼得鲁舍夫斯卡娅 著 路雪莹 译

奇山飘香
〔美〕罗伯特·奥伦·巴特勒 著 胡向华 译

大象
〔波兰〕斯瓦沃米尔·姆罗热克 著 茅银辉 易丽君 译

诗人继续沉默
〔以色列〕亚伯拉罕·耶霍舒亚 著 张洪凌 汪晓涛 译

狂野之夜：关于爱伦·坡、狄金森、马克·吐温、詹姆斯和海明威最后时日的故事（修订本）
〔美〕乔伊斯·卡罗尔·欧茨 著 樊维娜 译

父亲的眼泪
〔美〕约翰·厄普代克 著 陈新宇 译

回忆，扑克牌
〔日〕向田邦子 著 姚东敏 译

摸彩
〔美〕雪莉·杰克逊 著 孙仲旭 译

山区光棍
〔爱尔兰〕威廉·特雷弗 著 马爱农 译

格来利斯的遗产
〔爱尔兰〕威廉·特雷弗 著 杨凌峰 译

终场故事集
〔爱尔兰〕威廉·特雷弗 著 杨凌峰 译

令人反感的幸福
〔阿根廷〕吉列尔莫·马丁内斯 著 施杰 译

炽焰燃烧
〔美〕罗恩·拉什 著 姚人杰 译

美好的事物无法久存
〔美〕罗恩·拉什 著 周嘉宁 译

魔桶
〔美〕伯纳德·马拉默德 著 吕俊 译